Isabel Abedi

Whisper

Arena

Für Inaié

In neuer Rechtschreibung

4. Auflage 2005

Gesamtherstellung: Westermann Druck Zwickau GmbH
ISBN 3-401-05369-8
ISBN 978-3-401-05369-1

www.arena-verlag.de

Paint the Sky with Stars

Suddenly before my eyes
Hues of indigo arise
With them how my spirit sighs
Paint the sky with stars

Only night will ever know
Why the heavens never show
All the dreams there are to know
Paint the sky with stars

Who has paced the midnight sky?
So a spirit has to fly
As the heavens seem so far
Now who will paint the midnight star?

Night has brought to those who sleep
Only dreams they cannot keep
I have legends in the deep
Paint the sky with stars

Who has paced the midnight sky?
So a spirit has to fly
As the heavens seem so far
Now who will paint the midnight star?

Enya

EINS

Ich hasse, hasse, hasse ihn! Er nimmt mich mit in dieses Haus wie etwas, das ins Gepäck gehört, nicht, weil es schön ist, sondern, weil es mitmuss, ein notwendiges Übel wie ein sperriger Regenschirm. Notwendig bin ich nicht, aber ein Übel werde ich sein, darauf kann er Gift nehmen.

Eliza, 3. Juli 1975

Als Kat singend von der waldumsäumten Bundesstraße in die schmale Zufahrtsstraße bog, sah Noa zum ersten Mal das Dorf. Eingebettet in blassgelbe Weizenfelder und sattgrüne Wiesen, lag es ihnen zu Füßen. Eine beinahe unwirkliche Stille schien es zu umgeben. In der Luft hing ein Geruch von Regen, obwohl der Himmel blau war und sich kein Wind regte, kein Halm sich in der hoch gewachsenen Weide neben ihnen rührte.

Noch lange Jahre später würde Noa sich an diesen ersten Anblick erinnern, an dieses seltsame Gemisch aus Erwartung und Widerwillen, das in jenem Moment in ihr aufstieg, und an das, was Sekunden darauf geschah. An Pancakes klägliches Maunzen, das Kratzen ihrer stumpfen Krallen, die sich einen Weg aus dem Korbgefängnis suchten, und an Gilberts schrillen Schrei, der Kats Gesang durchschnitt wie ein Messer. Aber es war zu spät. Kat konnte nicht mehr bremsen, und als im nächsten Moment das Reh mit glasigen, gebrochenen Augen vor ihnen auf der Straße lag, beendete Noa ihr seit fünfeinhalb Stunden verbissen eingehaltenes Schweigen.

»Kat, Scheiße, *Kat*, du hast es umgebracht!«

Kat hob die Arme und senkte sie wieder in einer hilflosen Geste, dann blickte sie sich zu ihrem Freund Gilbert um, der vor der Beifahrertür stand und fassungslos auf das tote Tier starrte. Es war ein ausgewachsenes, aber dennoch junges Reh, was Noa am Gesicht und auch an der samtigen Glätte des Fells zu erkennen glaubte. Cremefarbene Tupfer musterten den beigebraunen Rücken, das Bauchfell war von einem fleckenlosen, fast milchigen Weiß, und während die dunklen Knopfaugen reglos in den Himmel starrten, war die schwarze Nase noch feucht, als hielte sich das Leben an ihr fest. Sie glänzte fast so intensiv wie das Blut, das als feine rote Spur unter dem Kopf des Tieres hervor auf das Straßenpflaster rann. Voll Scham ertappte sich Noa bei dem Wunsch, das Reh fotografieren zu wollen.

»Wir müssen es von der Straße schaffen«, sagte sie schließlich. Ruhig und klar klang ihre Stimme, während Kat, die laute, schillernde Kat, ihrer Tochter schweigend zunickte, sich die kupferroten Locken hinters Ohr strich und das Tier bei den Vorderpfoten griff. Gilbert tat nichts. Er stand nur da, sein massiger Körper bewegungslos, das runde Gesicht bleich wie der Mond.

Noa nahm das Reh an den Hinterbeinen und hob es gemeinsam mit Kat an, um es an den Straßenrand zu legen. Verwundert stellte Noa fest, dass es schwer war, fast so schwer wie ein Mensch.

»Wir sollten es beerdigen«, flüsterte Kat, als sie sich wieder zum Auto wandten. »Sollten ihm die letzte Ehre erweisen, dem armen Wesen.«

Auch Hitchcock stimmte jetzt in Pancakes Katzengejammer ein. Sein Maunzen war dunkler, kehliger; es klang in Noas Ohren wie eine Zustimmung zu dem, was Kat gesagt hatte. Aber wo sollten sie das Reh beerdigen? Dazu hätten sie es erst einmal mitnehmen müssen und das war unmöglich. Kats grüner Landrover war bis zum Anschlag gefüllt mit Kleiderkoffern, Bettwäsche, Mänteln und Gummistiefeln, mit Gilberts Bücherkisten, seinen tausend Teesorten, der dicken Buddhafigur, Kats Edelstahltöpfen, Pfannen und Messern, Noas Fotoausrüstung und dutzenden von Dingen mehr.

»Wir können später herkommen und es holen«, gab sich Kat selbst zur Antwort, als sie alle wieder im Wagen saßen. »Ja, so machen wir es, wir kommen später her und holen es. Irgendjemand kann uns sicher sagen, wohin wir es bringen können.«

Kat schüttelte ihre Locken, atmete durch – und war wieder ganz die Alte. »Okay. Wollen uns durch so was nicht die Ferien vermiesen lassen. Und wenigstens ein Gutes hatte es ja: Meine beleidigte Tochter spricht wieder mit mir. Was sagst du dazu, Gilbert?«

Gilbert sagte gar nichts und Noa verdrehte die Augen, aber Kat lachte ihr glockenhelles Lachen, schlug Gilbert mit ihrer kräftigen Hand, die auf den ersten Blick so gar nicht zu ihrem Äußeren passte, auf den Oberschenkel und ließ den Motor an. So war Kat, sie konnte Dinge einfach wegatmen, wie einen Frosch im Hals herunterschlucken – und fort waren sie, als wären sie nie da gewesen.

Auch Noa richtete den Blick nach vorn, aber ihr war, als blicke das Reh nicht mehr zum Himmel, sondern ihr nach – ihr, Gilbert und Kat, wie sie mit deutlich gedrosselter Geschwindigkeit die schmale Zufahrtsstraße hinab zum Dorf fuhren.

Unser Dorf soll schöner werden hieß es auf einem Schild an der rechten Straßenseite, auf das Kat jetzt lachend zeigte. »Da kommen wir ja gerade recht. Mensch, Gilbert, krieg dich wieder ein, solche Dinge passieren, verstehst du? Sie passieren im Film, sie passieren in Büchern, warum sollte man sie nicht auch in Wirklichkeit erleben? Ich meine, das ist doch authentisch, findest du nicht?«

»Es bringt Unglück, verflucht.« Gilberts Stimme klang hysterisch. »Es bringt Unglück, Kat! In Filmen, wenn so eine Szene am Anfang steht, dann weißt du haargenau, was anschließend passiert.«

»Ach was, Fluchen bringt auch Unglück – und jetzt freu dich gefälligst, wir sind da!«

Kat legte ihren Handballen auf die Hupe, drückte dreimal schnell hintereinander darauf, was Noa mit einem scharfen Ausatmen begleitete. Konnte ihre Mutter sich nicht ein einziges Mal zurückhalten? Reichte es nicht, dass sie spätestens ab morgen das Gesprächsthema dieses Dorfes sein würde? Mittlerweile waren sie im Unterdorf angekommen, doch Kats lautstarke Ankündigung blieb zunächst unbeantwortet. Die Dorfstraße war menschenleer. Gegenüber einer verlassenen Kneipe stand eine Telefonzelle und Kat fuhr so langsam, dass Noa sehen konnte, dass hier noch mit Münzen gezahlt wurde. Am Straßenrand reihten sich die Häuser aneinander. Graue, beige, blassbraune, wie von der Sonne ausgeblichene Klinkerkästen waren es, mit zugezogenen Vorhängen oder gänzlich verschlossenen Rollläden. Wie ausgestorben wirkten sie und das Dorf, das Noa noch vor wenigen Minuten wie eine gemusterte Decke im Grünen vorgekommen war, schien jetzt einen Hauch von Feindseligkeit auszuatmen.

Erst ein paar hundert Meter weiter, im Oberdorf, wurde es einladender. Die zweite Kneipe, an der sie jetzt vorbeifuhren, wirkte verglichen mit der ersten geradezu freundlich. *Gaststätte Kropp* stand in hellgrüner Leuchtschrift auf dem blitzblanken Türschild. In den Blumenkästen vor den Fenstern prangten Stiefmütterchen, sogar vor dem obersten, das wie ein Auge unter dem Dach hervorlugte. In die geöffnete Tür trat eine hagere Frau mit schlohweißem Haar. Wie ein Kranz umrahmte es ihr dünnes Gesicht. Ihre linke Hand umklammerte den Griff eines schwarzen Gehstockes. Kerzengerade blieb die Frau im Türrahmen stehen und starrte ihnen nach. Kat hupte zweimal, aber als sich Noa umdrehte, war die Frau schon wieder hinter der Tür verschwunden.

Auf der linken Straßenseite trieb ein Bauer mit schlammverschmierten Gummistiefeln seine Kühe vor sich her, sieben Stück, alle schwarz-weiß gefleckt mit trägen Gesichtern und dicken Eutern, die beim Gehen hin und her schwankten. Als Kat langsam den Wagen an ihnen vorbeisteuerte, muhte eines der Tiere und der Bauer hob die Hand. Seine Nase sah aus wie eine Kartoffel und in seinem halb geöffneten Mund schien die Hälfte der Zähne zu fehlen. Unwillkürlich legte sich Noas Hand auf ihren Fotoapparat und diesmal schämte sie sich nicht.

»Ich glaube, das war Hallscheit, unser Vermieter«, sagte Kat. »Genau so hat mein Assi ihn beschrieben. Das Dorf übrigens auch. *Phantastisch*, das ist hier wie im Bilderbuch, jetzt bin ich nur noch gespannt aufs Haus.«

Kats Assi war ein Filmstudent, der sie nicht nur bei den Dreharbeiten betreute, sondern der auch sonst allen möglichen Kram für sie erledigte. Letzte Woche war er hier gewesen, um die Verträge zu unterschreiben und für Kat den Schlüssel zu besorgen. Noa konnte es immer noch nicht fassen, dass Kat dieses Haus auf Dauer gemietet hatte, ohne es auch nur einmal zu besichtigen.

Gilbert drückte auf den Knopf, um das Fenster zu öffnen. Ein Geruch von frischem Kuhmist drang ins Auto und Pancake stieß erneut ein klägliches Gejammer aus, während Hitchcock neben ihr zu fauchen anfing.

»Ist ja gut, ihr Süßen, wir haben's gleich«, rief Kat nach hinten. »Dann könnt ihr dicken, fetten Stadtkatzen mal erleben, was es heißt, euch euer Essen selbst zu jagen. Frisches Mausefilet vom Land, was haltet ihr davon? Gil, schaust du mal auf die Beschreibung? Am Ende der Straße links, dann rechts und wieder links, ist es das?«

Gilbert nickte und zwei Minuten später bremste Kat vor einer geschlossenen Toreinfahrt. Es war ein einfaches Tor aus Draht und Holz, das in den eisernen Angeln zweier Pfähle steckte. Dahinter, umgeben von einem großen, fast kreisrunden Gartengrundstück voller Wiesenblumen, Walnuss-, Laub- und Obstbäumen, war das Haus.

Das Haus, das Noa später *Whisper* taufen würde.

Lange nachdem jener Sommer vorüber war, hörte Noa Kat einmal sagen, ein Haus, in dem solche Dinge geschähen, müsste anders aussehen. Es müsste ein Haus mit verwinkelten Zimmern und düsteren Sälen sein; ein Haus mit hohen Wänden, die einem beim leisesten Geräusch das eigene Echo entgegenwarfen; ein Haus mit langen, sich windenden Fluren, mit knarrenden Treppen und geheimnisvollen Ecken . . . Jeder Regisseur hätte ein solches Haus ausgewählt, womöglich mit Sitz in Schottland oder England, weit abgelegen und mit Blick auf menschenleere Landschaften.

Whisper hatte nichts von alledem. Es war ein schlichtes, zweigeschossiges Fachwerkhaus mit bröckelnder Fassade, grünen Moosflecken auf dem schwarzen Dach und einer angebauten Scheune direkt hinter dem Haupthaus. Sein Alter sah man ihm ebenso wenig an wie das dunkle Geheimnis, das es barg. Aber es war genau das, was Kat gewollt hatte – und was Kat wollte, bekam sie, das war ein ungeschriebenes Gesetz.

Als Noas Mutter aus dem Auto stieg und sich mit in die Hüften gestemmten Armen umsah, stieß sie Schreie der Begeisterung aus, was einen dicken Spatz über ihr erschrocken aus dem Walnussbaum flattern ließ. Auch auf Gilberts Gesicht stahl sich die Farbe zurück und auf seinen runden Wangen breitete sich ein Lächeln aus, das Noa an ein glückliches Kind denken ließ.

»Fünfhundert Jahre«, rief Kat mit übertriebener Ehrfurcht und legte ihre flache Hand auf einen schwarzen Holzbalken. »Unsere neue Ferienhütte ist fünfhundert Jahre alt. Ja, Wahnsinn. Ich könnte ausrasten vor Glück!«

»Das tust du doch schon«, stellte Noa nüchtern fest und nickte mit dem Kopf zum Nachbarhaus, wo das Gesicht einer Frau hinter einer halb geöffneten Gardine hervorlugte. »Und deine ersten Zuschauer hast du auch schon. Fühl dich ganz wie zu Hause, Kat.«

Kat warf lachend ihre Locken nach hinten und Noa hievte den Katzenkorb vom Rücksitz. »Kann ich die beiden rauslassen?«

»Warte.« Kat hob die Hand und kramte in der Tasche ihres roten Ledermantels nach den Schlüsseln, die ihr Assistent für sie besorgt hatte. »Warte noch einen Augenblick, lass uns die beiden erst mal im Haus aussetzen. Die zwei Stadtneurotiker sind das nicht gewohnt, nicht dass die uns stiften gehen. Ich habe keine Lust auf noch mehr Tote in diesem Urlaub.«

Die braune Eingangstür öffnete sich ächzend wie unter großer Anstrengung und klemmte, kaum dass sie halb geöffnet war, sodass sich Gilbert regelrecht ins Haus quetschen musste. Als Nächstes schob sich Kat durch die Tür und zuletzt Noa mit dem Katzenkorb in ihrer Hand. Der Flur war so winzig, dass sie sich aneinander drängen mussten. Er hatte einen alten Kachelboden, neben der Haustür gab es eine Holzgarderobe und vor dem Treppenaufsatz einen Schirmständer. Aber was Noa

am stärksten wahrnahm, war dieser Duft. Ja, es duftete . . . nach Parfüm, nach Frauenparfüm; würzig, ein wenig süß und so intensiv, als wäre jemand, der diesen Duft frisch aufgetragen hatte, gerade an Noa vorbeigegangen. Irritiert musterte sie die beiden anderen. Gilbert konnte es nicht sein und Kat benutzte einen Männerduft von Jean Paul Gaultier. Ob jemand vor ihnen hier gewesen war, um nach dem Rechten zu sehen? Vielleicht die Frau des Bauern? Das wäre natürlich möglich, aber dennoch . . . dieser Duft passte nicht hierher, passte noch viel weniger hierher als sie, Noa, und Gilbert und vor allem Kat. Hatten sie denn nichts gerochen? Gerade, als Noa die beiden darauf ansprechen wollte, war der Duft verschwunden. Verflogen, als wäre er nie da gewesen. Kopfschüttelnd folgte Noa ihrer Mutter und Gilbert in die Küche, wo es jetzt genauso roch, wie es in einem alten, unbewohnten Bauernhaus riechen sollte: nach Staub und eingesperrter Luft, nach toten Mäusen und ein bisschen auch nach Einsamkeit. Plötzlich fröstelte Noa. Es war kalt in diesem Haus, kalt und klamm, als hätte es den Sommer ausgesperrt.
Aus dem Katzenkorb drang ein klägliches Maunzen. »Jetzt, Kat?«, fragte Noa. »Kann ich die beiden jetzt endlich rauslassen?«
»Ja, ja, mach nur.« Kat hatte ihre Tasche auf dem Küchentisch abgelegt und war schon weitergerauscht, durch die hintere Küchentür in einen noch kälteren Flur, der in den Kohlenkeller überging. Ein weiterer Keller verbarg sich hinter der verwitterten Holztür, die links neben dem Kücheneingang abging. Noas Augen blitzten flüchtig auf, denn hier – damit hatte Kat ihr den Mund wässrig gemacht – würde sie ihre Dunkelkammer einrichten.
Doch jetzt mussten erst mal die Katzen aus ihrem Gefängnis. Der rabenschwarze Hitchcock stolzierte als Erster aus dem

Korb. Würdig wie ein alter Herr inspizierte er die neue Umgebung. Pancake robbte ängstlich maunzend hinterher und Noa grinste. Ja, Pancake war wirklich ein Pfannkuchen, ein dicker, fetter, kugelrunder Pfannkuchen, rot getigert und so ausladend, dass die plumpen Pfoten unter all dem Speck kaum noch zu sehen waren. »Na, Dicke, hier sind wir also. Willkommen im Exil.«

»Ach, komm schon, sei nicht so streng, Kleines.« Gilbert legte seinen Arm um Noa. »Wir machen uns das nett im schönen Westerwald, und wenn Kat nervt, sperren wir sie in den Kohlenkeller.«

Noa lehnte ihren Kopf an Gilberts Schulter. Auf der kurzen Liste der Pluspunkte für diesen Zwangsurlaub kam Kats ältester Freund direkt nach der versprochenen Dunkelkammer und der nagelneuen Spiegelreflexkamera. Kat dagegen stand ganz oben auf der Minusliste. Es war nicht die ländliche Gegend. Es war die Vorstellung, wochenlang auf engem Raum mit Kat zusammen sein zu müssen, die an Noas Innerem nagte. Schon jetzt breitete sich die Anwesenheit ihrer Mutter aus, nahm Besitz von jedem Winkel, füllte die Zimmer bis an die niedrigen Decken und drängte alles andere in den Hintergrund, selbst den massigen Gilbert, der das gar nicht zu bemerken schien.

»So, hier unten ist also mein Reich«, rief er aus den beiden Räumen, die gleich neben der Küche lagen. Eigentlich waren es eher Kammern als Räume, zwei ineinander übergehende Kammern, mit übel verschmutztem Holzboden, abblätternden Tapeten und einer nackten Glühbirne, die eine einfache Möblierung beleuchtete: einen hellen Bauernschrank, zwei abgewetzte Polstersessel und ein blau gestrichenes Bauernbett.

Gottes Segen sei mit dir, stand in altdeutscher Schrift hinter einem verstaubten Glasrahmen, der über dem Kopfende des Bettes hing, und zum zweiten Mal seit ihrer Ankunft musste

Noa lachen. Schon allein des Spruches wegen waren diese Räume für Gilbert wie geschaffen.
Noa und Kat würden oben schlafen, das hatten sie bereits besprochen, als sie sich vom Bauern den Grundriss hatten schicken lassen. Von knarrenden Treppen, sich windenden Fluren und verwinkelten Ecken konnte auch hier oben keine Rede sein. Auf der leicht geschwungenen Holztreppe, die in die erste Etage führte, gab lediglich die zweitoberste Stufe ein morsches Geräusch von sich. Der Flur, von dem die Schlafräume, das Wohnzimmer und der verschlossene Dachboden abgingen, war nicht viel größer als der Eingangsflur. Das einzige Möbelstück darin war ein altes Regal voller Bücher und der Blick aus den niedrigen Fenstern reichte nicht weiter als über die Bäume im Garten bis zum nächsten Grundstück.
Kat bekam die beiden großen Zimmer, die links vom Flur abgingen, und Noa das kleine, quadratische auf der rechten Seite. Es lag direkt hinter dem Wohnraum und war genau wie das von Gilbert mit dem Nötigsten ausgestattet. Noas Blick wanderte vom dunkelbraunen Bauernbett zum schmucklosen Sperrholzschrank bis zu dem Sofa, das aus ein paar Matratzen zusammengebaut worden war. An der Wand neben dem Fenster lehnte ein Spiegel. Auch hier dellten sich die vergilbten Tapeten – ursprünglich waren sie wohl weiß gewesen, weiß mit winzigen roten Rosen – und von einer Stelle an der Decke bröckelte der Putz. Na, wunderbar. Das würde jede Menge Arbeit geben.
Noa setzte ihre Reisetasche ab, fuhr sich mit der Hand durch das schulterlange schwarze Haar und ging auf den Spiegel zu. Eine dicke Staubschicht trennte sie von ihrem Spiegelbild. Mitten auf den Spiegel, es war noch deutlich erkennbar, hatte jemand ein Wort geschrieben. *Schneewittchen.*
Leuchtend rot schimmerten die Buchstaben unter der dicken

Staubschicht hervor und Noa starrte das Wort an, bis ein lautes Schnurren sie zusammenfahren ließ. Pancake steckte ihren dicken Kopf durch die Tür und ließ sich mit einem plumpen Satz auf dem Matratzensofa nieder. Sie leckte sich die Pfoten und maunzte Noa hungrig an, als wollte sie fragen: »Wann gibt es endlich was zu fressen?«

»Okay, Leute, lasst uns die wichtigsten Dinge auspacken, die Öfen startklar machen und dann schauen wir mal, was die Dorfkneipe zu bieten hat«, dröhnte Kats Stimme durch die Wand. Noa stöhnte. So hellhörig wie die Räume waren, würde sie Kats Rolle für den neuen Spielfilm am Ende des Sommers wahrscheinlich mitsingen können. Kat war Schauspielerin, eine der wenigen, die es »geschafft« hatten, wie Gilbert das nannte.

Ihr letzter Kinofilm *Bis aufs Blut*, ein Liebesdrama, das im Dritten Reich spielte, hatte Kats Gesicht auf die Titelbilder sämtlicher Zeitschriften befördert. Die Presse nannte sie »Katharina die Große« und es verging keine Woche, in der nicht mindestens ein Reporter für ein Interview bei ihnen anrief. Kat liebte das, öffnete jedem Fotografen die Tür – alle Türen, einmal sogar die zu Noas Zimmer, wofür Noa ihre Mutter drei Tage lang mit eisigem Schweigen bestraft hatte. Seither schloss Noa ihr Zimmer ab. Aber hier gab es keine Schlüssel.

Und auspacken würde Noa auch nicht. Es hatte überhaupt keinen Sinn. Der Schrank war so staubig, dass Noa beschloss fürs Erste nur das Bett zu beziehen. Als sie anschließend in die Küche ging, um sich einen nassen Lappen für den Schrank zu besorgen, kam so eisig kaltes Wasser aus der Leitung, dass Noa zurückzuckte.

Sie setzte sich in Gilberts Kammer aufs Bett und sah aus dem Fenster. Draußen hatte es bereits zu dämmern begonnen und Noa war erstaunt, wie schnell sich das bleiche Grau in Dunkelheit verwandelte. Licht gab es nur in diesem Zimmer, hinten im Bad und im Wohnraum, wo Kat versuchte den Ofen in Gang zu kriegen.

»Bis wir dieses Haus halbwegs bewohnbar gemacht haben, wird unser erster Urlaub hier vorbei sein«, jammerte Gilbert. »Hätte Kat uns nicht ein bisschen mehr Luxus gönnen können?«

Er hatte einige seiner Edelhemden in den Schrank gehängt und war gerade dabei, einen geeigneten Platz für seinen Buddha zu finden. Schließlich entschied er sich seufzend für die halbwegs vom Staub befreite Fensterbank. Davor auf dem Boden stapelten sich seine Teedosen und die Bücherkisten standen geöffnet neben der Tür.

Gilbert rückte seine runde Brille gerade und sah sich kopfschüttelnd um. Er war dreiundfünfzig, auf den Tag genau zwanzig Jahre älter als Kat, aber Noa fand, dass man ihm sein Alter nicht ansah. Sein Gesicht zog sich nur in Falten, wenn er lachte, seine hellblauen Augen strahlten meist wie die eines kleinen Jungen und sein rotblondes Haar schimmerte so seidig, als mache er Werbung für Haarkuren. Jetzt allerdings hatte sich jede Menge Staubflusen darin festgesetzt und auf Gilberts Stirn prangte ein Schmutzstreifen.

»Dabei hätte ich meine Schätzchen so gerne ins Regal gestellt«, brummte er und wischte sich die Hände an der Jeanshose ab. »Aber das muss wohl erst noch gebaut werden. Das Bücherregal oben im Flur ist ja bereits von unseren Vorgängern in Beschlag genommen worden, und wie ich Kat kenne, will sie sich von dem Kram da oben bestimmt nicht trennen.«

Das Bücherregal im Flur hatte Noa noch nicht begutachtet, aber Gilberts Schätzchen kannte sie nur allzu gut. Sie hießen *Der kosmische Bestellservice*, *Wünsche ans Universum*, *Das Gummibärchenorakel*, *Du und dein Krafttier* oder auch *Das Handbuch der Parapsychologie*. Letzteres legte Gilbert auf sein Bett, er hatte es schon auf der Fahrt zu lesen begonnen, es war ein dreihundertseitiger Wälzer über Geisterbeschwörungen, spiritistische Sitzungen und hellsichtige Träume, den Gilbert spätestens übermorgen zu Ende gebracht haben würde.

Gilbert fraß Bücher, wie Kat es ausdrückte. Esoterische Bücher – mit den unmöglichsten Titeln und noch unmöglicheren Inhalten. Ihretwegen hatten er und Kat sich kennen gelernt, vor dreizehn Jahren in Gilberts spiritueller Buchhandlung, als Kat in einer Spielfilmserie eine auferstandene Tote spielen sollte und Hintergrundmaterial für ihre Rolle suchte. Noa war drei Jahre alt gewesen, als Kat damals mit ihr in Gilberts Buchhandlung gegangen war. Während Noa auf der Leselok in der winzigen Kinderbuchecke gehockt war und in Bilderbüchern geblättert hatte, ließ Kat sich von Gilbert beraten, lachte ihn dabei immer wieder aus und lud ihn anschließend zum Essen ein. Denn trotz seiner »Esomacke«, mit der Kat ihn auch heute noch aufzog, war Gilbert der intelligenteste Mann, dem Noas Mutter je begegnet war – was bei Kats wechselnden Affären etwas heißen wollte. Wie viele Männer in Noas sechzehnjährigem Leben durch Kats Schlafzimmer ein und aus gegangen waren, konnte Noa nicht mehr zählen. Und wollte es auch nicht. Gilbert war schwul, wofür ihm Noa dankbar war. Denn so würde er Kats Freund bleiben und Noas Vaterersatz. Oder Mutterersatz, wie Gilbert lachend zu sagen pflegte.

»So, Leute, der Ofen ist an, lasst uns was essen gehen.« Kat stand in der Tür, die Hände in die Hüften gestemmt, und hatte ihren typischen, entschlossenen Gesichtsausdruck aufgesetzt, der keine Widerrede duldete. Mittlerweile war es draußen so dunkel, dass die Küche hinter ihrem flammenden Haar verschwand wie ein schwarzes Loch.

Im Flur neben der Tür standen die frisch gefüllten Katzennäpfe. Die Erlaubnis zum Mäusejagen würde Kat wohl doch auf später verschieben. Pancakes gieriges Schmatzen erfüllte den Flur, aber als Noa in den Garten trat, empfing sie Stille. Die Gardinen des Nachbarhauses waren jetzt zugezogen und nur in der Ferne bellte ein Hund.
Während Gilbert die Tür abschloss und Kat geräuschvoll die klare Landluft einatmete, schaute Noa auf die Laterne vor dem Haus. Ihr gelbes Licht flackerte, als würde es vom Wind bewegt, und es war in diesem Moment, dass Noa zum ersten Mal das Gefühl hatte, dass jemand sie ansah. Jäh wandte sie den Kopf und blickte zurück zum Haus. Aber die Lichter waren aus, die Fenster dunkel. Noa versuchte das Gefühl zu verdrängen, es herunterzuschlucken, wie Kat es immer tat. Doch Noa war nicht Kat, und während sie ihrer Mutter und Gilbert auf dem schmalen Weg zum Gartentor folgte, blieb ihr das Gefühl im Hals stecken.

ZWEI

Es ist, als ob er seine Worte zu Hause sparen würde, um sie draußen auszuteilen. Die Dorftrottel in der Kneipe kleben schon jetzt an seinen Lippen wie die Bienen am Honig. Der Herr Doktor aus der Stadt mit seiner schönen Tochter. Ich sage kein einziges Wort. Mein Gesicht ist aus Glas und ich wünsche mir, dass sich jemand daran schneidet.

Eliza, 5. Juli 1975

Am Himmel tauchten schon die ersten Sterne auf. Wie silbrige Punkte sprenkelten sie die Schwärze über dem Dorf. Noch immer war die Dorfstraße leer, aus einem Stall drang das leise Muhen einer Kuh und vom Bürgersteig, schräg gegenüber von der Kneipe, hörte Noa Stimmen. Stimmen von Jugendlichen, die an einer Bushaltestelle standen und ihnen den Rücken zukehrten. »Einen Kasten Bier, zwei Pullen Wodka-Redbull, das knall ich schon weg ...« – »Erzähl keinen Scheiß, Alter, so dürre wie du bist, kippst du doch schon bei der ersten Pulle aus den Latschen ...« – »Ey komm, Dennis, das musst du grad sagen, wer hat denn hier gestern auf die Weide gekotzt ...« Noa zwang sich wegzuhören und versuchte die Bilder, die vor ihrem inneren Auge aufstiegen, in den Hintergrund zu drängen. Aber es gelang ihr nicht. Die Bilder kamen, eins nach dem anderen und zuverlässig wie ungebetene Gäste: Kats in einen

Partykeller verwandelte Garage mit dem flackernden Rotlicht. Svenja und Nadine, beide total betrunken. Die riesigen Boxen, die winzige Tanzfläche. Noa selbst in der Mitte, umringt von den anderen. Heikos Augen. Seine dunklen Augen, funkelnd, lachend. Seine Hand, die Noa wegzog, weg aus dem Keller, hoch in die Wohnung und ... Noa presste die Finger gegen die Schläfen, schüttelte kurz und heftig ihren Kopf. Nein, nicht weiterdenken, nicht jetzt, nicht hier!

Noa hängte sich an Gilberts Arm und vergrub ihr Gesicht in seiner weichen Wildlederjacke. Er streichelte ihr über den Kopf, als wüsste er, womit sie kämpfte – als wüsste er auch, warum sich Noa letztlich doch für diesen Urlaub und nicht für die Reise mit ihren so genannten Freunden auf die Partyinsel Mykonos entschieden hatte, wo Svenjas Tante ein kleines Hotel leitete. Ja, bestimmt wusste Gilbert es. Schließlich war er es gewesen, der in jener Nacht an Noas Bett gewacht hatte. Er. Nicht Kat.

Und auch nicht Svenja oder Nadine, denen Noa nie erzählt hatte, was geschehen war. Nicht mal Gilbert hatte sie sich anvertraut, hatte sich nur mit seiner Nähe getröstet, und manchmal hatte Noa das Gefühl, er war nicht nur der Ersatz eines Elternteils, sondern ersetzte auch die Freunde, die sich Noa wünschte. Freunde, mit denen man mehr machen konnte, als auf Partys zu gehen, sich zu betrinken oder nachmittags in irgendwelchen Shoppingcentern abzuhängen. Freunde, mit denen man über mehr reden konnte als über Markenklamotten, Typen, andere Mädchen mit dicken oder dünnen Hintern, zu viel oder zu wenig Busen. Freunde, die sie nicht ständig über Kat ausfragen oder auf irgendwelche Premierenfeiern mitgehen wollten. Hey, schaut her, ich bin mit der Tochter von Katharina Thalis befreundet. Noa atmete scharf aus. Wie lange würde es dauern, bis Kat auch hier im Zentrum der Aufmerksamkeit stehen würde? Tage – oder Stunden?

Vor der Kneipe stand ein VW-Bus, ein altes Ding, dunkelblau, fast schwarz gestrichen und voller aufgemalter Sterne. Noa ging dicht an den Wagen heran. Da hatte sich jemand Mühe gegeben – und sein Werk wirklich gut gemacht. Der VW-Bus sah aus, als wollte er dem Himmel Konkurrenz machen. Abertausende von Sternen verteilten sich auf ihm, sogar die Milchstraße und den großen Wagen konnte Noa erkennen.
»Ich rieche Gras«, sagte Gilbert.
Kat lachte. »Wir sind auf dem Land, natürlich riechst du Gras, Gil, ich meine, was . . .«
»Nein, nicht *so* ein Gras.« Gilbert schüttelte den Kopf, schnupperte in der Luft und jetzt roch Noa es auch. Kein Zweifel, da kiffte jemand. Aber seltsam . . . der Duft kam von oben. Noa legte den Kopf in den Nacken.
Und dann sah sie den Jungen. Er saß hoch oben auf dem Dachfirst, gut versteckt hinter dem Schornstein und im Schutz der Dunkelheit. Eine schattenhafte Gestalt, die man von hier unten aus nur wahrnahm, wenn man genau hinsah.
Kat war jetzt hinter sie getreten. Schnell wandte Noa den Kopf in eine andere Richtung. Sie kannte Kat, wusste, dass ihre Mutter irgendetwas nach oben gerufen hätte, und hatte weiß Gott keine Lust auf einen ihrer Auftritte. Dafür hatte Kat jetzt die Aufmerksamkeit der anderen Jugendlichen auf sich gezogen. Vier Jungen waren es, kaum älter als Noa, siebzehn, achtzehn vielleicht, in hellen Röhrenjeans, Sweatshirts und Turnschuhen.
»Alter!«, rief einer von ihnen seinen Kumpels zu. In seiner ausgestreckten Hand hielt er eine Dose Bier. »Ey, Alter, kuck mal da . . .«
Kat hob das Kinn und Noa schloss die Augen. Aber Kats Stimme konnte sie damit nicht ausschalten.
»Hey Süßer, weißt du eigentlich, dass Saufen impotent macht?«

Der Junge, ein stämmiger, gedrungen wirkender Typ mit brandrotem Haar, den einer seiner Kumpels Dennis genannt hatte, erstarrte. Seine ausgestreckte Hand hing in der Luft, als wäre sie festgefroren, aber die drei anderen schlugen sich grölend auf die Schulter.

»Kat, können wir jetzt *bitte* rein?« Noa zerrte an Kats Ärmel. Es war ihr entsetzlich unangenehm, hier zu stehen, und plötzlich merkte sie, dass es nicht wegen der Jugendlichen auf der anderen Straßenseite, sondern wegen des Jungen auf dem Dach war. Bildete sie sich das leise Lachen, das von oben kam, nur ein? Als Noa aus den Augenwinkeln zum Dach sah, war die schattenhafte Gestalt verschwunden.

In der Kneipe schlug ihnen ein Geruch nach Rauch, billigem Schnaps und kalter Erbsensuppe entgegen. Von den etwa zehn Tischen, allesamt mit rot-weiß karierten Plastiktischdecken überzogen, war nur einer besetzt. *Stammtisch* stand auf einem großen weißen Porzellan-Aschenbecher. Dutzende von Schnapsgläsern standen darum herum, und als hinter Kat die Türe ins Schloss fiel, hatte Noa für einen Augenblick das Gefühl, als bliebe die Zeit stehen.

Die Männer am Stammtisch – es waren ausschließlich Männer – hatten sich umgedreht und glotzten mit offenen Mündern zu ihnen herüber, als hätten soeben drei Außerirdische die Kneipe betreten. Der Wirt hinter dem Tresen hielt beim Zapfen des Bieres inne und in die Totenstille, die sich in der Kneipe breit machte, tönte die dunkle Stimme eines rothaarigen, stiernackigen Mannes: »Ist heute vielleicht Muttertag?«

Wieherndes Gelächter brach aus. Gilbert machte einen Schritt zurück und Kat hatte den Mund bereits zu einer Antwort geöffnet, als hinter dem Perlenvorhang neben dem Tresen eine Frau in die Kneipe trat. Mit einem freundlichen, selbstver-

ständlichen Lächeln deutete sie auf einen der freien Tische. »Guten Abend. Setzen Sie sich doch.«
»Na, da sagt Mutti nicht Nein«, zwitscherte Kat und winkte den Männern am Stammtisch zu. »Es sei denn, die Vatis haben etwas dagegen?«
Die Männer grinsten dümmlich, nur der Rothaarige murmelte etwas Unverständliches und der Wirt, ein kleiner Mann mittleren Alters mit schütterem Haar und Tränensäcken unter den murmelrunden Augen, fuhr eifrig fort sein Bier zu zapfen.
Noa entging nicht, dass sein Gesicht sich gerötet hatte, sogar aus dem weißen Hemd krochen rote Flecken an seinem blassen Hals empor.
Zögernd schob sich Noa hinter Kat an den Männern vorbei und fühlte, wie sich die Blicke in ihren Rücken bohrten.
»Sie haben das Haus von Herrn Hallscheit gemietet, nicht wahr?« Die Frau legte ihnen eine Karte auf den Tisch und Noa musterte sie aus den Augenwinkeln, mit ihrem Fotografenblick, wie Gilbert es immer nannte. Die Frau war nicht besonders groß und ziemlich schlank. Über dem braunen, knielangen Rock trug sie eine hellblaue Strickjacke, ihr sandfarbenes Haar war zu einem Zopf gebunden, und abgesehen von den tiefen Schatten unter ihren dunkelblauen Augen, war sie eine gut aussehende Frau. Ihre zarten Hände waren rau, von harter Arbeit gezeichnet.
»Na, das scheint sich ja schnell herumgesprochen zu haben.« Lachend streckte Kat der Frau ihre Hand entgegen. »Katharina Thalis ist mein Name. Das hier sind Gilbert Sonden und meine Tochter Nora.«
»Noa. Ich heiße *Noa.*« Wütend funkelte Noa ihre Mutter an. Wie sie es hasste, wenn Kat sie mit diesem Namen vorstellte. Nora Gregor hieß die Stummfilmschauspielerin, die in den 20er-Jahren berühmt geworden war und sich Ende der 40er

per Selbstmord vom Leben verabschiedet hatte. Kat bewunderte sie glühend, aber gegen ihren Namen hatte Noa sich bereits als Kind gewehrt – nicht nur des Vorbildes wegen, sondern, weil ihr das *r* zu hart war. Mit elf hatte sie diesen Buchstaben aus ihrem Namen gestrichen und stellte sich seither taub, wenn Kat sie so ansprach.

»Marie Schumacher.« Die Frau nahm Kats Hand und drückte sie sanft. Noa und Gilbert lächelte sie zu. Noa seufzte erleichtert. Wenn ihr der Name Katharina Thalis etwas sagte, dann ließ die Frau es sich wenigstens nicht anmerken. Aber Noa hatte sich zu früh gefreut, denn jetzt war es der kleine Wirt, der Kat mit offenem Mund anstarrte und dabei fast sein Bierglas fallen ließ.

»Katharina Thalis. *Die* Katharina Thalis, das sind *Sie?*«

Das Murmeln am Stammtisch wurde lauter. Kat nickte, lachte geschmeichelt und mit einem Satz war der Wirt an ihrem Tisch. Über sein Gesicht ging ein Leuchten. »Ich habe *alle* Ihre Filme gesehen, ich . . . also, ich . . . ich hab sie gar nicht erkannt, ich, das, also . . .« Ebenso plötzlich, wie der Wirt an den Tisch gekommen war, schien er nun wieder verschwinden zu wollen. Er hatte sich in seinen Worten verfangen, wusste nicht weiter, machte einen Schritt zurück, fast stolperte er. Sein Hals war mittlerweile so gefleckt, als hätte er einen Anfall von Röteln. Und Kat genoss es sichtlich.

Es war Gilbert, der dem Wirt aus der Patsche half. Er hatte nach der Karte gegriffen, blätterte darin herum und sah den Wirt über die Ränder seiner runden Brille an, die wachen Augen freundlich und mit diesem warmherzigen Gilbertlächeln, das einem sofort das Gefühl gab, sich entspannen zu können. »Sie haben eine so wunderbare Speisekarte, da weiß ich gar nicht, wofür ich mich entscheiden soll. Was können Sie uns empfehlen? Ihren Eierkäs und Erbselkuchen, Röstkartoffeln

oder die Pilzpfanne? Für mich klingt alles drei gleich verlockend. Sicher sind die Pilze frisch aus dem Wald, was?«
Der Wirt nickte erleichtert. »Frisch gepflückt, die Herrschaften, frisch gepflückt, die ersten Sommerpilze: Stockschwämmchen, Maronenröhrlinge und Steinpilze. Und unsre Marie ist eine gute Köchin, die macht Ihnen die kleinen Kerlchen vom Feinsten, das können Sie mir glauben.«
»Also dann.« Gilbert drückte Noa die Karte in die Hand und schob die Brille zurück. »Es ist entschieden. Ich nehme die Pilzpfanne.«
»Ich nehme Röstkartoffeln mit Spiegelei«, murmelte Noa.
Kat nahm den Erbselkuchen und der Wirt stürzte in die Küche.
Kaum zehn Minuten später kam das Essen. Die Männer am Stammtisch unterhielten sich wieder, aus den Lautsprechern an der Wand drang deutsche Volksmusik.
Wir habn uns auf den Weg gemacht,
Das große Abenteuer!
Jeder Tag eine Hochzeitsnacht
Jede Nacht ein Freudenfeuer . . .
Noa schluckte, als sie ihren Teller sah. Drei Spiegeleier neben einem Riesenberg Bratkartoffeln, wer sollte das alles essen? Noa war schon froh, wenn sie ein halbes Ei und einen Löffel Kartoffeln herunterbekam. Kats und Gilberts Teller war nicht weniger beladen.
»Um Himmels willen«, rief Kat lachend aus. »Wollen Sie uns mästen?«
Marie zuckte entschuldigend mit den Schultern. »Wir können Ihnen den Rest auch gerne einpacken.«
»Ach, was!« Gilbert hatte sich heißhungrig auf seine Pilzpfanne gestürzt. »Wir schaffen das schon, was Mädels? Und wenn ihr's nicht schafft, ich spiele heute gern den Mülleimer.«
»Was heißt hier, heute?« Kat tätschelte ihm den dicken Bauch

und zwinkerte dem Wirt, der wieder hinter dem Tresen stand, verschwörerisch zu. »Ab morgen setzen wir ihn auf Diät, einverstanden?«

Der Wirt lächelte verstört, er wusste nicht, was er sagen sollte. Aber Kat rückte schon den freien Stuhl zur Seite und winkte ihn zu sich an den Tisch.

»Ich hätte da noch eine Frage, oder genau gesagt zwei oder drei.« Sie pustete auf ihre Gabel und setzte ein Lächeln auf, das sie wie ein kleines Mädchen an seinem ersten Schultag aussehen ließ. Manchmal war es wirklich unglaublich, wie Kat ihr Gesicht verändern konnte. Als würde jemand hinter ihr stehen und *Action* rufen. Sogar ihre Stimme war eine andere, als sie weitersprach. Kat ließ sie eine Tonlage höher und leiser klingen. »Ich fürchte, ich habe auf der Herfahrt einen kleinen Mord begangen.« Kat räusperte sich, der Wirt stand hinter dem Stuhl, die Hände hinter dem Rücken verschränkt, die Schultern geduckt. Noa fand, er sah aus, als wäre er irgendwie zu klein für seine Haut, ein bisschen, als hätte man irgendwann die Luft aus ihm herausgelassen und vergessen ihn wieder aufzupumpen. Sein ganzer Körper wirkte schlaff, die geröteten Wangen hingen herab, aber seine runden Murmelaugen waren jetzt weit aufgerissen. Ob es daran lag, dass in seiner kleinen Dorfkneipe eine Berühmtheit saß, oder daran, was Kat über den Mord gesagt hatte, konnte Noa nicht deuten.

»Versehentlich natürlich«, fuhr Kat jetzt fort. »Es war ein Reh, es kam so schnell aus der Wiese geschossen, dass ich es nicht mal gesehen habe. Es war oben an der Zufahrtstraße. Wir haben es an den Straßenrand gelegt, aber ... könnten Sie uns vielleicht, Herr ...?«

»Oh natürlich, natürlich, Frau Thalis.« Der Wirt nickte eifrig, es fehlte nicht viel und er hätte sich vor Kat verbeugt. Die Män-

ner am Stammtisch hatten wieder aufgehört zu sprechen, Noa fühlte, wie sie hersahen.
»Ich kümmre mich um das Tier, Frau Thalis, gleich morgen früh. Das lassen Sie mal ganz meine Sorge sein. Mein Name ist Kropp, Gustaf Kropp.« Der Wirt streckte Kat seine Hand entgegen. Es war eine kleine, schwitzige Hand, die Kat jetzt kräftig drückte und dem Wirt dabei unverwandt in die Augen sah. Plötzlich klang auch Kats Stimme wieder kräftiger. »Wunderbar, Gustaf. Ich kann doch Gustaf sagen? Und nennen Sie mich bitte Kat.« Kat nahm einen Schluck Bier. »Und dann wäre da noch eine Frage mit dem Haus. Es sieht aus, als hätte da lange Zeit niemand mehr gewohnt. Möbliert ist es, wenn auch ziemlich notdürftig, aber im Grunde gefällt mir das. Es gibt nur jede Menge zu reno. . .«
Der Wirt ließ Kat nicht mal ausreden. »Zu renovieren, ja, natürlich, das kann ich mir denken. David, Maries Junge, der kann Ihnen helfen. Hat zwei goldene Hände, nicht wahr, Marie?«
Der Wirt sah sich zu der Frau um, die jetzt hinter dem Tresen die Gläser spülte. »Und ein wenig Taschengeld kann sich David sicher . . .« Der Wirt stockte, als hätte er etwas Falsches gesagt, aber Kat nickte.
»Gegen eine gute Bezahlung, das ist selbstverständlich. Schließlich sind wir keine Eintagsfliegen, sondern Dauermieter. Das heißt, uns werden Sie in den nächsten Jahren wohl ein wenig öfter am Hals haben. Ich hoffe doch, das macht Ihnen nichts aus?« Kat drückte sich die Papierserviette gegen die Lippen, prüfte den roten Kussmund auf dem weißen Untergrund und schenkte dem Wirt ein neues Lächeln, eines, das sie auch in manchen Filmen aufsetzte, kurz nach dem Liebesakt. Kat nannte es *Die-Katze-leckt-am-Sahnetopf-Lächeln* und brachte den Wirt damit derart aus der Fassung, dass er regelrecht nach Luft schnappen musste. »Bei Gott, natürlich macht es mir

nichts aus, ganz im Gegenteil, ich, wir, Sie ... also, ich ... ich hole sofort den Jungen, Frau Thalis.«

Der Wirt stolperte auf den hellen Perlenvorhang zu, der offensichtlich die privaten Räume von der Kneipe trennte.

Kat grinste und Gilbert schüttelte den Kopf. »Du bist ein herzloses Weib, weißt du das?«

Kat kicherte. »Ich wollte nur nett sein«, sagte sie unschuldig.

Noa warf ihrer Mutter einen höhnischen Blick zu. Dann sah sie zum Tresen und fing das Lächeln der Frau auf. Marie Schumacher und Gustaf Kropp – ein Ehepaar schienen die beiden jedenfalls nicht zu sein und dieser David war offensichtlich auch nicht ihr gemeinsamer Sohn.

»Schau mal«, sagte Kat. »Da ist ja unser Helfer schon.«

Der Perlenvorhang hatte sich wieder geteilt.

Der Junge, dachte Noa, und merkte verwirrt, dass ihr die Kehle eng wurde. Der Junge vom Dach.

Er hatte helles Haar. Es fiel ihm in die Stirn, eine hohe, ernste Stirn mit einer tiefen Falte zwischen den dunklen Augenbrauen, aber als der Junge Noas Blick einfing, lächelte er – ein ganz eigenartiges Lächeln, ruhig und ein klein wenig herablassend. Seine grünen Augen fixierten sie, aber Noa konnte dem Blick nicht standhalten. Sie beugte sich über ihren Teller und ärgerte sich, dass ihr Herz schneller schlug. Bemüht gleichgültig schob sie sich eine Gabel voll Bratkartoffeln in den Mund.

»Gustaf hat gesagt, Sie wollten mich sprechen?«

Der Junge wandte sich an Kat, die sich gerade eine Zigarette anzündete.

»Ganz richtig. Wir haben das Haus in der Gartenstraße gemietet und könnten Hilfe beim Renovieren gebrauchen. Bist du David? Ich bin Kat und das ...«

»Das mit dem Renovieren geht klar«, unterbrach der Junge Kat und drehte seinen Kopf zum Vorhang. Auch Noa hatte den

seltsamen Ruf dahinter gehört. Es hatte wie »Ahii« geklungen, eine Art Lallen, seltsam gequält.
Der Vorhang teilte sich zum dritten Mal. Noch ein Junge kam dahinter hervor, auf Knien rutschte er in die Kneipe und Noa biss sich auf die Lippe. Dieser Junge war behindert, stark behindert. Wie alt er war, konnte sie nicht erkennen, er hätte ebenso gut zwölf wie zwanzig sein können. Seine krausen dunklen Haare standen ihm wie Korkenzieher nach allen Seiten vom Kopf ab, die blassblauen Augen schienen ihm aus den Höhlen zu quellen, sie schauten in zwei gänzlich unterschiedliche Richtungen. Er sabberte. Um den Hals trug er ein Plastiklätzchen mit einem aufgedruckten blauen Hasen und in der Hand hielt er einen kurzen Stock. Bei jedem Schritt, den sich der Junge auf Knien vorbewegte, ließ er den Stock auf den Boden klacken. *Tock . . . tock . . . tock.*
Die Männer am Stammtisch lachten und die Frau hinter dem Tresen zuckte leicht zusammen. Noa schluckte. War dieser Junge auch ihr Sohn? Wenn ja, wie oft musste die Frau solche Reaktionen über sich ergehen lassen? Kat hielt zum Glück ihren Mund. Jetzt kam auch der Wirt wieder hinter dem Vorhang vor, sein Gesicht war feuerrot. »Bitte entschuldigen Sie«, flüsterte er erschrocken. »Kalle, willst du wohl herkommen? Kalle! David ist gleich bei dir, hörst du?«
Aber der behinderte Junge achtete nicht auf ihn. Er robbte an den anderen Jungen, an David, heran, griff nach seinem Ärmel und zog daran. »Ahii, Ahii . . .«
»Alles klar, Krümel, ich bin doch da.« David legte einen Arm um ihn. »Das ist mein Bruder Krümel«, sagte er ruhig. Dabei sah er nacheinander Kat, Gilbert und Noa in die Augen.
»Hey, Krümel.« Kat erhob sich von ihrem Stuhl, beugte sich zu dem behinderten Jungen herab und hielt ihm ihre Hand entgegen. »Ich bin Kat. Und das sind Gilbert und meine Tochter Noa.«

Gilbert nickte und Noa versuchte zu lächeln. Aber ihr war eng um die Brust, furchtbar eng, am liebsten wäre sie hinausgelaufen. Der behinderte Junge öffnete seinen Mund, schob die Zunge heraus und lachte, wobei er den Kopf nach hinten warf und dabei gleichzeitig mit dem Stock auf den Boden klopfte.

Kat lachte auch, aber es war ein warmes, weiches Lachen, als freute sie sich mit dem Jungen gemeinsam über einen Witz, den sonst keiner verstand.

Der Junge ließ seinen Bruder los und griff nach Kats immer noch ausgestreckter Hand. Er zog und zerrte daran und Noa wusste nicht, wie es ihre Mutter schaffte, weiterzulachen. Es fehlte nicht viel und der Junge hätte Kat zu Boden gerissen.

»Komm zurück!«

Eine alte Dame schob sich halb aus dem Vorhang heraus. An ihrem weißen Haarkranz erkannte Noa die alte Frau von heute Nachmittag wieder.

Der Junge, den David Krümel und der Wirt Kalle genannt hatte, gehorchte sofort. Auf Knien rutschte er zurück zum Vorhang. *Tock . . . tock . . . tock . . .*

»Tschüss, Krümel«, rief ihm Kat hinterher. »Und vielen Dank, dass du uns deinen Bruder ausleihst.«

Es gab nicht viele Momente, in denen Noa ihre Mutter liebte, aber dies war einer.

Kat zwinkerte David zu, doch er reagierte nicht darauf. Er schob die Daumen in die Gürtelschnallen seiner Jeans und musterte Kat mit einem ausdruckslosen Blick.

»Wann soll ich anfangen?«, fragte er schließlich.

»Wie wär's mit morgen früh, um . . .«, Kat wiegte den Kopf hin und her, ». . . sagen wir neun?«

David nickte. Und verschwand hinter dem Vorhang, ohne sich zu verabschieden.

Noa ging als Erste zu Bett, aber schlafen konnte sie nicht. Die Fenster waren geöffnet, der kühle Nachtwind bauschte die Vorhänge auf. Am Nachmittag hatten sie noch grau ausgesehen, aber jetzt wirkten sie weiß. Neben ihr, auf dem Boden, lag die Kamera. Noa hatte Fotos vom Himmel gemacht. Von den Sternen, die jetzt millionenfach an der schwarzen Kuppel standen. Die Karte von ihren Freundinnen lag noch auf der Bettdecke. *»Have fun am Arsch der Welt, wir grüßen dir Mykonos. Küsschen von Nadine und Svenja!«*
Noa kickte sie herunter, es gab ein leises Geräusch, als die Karte auf den Boden fiel. Aus dem Wohnraum drangen die Stimmen von Kat und Gilbert zu ihr herüber. Kat hatte vorhin noch ihre mitgebrachten Grand-Foulards über die alten Bauernsessel geworfen und auf den Esstisch – eine große, von zwei Ständern getragene Holzplatte – ein weißes Betttuch gelegt. Im Licht der alten Schirmleuchten neben den Sesseln hatte das richtig gemütlich ausgesehen. Gilbert hatte sich seinen dicken Wälzer mit nach oben genommen und Noa musste schmunzeln, als sie hörte, wie er Kat jetzt aus seinem Buch vorzulesen begann. Es war ein Auszug über Tischrücken und Seancen, zwei Methoden, um Geister aus dem Jenseits zu beschwören.
»Tu mir den Gefallen und lass mich mit diesem hirnverbrannten Blödsinn in Ruhe, Sweetheart, hörst du?«, unterbrach ihn Kat.
Gilbert murmelte eine beleidigte Antwort. Danach war er still, auch Kat war still und irgendwann war es so still, dass Noa ihr eigener Atem laut vorkam.
Plötzlich fiel ihr das Gefühl von vorhin wieder ein. Das Gefühl, dass jemand sie aus dem Haus angesehen hatte, ihr nachgesehen hatte. Sie setzte sich im Bett auf, horchte in die dunkle Nacht.
Aber es rührte sich nichts, nur der Wind und selbst der machte kaum ein Geräusch.
Irgendwann schlief Noa ein.

DREI

Ich habe die Brüder Löwenherz auf Mutters Nachttisch gefunden, ich habe darin gelesen. Ich habe darin gelesen und Jonathan war wieder da. Er war so sehr da, dass ich meinte ihn halten zu können. Mich an ihm festhalten zu können.

Eliza, 7. Juli 1975

Hitchcocks keckerndes Maunzen mischte sich in Noas Traum. Es war einer jener Morgenträume, die seltsam wirklich sind und die einen festhalten, mit sanften, unsichtbaren Händen. Als Noa erwachte, wusste sie im ersten Augenblick nicht, wo sie war. Sie blinzelte, rieb sich die Augen und dann sah sie den Vogel. Er saß auf dem Fensterbrett und war ganz offensichtlich der Grund für Hitchcocks Aufregung. Das Fenster stand weit offen und das Maunzen kam von unten, aus dem Garten. Kat musste die Katzen herausgelassen haben und der Vogel hatte den Jäger in Hitchcock geweckt. Aber der Vogel war unerreichbar. Er neigte seinen blau gefiederten Kopf zur Seite, fast sah er aus, als schmunzelte er.

Langsam, ganz langsam tastete Noa nach ihrer Kamera auf dem Boden und zog sie zu sich hoch. Wie in Zeitlupe richtete sie sich im Bett auf, setzte das Gerät ans Auge, stellte die Linse scharf und legte den Finger auf den Auslöser. Doch gerade, als sie abdrücken wollte, wurde Hitchcocks Kampfmaunzen lauter – und der Vogel flog davon, verlor sich im Himmelsgrau.

Beleidigt schimpfte Hitchcock ihm nach. Noa lachte. »Da musst du noch ein bisschen üben, Stadtkater«, rief sie ihm von oben zu. »Wo hast du denn die Dicke gelassen?«
Ein schriller Schrei von nebenan gab ihr Antwort. »Pancake, zum Teufel noch mal, musst du mir dieses Biest auf die *Decke* legen?«
Eine halbe Minute später stand Kat in Noas Zimmer. Sie trug ihren chinesischen Morgenmantel und zwischen ihren ausgestreckten Fingern baumelte eine tote Maus. »Pancake hat mir Frühstück ans Bett gebracht«, schimpfte sie angeekelt.
Noa grinste. »Du musst sie loben, Kat, sonst verletzt du ihren Stolz. Außerdem hast du ihr doch selbst gesagt, sie soll sich ihr Essen selbst fangen.«
Kat warf die Maus aus Noas Fenster und sah auf die Uhr. »Zwanzig nach elf, ja Wahnsinn! Ich hab geschlafen wie ein Murmeltier. Du offensichtlich auch. Was Schönes geträumt? Der erste Traum im neuen Heim soll ja in Erfüllung gehen, sagt zumindest Gilbert. Wo steckt er überhaupt? Wollte nicht auch dieser David um neun kommen? Scheint ja nicht gerade pünktlich zu sein.«
Noa gähnte und beschloss auf keine von Kats Fragen eine Antwort zu geben. Ihren Traum hatte sie ohnehin vergessen.
Trotz des grauen Himmels war die Luft draußen drückend und schwer. Erst jetzt merkte Noa, dass sie sich im Schlaf ausgezogen haben musste. Nur ihre Unterhose trug sie noch, das schwarze T-Shirt lag auf dem Boden. Noa zog es über, schob sich an Kat vorbei zur Tür und ärgerte sich, dass sie keine Jeans angezogen hatte. Sie konnte die Blicke ihrer Mutter geradezu fühlen, wie sie an ihrem schmalen Rücken hinab zu ihren Beinen glitten. Unwillkürlich zog Noa an ihrem T-Shirt, das ihr gerade bis zum Bauchnabel reichte. Sie fuhr herum, Kat hatte den Mund schon geöffnet, aber Noa blitzte sie so feindselig an,

dass ihre Mutter abwehrend die Hände hob. »Ist ja schon gut, ich sag ja nichts, ich versteh nur manchmal nicht, woher du diese dünnen Beine . . .«
»Halt einfach die Klappe, Kat«, zischte Noa – und dachte zum hundertsten Mal, dass sie ja selbst nicht verstand, wie Kat und sie Mutter und Tochter sein konnten. Die große Kat mit ihren Venus-von-Milo-Hüften, dem vollen Busen, den dichten roten Locken – und sie, Noa. Kleine, dünne dunkle Noa.
Eine ganze Weile lang war Noa der festen Überzeugung gewesen, dass Kat sie adoptiert hatte, aber Kat hatte lachend gesagt: »Glaub mir, mein Herz, mit siebzehn adoptiert man keine Kinder, in diesem Alter muss man sie schon selber machen.«
»Verdammt noch mal«, rief Kat ihr jetzt hinterher, »wie redest du eigentlich mit mir?«
Aber Noa war schon im Flur. Vor dem Bücherregal blieb sie eine Weile stehen und musterte die verstaubten Bücher. Wer auch immer dieses Haus vor ihnen bewohnt hatte, schien einen bunten Geschmack zu haben. Die Sammlung war ein wildes Durcheinander von Natur- und Farbbildbänden über den Westerwald, speckigen Groschenromanen und dicken Medizinfachbüchern, Ratgebern über die Überwindung von Trauerfällen in der Familie, in Seide gebundenen Klassikern, zerfledderten Taschenbüchern und einem Kinderbuch von Astrid Lindgren, von der Noa als Kind alle Bücher verschlungen hatte.
Lächelnd zog sie den Band *Die Brüder Löwenherz* heraus. Ganz vorne stand eine Widmung, unleserlich und verwischt, als hätte jemand Wasser darauf verschüttet. Noa wollte gerade versuchen sie zu entziffern, als ihr das Lesezeichen auffiel. Es war ein breites Geschenkband aus grüner Seide, und als Noa das Buch an der Stelle aufschlug, wo es lag, war einer der Sätze rot unterstrichen.

Aber wen die Götter lieben, den lassen sie jung sterben.
»Gehst du zuerst ins Bad oder soll ich?«, rief Kat aus dem Wohnraum.
»Ich bin schon auf dem Weg.« Hastig legte Noa das Buch zurück und ging nach unten.
Das Badezimmer war feucht und klamm, der nackte Steinboden kalt. Noa schauderte, als sie die Spinnweben vor den vor Schmutz starrenden Fenstern sah. Ein Waschbecken gab es nicht, nur eine weiße Wanne, die auf gusseisernen Füßen stand, und eine Toilette. Im Wissen, dass es hier kein Licht gab, hatten Noa und Kat gestern Abend das Klo in der Wirtschaft benutzt. Gilbert hatte den Walnussbaum »getauft« und Kat hatte gesagt, das seien die einzigen Momente, in denen sie Männer um ihr kleines Extra beneidete. Sie würde sonst was darum geben, einmal einem Baum ans Holzbein zu pinkeln.
Das Wasser, das aus dem Hahn der Badewanne kam, war so kalt wie das in der Küche. Noa seufzte. So viel zum Thema Morgendusche. Sie putzte sich die Zähne, machte Katzenwäsche und fluchte über eine kleine Glasscherbe, die sie sich beim Rausgehen in die nackte Fußsohle trat.
Im Hausflur stand Gilbert, den Arm voller Bretter, im Mund eine Schachtel voller Nägel. Als Noa, immer noch in T-Shirt und Unterhose, die Treppen hochging, rief er ihr etwas Unverständliches hinterher, und erst als sie in den Wohnraum trat, begriff Noa, was Gilbert hatte sagen wollen. Kat saß mit übereinander geschlagenen Beinen und Pancake im Arm auf dem Sessel und plauderte.
Mit David.
Es war zu spät, Noa stand schon mitten im Zimmer. David hatte sich umgedreht und sah sie an; die grünen Augen beunruhigend wach, die eine Augenbraue leicht hochgezogen, um den Mund wieder der Anflug dieses Lächelns. Obwohl er ihr nur

in die Augen sah, spürte Noa, dass er sie wahrnahm, von Kopf bis Fuß wahrnahm.
»Huuups«, sagte Kat.
Noa sprang zurück, war drei Sätze später in Kats Zimmer, aber lauter als die Tür, die sie krachend hinter sich zugeschlagen hatte, hämmerte ihr Herz. »Scheiße«, flüsterte sie. »Scheiße, Scheiße, Scheiße.«
Sie lehnte den Kopf an die Tür, lauschte Davids Schritten, wie sie durch den Flur nach unten gingen, riss die Tür wieder auf und war Sekunden später – diesmal hatte Kat nicht gewagt den Mund zu öffnen – in ihrem eigenen Zimmer verschwunden.

Es war der Hunger, der Noa zwei Stunden später aus ihrem Zimmer trieb. Sie hatte ihr Essen gestern kaum angerührt. Wenn sie jetzt nicht bald etwas in den Magen bekam, würde ihr schlecht werden, wie immer, wenn sie zu wenig aß.
Während Noa sich oben verschanzt hatte, hatten David und Gilbert im unteren Stockwerk gearbeitet. Noa hatte sie sägen und hämmern gehört, anscheinend hatte Gilbert sein Bücherregal als Erstes auf die lange Liste gesetzt. Kat rumorte im Wohnraum herum, den Geräuschen nach war sie dabei, die Tapeten von den Wänden zu reißen. Dabei sang sie französische Chansons und rezitierte ab und zu eine Stelle aus ihrem neuen Script.
Als Noa in den Wohnraum trat, stand Kat auf der Leiter und hustete fürchterlich. Eine dicke Ladung Putz war von der Decke herab auf ihre Locken gerieselt. Sie trug eine ausgebeulte rote Jogginghose, auf ihrem weißen T-Shirt, das sich reichlich knapp über der Brust spannte, stand in roten Druckbuchstaben *Mauerblümchen*.
»Na, hast du dich von dem Schreck erholt?« Kat schüttelte sich

den Putz aus den Haaren und grinste Noa an. »Keine Sorge, mein Herz, der Junge sieht nicht so aus, als hätte er zum ersten Mal ein Mädchen in Unterwäsche gesehen. Ist ja wirklich ein verdammt gut aussehender Kerl. Komm, schnapp dir einen Spachtel und hilf mir, ja?«

»Ich muss erst mal was essen, Kat.« Noa steckte sich das schwarze T-Shirt in die Jeans und ging nach unten. Hoffentlich hatte Gilbert nicht nur an das Haus, sondern auch an ihre leeren Bäuche gedacht. Und hoffentlich kam ihr David nicht unter die Augen.

In der Küche roch es nach frisch gebrühtem Yogitee und auf dem Tisch lagen ein Laib Brot, ein dickes Stück Käse, Butter und eine geräucherte Salami. Während sich Noa ein Brot schmierte, hörte sie zu, wie Gilbert in seinem Zimmer auf David einredete. »Parapsychische Fähigkeiten schlummern in jedem Menschen, weißt du, sie müssen nur geweckt werden, geweckt und trainiert. Gestern Nacht hab ich einen Bericht von drei ganz normalen Studenten gelesen . . . hier, hör dir das mal an . . .« Nach einer kurzen Pause zitierte Gilbert aus seinem Buch. Dazu ertönte das laute Geräusch einer Säge auf Holz, Gilbert musste schreien, um sie zu übertönen: »*Aber die Studenten waren ganz bei der Sache und der Tisch kippte auf zwei Beine. Die beiden anderen Beine schwebten in der Luft, und als der Tisch gleich darauf zurückkippte, krachten sie zurück auf den Boden. Unmittelbar darauf folgte der zweite Schlag ›So‹, sagte die führende Studentin, ›wir möchten, dass du lauter schlägst. Lege mehr Kraft in deine Botschaft!‹ Zwei laute Schläge folgten. ›Als du in deinem materiellen Körper bei uns warst, hast du da Donald Miller geheißen? Neun Schläge für ja, zwei für nein.‹ Der Tisch klopfte neunmal. ›War es die Kugel aus einem Polizeirevolver, die dich getötet hat? Ein Schlag für ja, drei für nein . . .‹*« Gilbert legte eine kunstvolle Pause ein. »Na, wie klingt das für dich?«

Das sägende Geräusch stoppte. »Nach einem kaputten Tisch und einer Überdosis bewusstseinsverändernder Drogen«, kam es von David. »Oder glauben Sie im Ernst an einen solchen Schwachsinn?«
Ein Brotkrümel, der sich in Noas Luftröhre verirrte, ließ ihr Prusten zu einem verzweifelten Husten werden. Der Atem blieb ihr weg, sie rang nach Luft, röchelte und hob keuchend die Arme, während Gilbert, der in die Küche geschossen kam, ihr den Rücken klopfte.
»Das kommt vom Lauschen«, brummte er, als Noa sich beruhigt hatte.
»Nö«, sagte sie grinsend. »Das kommt von diesem Blödsinn, den du ständig unter die Leute bringst, daran kann man sich ja nur verschlucken. Ist dir das eigentlich nicht peinlich?«
In der Kammer hatte David wieder zu sägen begonnen. Gilbert zuckte beleidigt mit den Achseln. Noa trank einen Schluck Wasser aus der Leitung und ging nach oben, um Kat beim Abziehen der Tapeten zu helfen.

Als sich am frühen Nachmittag die Tür zum Wohnraum öffnete, war die eine Seite der Wand schon vom Gröbsten befreit.
»Ihr Mann kommt unten jetzt alleine klar«, sagte David. »Er sagt, ich soll Sie fragen, was ich hier helfen kann.«
»Die größte Hilfe«, sagte Kat und wischte sich mit dem Ärmel über die Stirn, »wäre, wenn du mich duzen würdest. Ich heiße Kat, schon vergessen? Aber wenn du Lust hast, kannst du anfangen die Wand hier zu verputzen. Hat mein Mann . . .«, Kat kicherte, ». . . an den Gips gedacht? Ah, da steht er ja. Hier, du kannst meinen Spachtel haben. Ich brauch jetzt erst mal 'ne Pause.«
Kat rauschte aus dem Wohnraum. Noa und David waren allein. Noa hätte sich am liebsten in Luft aufgelöst. Sie stand oben auf

der Leiter, David unter ihr, und plötzlich kam sich Noa vor wie der kleine Vogel heute Morgen auf dem Fensterbrett – mit dem erschwerenden Unterschied, dass sie keine Flügel besaß, die sie aus dieser Situation befreien konnten. Niemand, nicht einmal Heiko, hatte jemals zuvor ein solches Gefühl in ihr ausgelöst. Dieses flache Kribbeln in der Brust, dieses Zittern in den Knien, dieses Bedürfnis, ein Fenster aufzureißen, obwohl es doch längst offen stand.

Dabei sah David sie nicht einmal an. Er musterte nur die Wand, strich mit den Händen über die löchrige Fläche, während Noa verzweifelt nach Worten suchte.

»Was wollen Leute wie ihr in so einem Dorf?«, fragte David unvermittelt und noch immer ohne Noa anzuschauen.

»Kat«, sagte sie, dankbar ihre Gedanken auf etwas anderes lenken zu können als auf ihre Unsicherheit.

»Kat, meine Mutter, wollte hierher. Sie . . .« Kaum dass Noa angesetzt hatte, hielt sie auch schon wieder inne. Was sollte sie sagen, wie sollte sie das erklären, ohne die Gefühle des Jungen zu verletzen? Kat war an einem Punkt angelangt, an dem sie fast alles haben konnte, was sie wollte, und nun sehnte sie sich nach Einfachheit – wie jemand, der monatelang von Champagner und Kaviar gelebt hatte, plötzlich Heißhunger auf Graubrot mit Leberwurst hat. Kat liebte, Kat *brauchte* Extreme, und während sie zu Hause in Berlin in Luxus badete, wollte sie jetzt den Gegenpol: eine Dosis Kuhmist sozusagen.

»Kat braucht es für eine Rolle«, sagte Noa schließlich. »Ihr neuer Film spielt auch auf dem Land und auf ihre Rollen bereitet sie sich meist am besten vor, wenn sie eine Weile so ähnlich lebt wie die Figur, die sie spielen soll.«

Noa atmete aus, das war wenigstens nicht ganz gelogen. Kats neuer Film, ein Thriller, spielte tatsächlich in einem Dorf, wenn auch nicht in Deutschland sondern in Nordengland.

»Und du?«, fragte sie David schüchtern. »Wie lange lebt ihr schon hier?«
David fischte eine Packung Tabak aus seiner Hosentasche »Seit drei Wochen«, sagte er, wobei er seiner Stimme einen amerikanischen Akzent gab. »Wir haben vorher in Paris gewohnt. Jetzt sind wir auf dem Sprung nach Amerika, aber unser Penthouse in Hollywood ist noch nicht fertig, deshalb machen wir hier Zwischenlandung und schaufeln eine Runde Kuhscheiße, bis uns der Privatjet holen kommt.« David steckte sich eine Zigarette in den Mund, zündete sie an und blies den Rauch zu Noa hoch. Erleichtert stellte Noa fest, dass er grinste.
»Du Idiot«, sagte sie.
»Danke, gleichfalls«, erwiderte David. Er sah Noa in die Augen.
Dann griff er nach der Packung Gips und ging zur Tür. Noch ehe er sie öffnete, nahm Noa den Duft wieder wahr. Ganz plötzlich lag er in der Luft und diesmal schien sie nicht die Einzige zu sein, die ihn roch.
David drehte sich zu Noa um, musterte sie mit gerunzelter Stirn. »Das Parfüm passt nicht zu dir«, sagte er nüchtern. »Bin gleich zurück, also halt die Stellung und pass auf, dass dir nicht die Decke auf den Kopf fällt, okay?«
Noa nickte, verwirrt und seltsam aufgedreht zugleich.

Gegen vier klopfte es unten an der Tür. Gemeinsam hatten Noa und David die Wand verputzt. Immer wieder hatte Noa dabei auf Davids Hände geschaut. Auf seine hellen, feingliedrigen Hände, die ruhig und zielgerichtet arbeiteten, sich ganz auf das konzentrierten, was sie berührten.
Kat war in die nächste Stadt zum Einkaufen gefahren, danach hatte sie nur einmal kurz den Kopf hereingesteckt, um zu sehen, ob sie klarkamen und um David zum Abendessen einzu-

laden – was David ausschlug, halb zu Noas Erleichterung, halb zu ihrer Enttäuschung.

Aber jetzt drang Kats Stimme nach oben. »Hey, Leute, kommt runter, Lieferservice, es gibt frischen Apfelkuchen.«

Im Flur stand Marie, die Mutter von David. Noa erkannte die Ähnlichkeit zwischen den beiden jetzt genau. Sie hatten dieselben grünen Augen und dieselbe helle Haut, auch wenn Maries Gesicht runder, nicht so kantig war wie das von David. Auch die tiefe Stirnfalte fehlte ihr, dafür kamen Noa die Schatten unter ihren Augen jetzt noch dunkler vor als gestern. In der Hand hielt sie ein Kuchenblech und neben ihr, im Rollstuhl, saß Krümel. Als er David erblickte, klatschte er in die Hände, sabberte, lallte seinen Namen. »Ahiii . . .«

»Sehen Sie, Marie?« Kat zwinkerte Davids Mutter zu. »Ihr Sohn will auch zum Kaffeetrinken bleiben. Ich meine, wo kommen wir denn da hin? Sie bringen uns Kuchen und schenken uns nicht Ihre Gesellschaft? Also, ich sage: Ganz oder gar nicht. Was meinst du, Gil?«

Gilbert nickte und Marie gab lächelnd nach. Aber als sie den Rollstuhl in den Flur geschoben hatte, klammerten sich ihre Hände einen Moment lang so fest um die Griffe, dass ihre Knöchel weiß hervortraten. Wahrscheinlich ist es wegen Krümel, dachte Noa. Marie fürchtet sich vor dem, was wir über ihn denken.

»Hey Krümel«, sagte sie schnell. »Schön, dass ihr zum Kuchenessen bleibt.«

Außer Lebensmitteln hatte Kat auch Geschirr, Besteck und eine schlichte weiße Tischdecke besorgt. Als sie zu sechst um den kleinen Küchentisch herumsaßen, plapperte Kat, was das Zeug hielt, erzählte von ihrem gerade abgedrehten Spielfilm, dem Stress bei den Dreharbeiten und ihrer Lust auf »richtige Arbeit«, Arbeit mit den Händen, bei der man endlich mal den

Kopf ausschalten konnte – obwohl sie jetzt für ihre neue Rolle lernen und einen Stapel schlechter Drehbücher durchforsten müsse.
Unter dem Tisch saßen Pancake und Hitchcock und schleckten Sahne von zwei Untertellern. Krümel spielte im Flur mit den Regenschirmen, die Kat in den Schirmständer gestellt hatte. Sein leises Brabbeln drang in die Küche.
Marie hörte Kat zu mit diesem zurückhaltenden Lächeln auf den Lippen, das Noa vom ersten Augenblick an ihr gemocht hatte. Als sich David neben ihr eine Zigarette drehte, seufzte sie leise, aber David ignorierte es. Er zündete die Zigarette an, sah aus dem Fenster und Noa konnte an seinem Gesicht nicht ablesen, ob er gelangweilt oder abwesend war. Draußen war es noch immer grau. Fast bleiern lag die Luft über dem Haus.
Kat wechselte das Thema. »Bei unserem Vermieter, diesem Hallscheit, war ich übrigens auch. Die alte Frau vor seiner Haustür hat mir einen Heidenschreck eingejagt. Mein lieber Scholli, die könnte man im Film glatt als Hexe verbraten.«
Marie lächelte. »Ja, sie sieht ein wenig unheimlich aus, da haben Sie Recht. Sie ist Hallscheits Schwiegermutter, seit dem Tod seiner Frau leben die beiden allein.«
Kat schüttelte den Kopf, als könnte sie nicht glauben, dass jemand mit seiner Schwiegermutter unter einem Dach lebt.
»Aber der Bauer ist ja auch ein komischer Kauz«, sagte sie. »Kennen Sie ihn?«
»Kennen wäre zu viel gesagt«, erwiderte Marie. »Hier im Dorf kennt natürlich jeder jeden, aber in der Wirtschaft lässt sich Hallscheit selten blicken. David hilft ihm manchmal, wenn es Arbeit auf der Weide gibt. Zäune ausbessern, Pfähle einschlagen – und Esther, Gustafs Mutter, kauft bei ihm immer frische Milch und Eier.«
»Guter Tipp«, sagte Kat. »Und das Haus hier? Hat dieser Hall-

scheit früher hier gewohnt oder war es immer schon ein Ferienhaus? Mit mir wollte er nicht darüber sprechen, aber das lag vielleicht auch daran, dass ich ihn bei seiner Arbeit im Schuppen überfallen habe.«

Marie nippte an ihrem Kaffee, blickte an David vorbei aus dem Fenster und für den Bruchteil einer Sekunde schienen sich ihre schmalen Schultern anzuspannen.

»Das Haus gehört Hallscheits Schwiegermutter, aber Hallscheit hat es all die Jahre verwaltet. Es gab mal eine Familie aus der Stadt, die hier ihre Wochenenden und Ferien verbracht hat, aber das ist lange her, ich . . .« Marie blickte zu Noa herüber. Ihre Augen flackerten plötzlich ängstlich, und als sie ihren Satz beendete, klang ihre Stimme brüchig. ». . . ich war damals ungefähr im Alter Ihrer Tochter.«

»Wow.« Kat strich sich eine Locke aus dem Gesicht. »Dann hat der Kasten ja wirklich ein paar Jahre leer gestanden. Aber was ist mit Ihnen? Wie lange leben Sie denn schon in diesem Dorf? Wirklich seit Ihrer Jugend?«

Man sah Kat an, dass diese Vorstellung ihr geradezu undenkbar erschien, und Noa wurde bewusst, wie naiv ihre Frage an David vorhin gewesen war. Plötzlich kam sie ihr fast vor wie eine Beleidigung.

»Ich bin im Unterdorf aufgewachsen«, erwiderte Marie. »Aber seit mein Mann . . . seit der Scheidung lebe ich mit meinen beiden Jungen zur Untermiete bei Gustaf und seiner Mutter. Gustaf wurde auch hier geboren, wir sind als Kinder zusammen zur Schule gegangen und für meine Kinder ist er heute so was wie ein Onkel. Es gibt eigentlich keinen, der hierher gezogen ist. Wenn überhaupt, ziehen die Leute weg.«

David drückte seine Zigarette auf einem Unterteller aus, den Kat ihm hingeschoben hatte. »Die Betonung liegt auf *wenn überhaupt*«, sagte er kalt.

Marie senkte den Kopf und auf ihre Lippen stahl sich ein trauriges Lächeln.
Gilbert, der bis jetzt voll und ganz auf seinen Apfelkuchen konzentriert gewesen war, öffnete den Mund, um etwas zu sagen, als von oben ein Geräusch ertönte. Es klang wie ein Stöhnen, aber so laut und durchdringend, dass Gilbert vor Schreck seine Kuchengabel fallen ließ.
Fast gleichzeitig waren Marie und David aufgesprungen. Noa, Kat und Gilbert folgten ihnen.
Krümel war nicht mehr im Flur, irgendwie musste er es die Treppe hinaufgeschafft haben und dort, vor den Dachbodenstufen kniete er jetzt. Er war völlig außer sich, ruderte mit den Armen in der Luft, als versuchte er einen unsichtbaren Gegner abzuwehren, und sein Stöhnen schlug jetzt um, in schrille, panische Schreie. Marie war leichenblass. »Kalle, mein Junge, mein Liebling, beruhige dich, es ist doch alles gut . . .« Sie machte einen Schritt auf ihren Sohn zu, fuhr aber zurück, als sie sein Arm an der Schulter traf.
David versuchte seinen Bruder bei den Armen zu packen, aber es brauchte drei Anläufe, bis es ihm endlich gelang. Ganz fest hielt David seinen Bruder im Arm, wiegte ihn hin und her wie ein Riesenbaby, minutenlang, bis Krümels Stöhnen leiser wurde und endlich versiegte.
Kat, Gilbert und Noa standen hinter Marie, die mühsam um Fassung rang. »Bitte verzeihen Sie, dass . . . der Junge kann nichts dafür . . . ich . . .«
»Hör endlich auf dich zu für ihn zu entschuldigen!«, schrie David seine Mutter an.
Ehe Marie etwas erwidern konnte, legte Kat ihr die Hand auf die Schulter. »Ich finde, Ihr Sohn hat Recht, Marie! Fragen Sie mal meine Tochter, wie ich manchmal rumbrülle, dagegen ist Ihr Kalle noch das reinste Lamm. Stimmt's Noa?«

Noa nickte, dankbar für Kats Lüge, und Marie sah aus, als würde sie jeden Moment in Tränen ausbrechen. »Ich danke Ihnen, Frau Thalis. Ich bin, wir sind ... wir haben das nicht einfach mit unserem Jungen hier im Dorf. Komm ...« Sie griff nach Krümels Hand, löste ihn sanft von David. »Komm mit mir, wir gehen nach Hause. David kommt bald nach, hörst du? Komm, mein Liebling, Oma Esther wartet schon.«
In Krümels Augen glitzerte noch eine Spur von Angst, aber er war wieder ganz ruhig und ließ sich von seiner Mutter nach unten bringen, ganz langsam, Stufe für Stufe. Noa hörte, wie Marie ihm unten im Flur in den Rollstuhl half. Leise und liebevoll redete sie dabei auf ihn ein. Kurz darauf fiel die Haustür ins Schloss.
David stand auf. Er strich sich das Haar aus der Stirn und sah Kat an.
»Brauchen Sie so was auch, um sich auf Ihre neue Rolle vorzubereiten?«, fragte er abfällig. »Haben Sie die beiden deshalb gebeten zum Kaffee zu bleiben?«
Noa sah, wie Gilbert zusammenzuckte, aber Kat verzog keine Miene.
»Mir ist mal eine Rolle angeboten worden«, entgegnete sie ruhig, »in der ich die Mutter eines behinderten Kindes spielen sollte. Ich habe die Rolle abgelehnt, weil ich die Rolle der Mutter unrealistisch fand. Sie war immer geduldig, immer liebevoll, hat nie die Nerven verloren, nie ein böses Wort an ihren Sohn gerichtet, der ihr das Leben zur Hölle machte. Ich habe zu meinem Regisseur gesagt, der Drehbuchschreiber hätte keine Ahnung, solche Mütter gäbe es nicht. Aber ich glaube, ich habe mich geirrt. Deine Mutter ist genau so, stimmt's?«
Davids starrte auf den Holzboden, auf dem sein Bruder vorhin gekniet hatte, und dann auf die Dachbodentür, die immer noch verschlossen war. Dann sah er Kat an und Noa entdeckte

Scham in seinen Augen. »Normalerweise kriegt Krümel solche Anfälle nur, wenn ihm etwas Angst macht«, sagte er leise.
Kat wechselte einen Blick mit Gilbert, aber der zuckte ratlos mit den Schultern. »Vielleicht eine Maus«, sagte Noa. »Pancake hat Kat heute Morgen eine zum Frühstück serviert.«
David musste lächeln. »Vielleicht«, sagte er. »Also dann, ich mache jetzt mit der Wand weiter. Hilfst du mir?«
Er hielt Noa die Tür zum Wohnraum auf. Noa war den ganzen Tag noch nicht draußen gewesen, aber jetzt war es nicht nur der graue Himmel, der sie im Haus hielt.

Als sich David verabschiedete, war es schon dunkel. Der Wohnraum war frisch verputzt, morgen würden sie streichen können, und als Kat David für den nächsten Abend zum Essen einlud, willigte er ein.
Noa brachte ihn zur Tür.
»Dieser Gilbert ist nicht dein Vater, oder?«, fragte er, bevor er ging.
Noa schüttelte den Kopf. »Er ist Kats Freund«, murmelte sie. »Aber sie haben nichts miteinander. Und dein Vater? Wo ist er?«
David antwortete nicht. Seine Augen wanderten über Noas Gesicht. An ihren Lippen blieben sie hängen. »Du und deine Mutter, ihr habt denselben Mund. Die Oberlippe, der Knick in der Mitte. Wie bei einem Herz.«
David legte den Finger an Noas Lippen und Noa wich zurück, als hätte sie sich daran verbrannt.
Erst später im Bett, als Kat und Gilbert längst schliefen, legte sie ihren eigenen Finger an die Stelle und flüsterte Davids Namen in die Dunkelheit.

VIER

Der Junge mit dem Muttermal. Er heißt Robert und hilft beim Renovieren. Mein Vater wirft sofort die Angel nach ihm aus. Er will Ersatz für Jonathan, als wäre ich gar nicht vorhanden. Dafür hasse ich ihn einmal mehr! Aber Robert lässt sich nicht ködern. Er arbeitet schweigend, und bevor er geht, sieht er mich an. Seine Augen sind so dunkel, dass man kaum die Pupillen erkennt. Ich glaube, ich werde beschließen ihn zu mögen.

Eliza, 9. Juli 1975

Diesmal war es David, der Noa weckte. Er stand mit Gilbert im Wohnraum, dessen Tür zu Noas Schlafzimmer nur angelehnt war, und zählte die Dinge auf, die sie für die weiteren Renovierungsarbeiten brauchen würden.

Noa setzte sich im Bett auf. Fast unwillkürlich hielt sie den Atem an. Davids Stimme war so nah, als stünde er direkt vor ihrer Tür, und plötzlich kam es Noa vor, als spräche David absichtlich eine Spur zu laut.

»Klingt ja nach einem ziemlichen Großeinkauf«, bemerkte Gilbert, als David seine Aufzählung beendet hatte. »Willst du das wirklich allein machen oder soll ich dich begleiten?«

»Ist . . .« David hielt einen Moment inne. »Ist Noa schon wach?«

Mit einem Satz war Noa aus dem Bett, sie dachte gar nicht darüber nach, fand sich einfach vor der Tür wieder und streckte den Kopf durch den Spalt, die schwarzen Haare noch zerzaust von der Nacht.
»Ich komm mit – muss mich nur kurz anziehen, okay?«
Eine Viertelstunde später hielt David ihr die Tür zu seinem VW-Bus auf. Er war wirklich wunderschön mit seinen tausenden von Sternen, winzigen silbrigen Punkten auf nachtblauem Untergrund.
»Hast du ihn angemalt?«, fragte Noa, als sie auf den Beifahrersitz geklettert war.
David nickte, drehte den Zündschlüssel und Noa fuhr zusammen, weil die Musik in Höchstlautstärke aus den Autoboxen kam.

Jonny's trapping stars in his car
With the radio on
In the parking lot

»Das passt ja«, sagte Noa lachend, als David die Lautstärke heruntergedreht hatte. Im Bus roch es angenehm, eine Mischung aus feuchtem Holz, Zigarettenrauch und Rasierwasser. Noa warf einen Blick nach hinten. Werkzeuge und Zeitschriften lagen dort auf einer breiten, mit Plastik bedeckten Fläche, darunter schien eine Matratze zu sein.
»Jim Carroll«, sagte David. »Die CD ist von Jim Carroll. Kennst du ihn?«
Noa schüttelte den Kopf und kurbelte das Fenster herunter.
Draußen war es noch immer grau. Die drückende Schwere, die schon gestern über dem Dorf gelegen hatte, erschien Noa noch bleierner als gestern. Wie ein Versprechen lag das Gewitter in der Luft.
Vor einem Haus aus braunem Sandstein, das nicht weit von ihrem Ferienhaus an einer Weggabelung lag, saß eine uralte

Frau. Halb in sich zusammengesunken, hockte sie auf einem Klappstuhl und sah ein wenig so aus, als hätte jemand sie dort abgesetzt, weil er sie nicht mehr gebrauchen konnte. Die Frau war ganz in Schwarz gekleidet, die bleichen Hände lagen in ihrem Schoß, das Gesicht war unter hunderten von Falten kaum erkennbar, aber als David an ihr vorbeifuhr, hob die Alte ruckartig den Kopf und blickte Noa aus überraschend scharfen blitzblauen Augen an.
»Hallscheits Schwiegermutter«, sagte David grinsend, als Noa zusammenzuckte. »Die Alte ist schon an die hundert und das halbe Dorf fürchtet sich vor ihr, weil sie den Leuten manchmal Sachen hinterherschreit, ziemlich schräges Zeug, wenn du mich fragst. Hast dich erschrocken, was?«
Noa nickte und dachte an das, was Kat gestern beim Kaffeetrinken zu Marie gesagt hatte. Kat hatte Recht, die Alte sah wirklich wie eine Hexe aus, fast als wäre sie einem Märchenbuch entsprungen – und plötzlich musste Noa an das Wort auf ihrem Spiegel denken. *Schneewittchen.*
Ein Stück weiter sahen sie Krümel. Er kniete vor der Kneipe, neben ihm war die Frau mit den weißen Haaren und dem Gehstock, die Noa im Vergleich zu der Hexe beinahe jung vorkam. Zwischen ihr und Krümel lag ein roter Ball mit weißen Punkten, auf den Krümel jetzt zurutschte. Als David hupte, hob er den Kopf und patschte in die Hände. Die Frau hob nur die Hand.
»Ist das Oma Esther?«, fragte Noa.
David nickte. »Sie ist Gustafs Mutter, aber für uns war sie immer wie eine Großmutter. Liebt uns abgöttisch, fast so sehr wie ihren Gustaf. Krümel hängt wahnsinnig an ihr, aber mir geht Esther mit ihrer betulichen Art manchmal ganz schön auf den Geist. Ich glaube, ich könnte wegen Drogendealen im Knast sitzen, sie würde mich immer noch als ihren *guten Jungen* bezeichnen.«

Noa blickte zurück. Sie hatte Esther nur ein paar Mal kurz gesehen, aber betulich kam sie ihr nicht gerade vor.
»Hat Krümel sich gestern wieder beruhigt?«
»Geht so.« David zuckte mit den Schultern. »Keine Ahnung, was ihn da oben im Flur so aus der Fassung gebracht hat. Aber deine Mutter hat echt cool reagiert.« David sah Noa an. »Tut mir Leid, dass ich so ausgeflippt bin.«
Noa nickte nur. »Das muss nicht leicht für dich sein«, sagte sie nach einer ganzen Weile.
An Stelle einer Antwort drehte David die Musik wieder lauter.

Billy don't ask why.
He just stares at the sky.
He says: »Love always leaves you bent,
This way I pay the rent.«
He makes love a crime.

»Jim Caroll ist im miesesten Viertel von New York aufgewachsen«, sagte David. »Hat als Jugendlicher bis zum Hals in Drogen gesteckt, bis ihm ein Schwarzer da rausgeholfen hat. Er war ein 1a-Basketballer, aber berühmt geworden ist Jim wegen seiner Tagebücher, die er als Jugendlicher geschrieben hat. Später ist er Musiker und Komponist geworden. Seine Stücke sind für mich wie Gedichte. Sogar Englisch gebüffelt hab ich, um sie zu verstehen. Vor allem, was Jim über die Sterne schreibt. In fast jedem Stück kommt etwas von ihnen vor.«
Noa musste lächeln. So einen Redestrom hätte sie von David gar nicht erwartet. Er sprach von diesem Musiker, als wäre er ein alter Freund. Aber so etwas in der Art schien er für ihn ja auch zu sein. Sicherlich eine Art Seelenverwandter.
»Und du?«, fragte sie. »Schreibst du auch?«
»Ich?« David lachte. »Keine Spur. Mir liegt mehr das Zuhören. Manchmal nehme ich mir Jims Musik mit nach oben aufs Dach. Du weißt schon . . . wo wir uns an eurem ersten Abend

gesehen haben.« David grinste Noa an. »Wenn du willst, nehme ich dich mal mit hoch.«
Noa seufzte. »Geht leider nicht. Ich . . . ich hab Höhenangst.«
»*Höhen*angst?!« David warf Noa einen so entsetzten Blick zu, als hätte sie ihm von einer tödlichen Krankheit erzählt. »Du lieber Himmel, wie kommt man denn zu so was?«
Noa zuckte mit den Schultern. »Keine Ahnung. Ich hab das, solang ich denken kann. Mich kriegst du nicht mal aufs Dreimeterbrett.«
Ungläubig schüttelte David den Kopf. »Höhenangst. Ich glaube, wenn ich so was hätte, würd ich mir den Strick geben. Was gibt es Schöneres, als von irgendwo ganz weit oben auf die Erde zu schauen?«
Noa schwieg und sah aus dem Fenster. Mittlerweile hatten sie das Dorf verlassen, waren über die Zufahrtsstraße zurück auf die Landstraße gefahren. An der Stelle, wo Kat vor zwei Tagen das Reh überfahren hatte, schnürte sich Noas Kehle zusammen. Auf der Straße, neben dem Weizenfeld, schimmerte noch immer der dunkle Blutfleck. Aber das Tier war weg und Noa war froh, dass David den Fleck nicht bemerkte.

Der Baumarkt, ein hässlicher Kasten mit roter Neonbeleuchtung und einem großflächigen, fast gänzlich leeren Parkplatz, lag am Rand der nächstgrößeren Stadt. Hachenburg hieß sie und war laut Kat ein nettes Schmuckkästchen mit Renaissancebauten, einer katholischen Pfarrkirche, verwinkelten Gässchen und einem Marktplatz mit Kopfsteinpflaster. Noa hätte gern mit David einen Kaffee dort getrunken, aber Kat hatte sie gebeten gleich zurückzukommen. Sie wollte den Wohnraum heute fertig kriegen.
David zog einen der riesigen Einkaufswagen hervor, schwang sich mit einem Satz hinein und grinste Noa zu. »Jetzt bist du

der Chauffeur. Einmal in die Farbabteilung, wenn ich bitten darf.«
Noa kicherte, stemmte sich gegen die Griffe und nahm Anlauf. Die langen Flure mit den bis zur Decke reichenden Regalen waren menschenleer, sodass der Wagen richtig in Fahrt kam. David pfiff durch die Zähne und Noa lief noch schneller, stellte ein Bein auf das Eisengestell, schob mit dem anderen nach und lachte laut heraus. So leicht. So leicht konnte man sich fühlen, wenn man glücklich war.
Noch ein Stück schneller wurden sie und Noa bemerkte den dunkelhaarigen Mann, der an einem der hinteren Regale stand, viel zu spät. David hob beide Hände in die Luft, aber Noa konnte nicht mehr bremsen. Sie fuhr dem Mann in die Hacken, er taumelte und stürzte mit ausgefahrenen Händen in einen Turm aus Farbdosen. Es war wie in einem Slapstick. Scheppernd brach der Dosenturm in sich zusammen, dutzende von Dosen rollten über den Boden und der Mann saß mittendrin. Im ersten Augenblick war Noa starr vor Schreck, aber die Situation war so komisch und David, der noch immer im Wagen saß, prustete so haltlos hinter seiner Hand hervor, dass Noa nicht anders konnte. Sie musste mitlachen.
Der Mann rappelte sich auf, klopfte sich die Hosenbeine ab und sah Noa an. Er hatte ein Muttermal, kreisrund und schwarz, direkt auf seinem linken Wangenknochen. Obwohl der Mann nicht besonders groß war, wirkte er kräftig und sehr männlich. Sein Gesicht war ernst, die Lippen schmal und die eng beieinander liegenden Augen unter den dichten Brauen so dunkel, dass sie sich kaum von den Pupillen abhoben. Er sagte kein Wort, auch nicht zu dem Verkäufer, der jetzt angerannt kam und wissen wollte, was passiert war.
Der Mann zuckte nur mit den Schultern, nahm sich eine von den Dosen, nickte David zu – und bog um die Ecke.

»Kennst du ihn?«, fragte Noa, nachdem sie und David dem Verkäufer geholfen hatten die Dosen wieder aufzustellen. »Oder wieso nickt der dir zu?«
»Er wohnt bei uns im Dorf«, sagte David. »Ziemlich abgelegen, unten am Wald. Der Typ ist Maler, er nennt sich nur Robert, einen Nachnamen kenne ich nicht. Manchmal macht er Sachen in der Natur, reichlich abgefahrenes Zeug, wenn du mich fragst. Ich habe meine Mutter und Gustaf mal nach ihm gefragt, aber die sagten nur, von dem hält man sich besser fern. Im Dorf spricht auch sonst keiner von ihm.«
David griff nach dem Wagen. »Komm, wir sollten los, sonst wirft deine Mutter mich noch raus, weil ich mich mit dir in der Gegend rumtreibe, anstatt zu arbeiten. Das willst du doch nicht oder etwa doch?«
David strich sich das helle Haar aus dem Gesicht und zwinkerte Noa zu, aber sie drehte nur den Kopf weg, ganz rasch, damit er nicht sah, wie ihr das Blut in die Wangen schoss.
Dann besorgten sie die Sachen, die David vorhin aufgezählt hatte, und machten sich auf den Weg zurück ins Dorf.

FÜNF

Heute war ich bei Marie, dem Mädchen mit den blonden Zöpfen und dem kratzigen Rock. Sie ist schon fast sechzehn, aber sie fürchtet sich vor Geistern wie ein Kind. Sie sagt, es wohnt einer in ihrem Schrank. Ich flüstere, dass ich ihn spüren kann, dass ich glaube, er wolle mit ihr sprechen. Ich sage Marie, sie soll ihn rufen, und als sie blass wird, lache ich sie aus.

Eliza, 11. Juli 1975

Es war, als hätte die Zeit Flügel bekommen, so schnell verging der Tag – trotz der grau-schweren Schwüle, die draußen herrschte. Die Sonne ließ sich nicht blicken, auch am Nachmittag nicht, und die Luft wurde stündlich drückender. Gilbert rieb sich ständig Tigerbalsam gegen seine Kopfschmerzen auf die Schläfen, Kat schimpfte, dies sei nicht der Sommer, den sie bestellt hätte, und selbst den Katzen schien das Wetter zu schaffen zu machen. Pancake lag den ganzen Tag zusammengerollt auf Noas Bett und Hitchcock döste vor den Stufen des Dachbodens. Nur Noa machte das Wetter nichts aus. Gegen Davids Scherze, sein offenes, bei jeder Gelegenheit hervorbrechendes Lachen und seine plötzlich so strahlenden Augen, die mehr als einmal Noas Blick einfingen, kam der graue Himmel nicht an.

David leistete ganze Arbeit. Mit Noas Hilfe strich er die Wände weiß, die hölzernen Balken an der Decke schwarz und holte zusammen mit Kat das Bücherregal aus dem Flur herein.
Am Abend war der Wohnraum zu einem Wohnzimmer geworden, schlicht, bäuerlich, aber herrlich gemütlich mit dem alten Kachelofen, den beiden Ohrensesseln, den altmodischen Lampen, dem zerschrammten Bücherregal und dem großen Esstisch, auf den Kat einen Kerzenleuchter mit dunkelroten Kerzen und einen bunten Strauß Wiesenblumen aus dem Garten stellte.
Und dann kochte sie Noas Lieblingsgericht: Coq au Vin mit Rosmarinkartoffeln und frischem Feldsalat.

Später hatte Noa sich oft gefragt, was geschehen wäre, wenn sie das Spiel an jenem Abend nicht gespielt hätten. Wenn sie einfach nur zusammengesessen, sich unterhalten, Karten gespielt oder ferngesehen hätten, wie das normale Leute eben tun. Aber sie waren keine normalen Leute, jedenfalls nicht Gilbert und Kat. Sie hatten das Spiel gespielt – und der Vorschlag dazu war seltsamerweise von David gekommen.
Sie saßen am Esstisch im Wohnraum. Die Teller waren leer gekratzt, der Champagner, den Kat zum Feierabend spendiert hatte, kribbelte in Noas Kopf und Kats lautes Lachen über Gilberts Geistergeschichten drang bestimmt bis weit ins Dorf hinein. Draußen war es dunkel geworden.
Gilbert hatte gerade die letzte Seite aus seinem Parapsychologiebuch vorgelesen. Sie erklärte eine andere Form der Seance, für die man nur einen Bogen Papier, einen Stift, ein Glas und starke Nerven bräuchte.
»Na, dann los«, rief David lachend aus. »Komm schon, Gilbert, wenn du wirklich an diesen Krempel glaubst, dann lass uns die Geister mal rufen.«

Kat griff sich theatralisch ans Herz und schüttelte wild ihre roten Locken, aber in Davids Augen blitzte der Übermut und Noa bettelte so lange, bis ihre Mutter nachgab.
Kaum drei Minuten später breitete Gilbert einen großen weißen Bogen Papier auf dem Tisch aus.
»So«, sagte er und sein rundes Gesicht färbte sich rot vor Erregung.
Noa konnte nicht aufhören zu kichern. Seit einer Ewigkeit hatte sie sich nicht so gut gefühlt. Man brauchte nicht an Geister zu glauben, um ein solches Spiel für eine stille Landnacht wie diese wie geschaffen zu finden.
An den Rand des großen Kreises, den Gilbert gezogen hatte, schrieb er die Buchstaben von A bis Z und die Zahlen von null bis neun. Ins Kreisinnere malte er vier kleine Kreise, mit den Inschriften *JA, NEIN, ICH WEISS NICHT, ICH WILL NICHT*.
»Ich will auch nicht«, sagte Kat. Aber Gilbert warf ihr nur einen strafenden Blick zu und deutete auf den gusseisernen Kerzenleuchter. »Los, lasst uns die Schätzchen mal anzünden.«
Es war so windstill, dass sich die gelben Flammen nicht einmal regten. Noa warf einen Blick aus dem Fenster. Kein einziger Stern, nicht mal der Mond war zu sehen.
Gilbert knipste die Lampen aus. Das Kerzenlicht warf dunkle Schatten an die frisch gestrichenen Wände, und als Noa zu David blickte, schlug ihr Herz plötzlich furchtbar schnell.
Als Letztes zündete Gilbert noch ein Räucherstäbchen an.
»Oh, nein«, protestierte Kat. »Bitte nicht auch noch das.«
»Doch«, sagte Gilbert. »Auch noch das. Alles ist besser als dieser Geruch nach Farbe.«
Da hat er gar nicht mal so Unrecht, dachte Noa. Der kräftige, würzige Geruch des Räucherstäbchens hatte sich schon im Zimmer ausgebreitet und drängte die Farbe tatsächlich in den Hintergrund.

»Es kann losgehen«, verkündete Gilbert feierlich. »Atmet ein, Leute, nehmt die Zeige- und Mittelfinger eurer Hand und legt sie auf das Glas.«
»Welchen Mittelfinger hättest du denn gern?«, fragte Kat, machte ihre linke Hand zur Faust, tat mit der rechten so, als ob sie kurbelte, und hob dabei langsam ihren Mittelfinger in die Höhe. »Den oder lieber den anderen?«
David prustete los. Wie ein Sprühregen ergoss sich der Champagner, den er gerade getrunken hatte, aus seinem Mund. Gilbert konnte gerade noch rechtzeitig den Bogen Papier darunter wegziehen.
»Den anderen«, entgegnete er würdevoll. »Also machen wir das jetzt oder nicht?«
»Wir machen es«, hauchte Kat und setzte ein so feierliches Gesicht auf, dass David schon wieder losprusten wollte.
Aber Gilbert war anzusehen, dass er bei der nächsten Störung das Wohnzimmer verlassen würde, und so legten sie schließlich alle die Finger ihrer rechten Hand auf das Glas und gaben sich die größte Mühe, ernst zu bleiben.
»Schließt eure Augen«, befahl Gilbert.
Noa fing ein letztes Mal Davids Blick ein. Er zwinkerte ihr zu, dann schloss er die Augen. Auch Noa kniff die Augen zu. Ihre Fingerspitzen berührten Davids und ein fast elektrisches Kribbeln strömte von ihrem Kopf die Brust hinunter in den Bauch, wo es sich ausbreitete. Bildete sie es sich ein oder hob sich Davids Zeigefinger ganz sanft, um mit ihrem zu spielen? Fast schroff zog Noa ihre Finger zurück.
»Atmet ein«, flüsterte Gilbert. »Ein und aus, ein und aus, ganz tief bis in den Bauch, und haltet eure Finger ruhig, keinen Druck ausüben, lasst sie ganz leicht auf dem Glas liegen.«
Eine Weile lang hörte Noa nichts als ihre tiefen, um Ernsthaftigkeit bemühten Atemzüge, dann ertönte wieder Gilberts Stimme.

»Bist du da?«
Von hinten, vom Sessel, hörte man Pancakes Gähnen. Kat kicherte und Noa biss die Zähne zusammen, bis es wehtat. Jetzt bloß nicht lachen.
»Bist du da? . . . Bist – du – da?«
Das Glas bewegte sich, ein winziges, kaum wahrnehmbares Stück und Noa riss die Augen auf. Es war unglaublich, aber es schien wirklich zu funktionieren. Auch Kat und David fixierten jetzt mit gerunzelter Stirn das Glas, das langsam aber sicher nach links steuerte, hin zu dem Feld mit der Aufschrift *JA*. Kein Zweifel, das waren nicht ihre Finger, die das Glas schoben. Es schien sich aus sich selbst heraus zu bewegen. Leicht wie eine Feder glitt es unter ihren Fingern über das Papier. Sekunden später kam es auf dem angesteuerten Feld zum Stehen.
Als Letzter öffnete Gilbert die Augen. Das Kerzenlicht spiegelte sich in seinen Pupillen. *Seht ihr*, schien er zu denken. *Seht ihr, dass ich Recht hatte?*
»Zurück zur Mitte«, flüsterte er in den Raum hinein. »Geh zurück zur Mitte.«
Das Glas steuerte zurück und Gilbert stellte die nächste Frage.
»Sag uns, wie du heißt. Buchstabiere deinen Namen.«
Eine Weile lang geschah nichts, nur auf Kats Lippen machte sich ein spöttisches Lächeln breit, aber dann setzte sich das Glas erneut in Bewegung. Steuerte auf das untere Feld in der Kreismitte zu.
ICH WILL NICHT
»Zurück zur Mitte«, befahl Gilbert in seinem Flüsterton.
Und dann: »Wenn du uns deinen Namen nicht sagen willst, dürfen wir dir eine andere Frage stellen?«
Das Glas steuerte auf den oberen Kreis zu, langsam, zögerlich.
ICH WEISS NICHT

»Bist du ein Mann?«
Das Glas steuerte nach rechts.
NEIN
»Bist du eine Frau?«
Wieder steuerte das Glas nach oben.
ICH WEISS NICHT
»Bist du vielleicht schwul?«
Die Frage war von Kat gekommen. David grinste über beide Ohren, Noa biss sich wieder auf die Unterlippe und Gilbert sah aus, als würde er Kat am liebsten eine Ohrfeige verpassen.
»Noch eine Bemerkung«, sagte er mit drohendem Unterton, »und ich spreche nie wieder ein einziges Wort mit dir.«
Kat machte ein artiges Gesicht. »Vielleicht sollten wir einen Geist mit etwas mehr Selbsterfahrung rufen, was meinst du?«, fragte sie unschuldig.
Gilbert überhörte ihre Bemerkung. Er zog das Glas unter ihren Fingern weg, schüttelte es, stellte es erneut in die Kreismitte – und begann von neuem.
Diesmal genügten zwei Fragen. Der nächste Geist war ein Mann und *JA*, er würde seinen Namen nennen.
Um Kats Mundwinkel zuckte es schon wieder und in ihren Augenfältchen versteckte sich der Spott, aber Noa biss sich gespannt auf die Lippe, und als sich das Glas in einer erstaunlichen Geschwindigkeit unter ihren Fingern auf den Buchstaben V zubewegte, fühlte sie, wie sich in ihrem Nacken die Härchen aufstellten. Es war wirklich unglaublich, wie dieses Spiel funktionierte. Woran lag es? Was für eine Energie war es, die das Glas steuerte?
Nach *V* kam *I*, dann *N – C – E – N – T*.
»Vincent?«, fragte Gilbert, als das Glas wieder in der Kreismitte angelangt war. Heißt du Vincent?«
JA

»Weiter. Buchstabiere deinen Nachnamen.«
V – A – N . . .
»Van Gogh!« Wieder war es Kat, die unterbrach, aber diesmal mischte sich ein Hauch Erstaunen in ihre Stimme. »Bist du Vincent van Gogh?«
Das Glas steuerte zur Kreismitte – und dann auf das Feld mit der Aufschrift *JA*.
Kat runzelte die Stirn. »Er hat mir geantwortet«, stellte sie fest.
»Psst«, Gilbert legte den Finger an die Lippen. Seine Hände zitterten und seine Stimme war heiser vor Aufregung. »Verschreck ihn nicht. Wenn du seinen Geist fragen willst, sprich leise.«
»Wie bist du gestorben?«, fragte Kat.
Das Glas antwortete in einer Geschwindigkeit, die Noa schneller atmen ließ.
FREITOD
»Stimmt«, murmelte Kat. »Der Typ hat sich umgebracht. Mal sehen . . .«
Sie räusperte sich. »In welchem Jahr hast du Selbstmord begangen?«
Das Glas glitt lautlos auf die Ziffern zu.
1890
Gilbert schauderte. »Das stimmt«, flüsterte er. »Mein Gott, das stimmt. Das stimmt alles.«
In Noas Brust stieg ein Kribbeln auf, ein perlendes Gefühl, als tanzte der Champagner in ihr. Natürlich glaubte sie nicht an Geister, aber trotzdem, es war unheimlich – unheimlich schön. Vielleicht lag es auch nur an David, an diesen pulsartigen Stromschlägen, die von seinen Fingerspitzen auszugehen schienen, als säße ihm der Herzschlag in den Fingerkuppen.
»In welchem Monat?«, fragte Kat weiter.
JULI

Kat warf einen Blick zu Gilbert, der auf das Glas starrte und stumm nickte, die Augen groß, das Gesicht leichenblass. Kat musste lachen.

»Komm schon, Gilbert, hör auf mit dem Quatsch, du hast geschoben. Der Typ ist dein Lieblingsmaler, du hast seine Bücher gelesen, das gilt nicht.«

Gilbert nahm die Finger vom Glas.

»Dann macht es ohne mich«, sagte er leise.

Kat sah zu Noa, dann zu David. »Van Gogh hat sich das Ohr abgeschnitten«, sagte sie mit gesenkter Stimme. »Wusstet ihr das?«

Noa und David nickten.

»Und wisst ihr auch, welches?«

Kopfschütteln.

»Weißt du es, Gil?«

Gilbert nickte.

»Okay, gut, ich weiß es nicht.« Kat räusperte sich erneut. »Also Vincent, welches Ohr hast du dir abgeschnitten, als du noch gelebt hast? War es das rechte?«

Das Glas steuerte nach rechts.

NEIN

»War es das linke?«

JA

Kat sah zu Gilbert. Seine Augen glühten wie im Fieber.

»Das gibt's doch nicht«, sagte Kat. »Noa, David, kommt schon, einer von euch lügt. Ihr wusstet, welches Ohr es war.«

Noa schüttelte den Kopf.

»Nee«, sagte David, sichtlich beeindruckt. »Ich wusste es wirklich nicht. Ist ja echt Wahnsinn, hätte nicht gedacht, dass das klappt. Gut, dass meine Mutter nicht da ist, die hätte jetzt schreiend die Flucht ergriffen.«

Kat gähnte, laut und herzhaft, ohne sich die Hand vor den

Mund zu halten. Falls sie wirklich einen Moment lang verstört gewesen war, hatte sie sich schnell davon erholt. »Ich ergreife auch die Flucht, Leute. Ich muss noch ein paar Seiten im Drehbuch durcharbeiten. Und du Gilbert, solltest vielleicht auch aufhören, du stirbst ja gleich vor Aufregung.«
Als Gilbert nichts erwiderte, schlug Kat mit der flachen Hand auf den Tisch. Dann stand sie auf und legte Gilbert die Hand auf den Kopf. »Seht ihn euch an: Der gute Mann ist leichenblass. Hallo Gilbert, aufwachen . . .« Kat zog seine Ohren lang. »Die Geisterbeschwörung ist vor-bei-hei, wir sind wieder unter den Le-ben-den!«
Seufzend stand Gilbert auf.
»Deine Mutter«, sagte er zu Noa. »Was meinst du, sollten wir sie auf den dunklen Dachboden sperren? Vielleicht glaubt sie ja dann an Geister.«
»Dazu müssten wir erst mal die Schlüssel finden«, lachte Kat. »Der Speicher ist zugekettet wie ein Sicherheitsgefängnis. Ich muss morgen mal den Bauern fragen.« Sie gab Gilbert einen Kuss auf die Wange und wandte sich dann wieder Noa und David zu. »Und was ist mit euch? Spielt ihr noch eine Runde Hui Buh oder habt ihr auch genug für heute?«
Gilbert erhob sich seufzend von seinem Stuhl. »Diese Frau macht mich fertig«, brummte er, während er die Türe öffnete. Hitchcock kam hereinstolziert, maunzte, strich einmal um Kats Beine und schärfte sich dann am Sessel, auf dem Pancake schlief, die Krallen.
Noa konnte nicht genau sagen, ob es der Luftzug von der Tür war oder der plötzliche Wind von draußen, der die Kerzen auf dem Tisch zum Flackern brachte. Ganz leicht, kaum wahrnehmbar, aber als Noa zu David blickte, wusste sie, dass er es auch gesehen hatte.
Kat ging zum Sessel, streichelte Hitchcock den Rücken und

kraulte Pancake hinter den Ohren. »Kommt mit mir, ihr Süßen«, sagte sie. »Kommt, es gibt noch eine Runde Brekkies.«
Pancake ließ sich augenblicklich vom Sessel plumpsen, aber Hitchcock schien an Kats Angebot nicht interessiert. Mit einem eleganten Satz nahm er Pancakes Platz auf dem Sessel ein und leckte sich die Pfote.
»Na gut, dann bleib du halt hier.« Kat ging zur Tür und Pancake wackelte laut maunzend hinter ihr her, der Bauch schleifte beinahe über den Boden, so dick war er.
Im Hinausgehen warf Kat noch einen Blick aus dem Fenster.
»Es riecht nach Gewitter«, sagte sie. »Na hoffentlich kommt eins, diese Schwüle raubt mir langsam den letzten Nerv.«
Als Kat die Tür geschlossen hatte, war es Noa, die Davids Blick einfing.
»Was ist, spielen wir noch eine Runde?«

SECHS

Und wenn ich selbst ein Geist wäre? Würde mein Vater dann mit mir sprechen? Würde er im Traum nach mir rufen, so wie jetzt nach Jonathan? Und ich – würde ich antworten? Oder würde ich ihn mit Schweigen strafen?
Der Abend ist Nacht geworden und das Dorf ist zu still für solche Gedanken. Ich schiebe sie zurück wie einen dunklen Vorhang, aber heller wird es dadurch nicht.

Eliza, 13. Juli 1975

Es war ganz still. Als ob das Dorf den Atem anhielte. Von einer der Kerzen tropfte das Wachs auf das helle Tuch und das Licht der Flammen spiegelte sich in Davids Augen. Sein Lächeln war so schön, dass es wehtat.
Für den Bruchteil einer Sekunde verspürte Noa den Impuls, zu fliehen – nicht nur vor dem Spiel, sondern auch vor David. Vor der Gefahr, sich in ihn zu verlieben.
»Ich weiß nicht«, beantwortete sie seine Frage, ob sie alleine weiterspielen sollten, zögernd. Die aufgedrehte Stimmung, diese Mischung aus Spaß und Grusellust, die Gilberts heiliger Ernst und Kats zynische Bemerkungen verursacht hatten, war umgeschlagen. Die Stille drückte auf Noas Ohren und das Spiel, dieses Stück Pappe mit Gilberts aufgezeichneten Buch-

staben und Zahlen, hatte im flackernden Kerzenlicht plötzlich etwas Bedrohliches.
Nahm David es auch wahr? Noa suchte in seinen Augen nach einer Antwort, aber David hatte seine Finger schon auf das Glas gelegt und sah Noa herausfordernd an. Und als jetzt auch Noa ihre Fingerspitzen auf die kühle Fläche legte, geschah plötzlich alles wie von selbst.
Als hätten sie ihre Frage lautlos gestellt, glitt das Glas über das Spielfeld – auf das Feld mit der Aufschrift *JA*.
David sah auf, er fuhr sich mit der Zunge über die Oberlippe, ganz kurz, ganz schnell. Noa räusperte sich. Sie zog ihre Fingerkuppen einen Millimeter zurück, weil sie die Elektrizität zwischen sich und David kaum noch ertragen konnte.
Aber da war noch etwas anderes.
Unwillkürlich duckte sich Noa, ihre Augen schwirrten durch den Wohnraum, über die Sessel, die Lampen ... Ja, da war wieder dieses Gefühl. Dieses Gefühl, dass jemand sie ansah – nicht David, sondern jemand anderes, jemand, der eigentlich gar nicht da war. Spürte David es auch? Noch lag das Lächeln auf seinen Lippen, aber es hatte sich verändert. Es war scheuer geworden.
»Wie ist dein Name?« Davids Stimme war nicht mehr als ein Wispern.
Das Glas glitt zurück, leise und lautlos in die Mitte des Feldes und bewegte sich von dort aus weiter zu den Buchstaben. Auf das *E*. Das *L* . . .
»Eliza«, formulierte Noa lautlos, als das Glas in der Mitte zum Stehen kam. Sie hob den Kopf. »Eliza. Sagt dir der Name was?«
David schüttelte stumm den Kopf. Er beugte sich wieder über das Glas.
»Eliza . . . wer bist du?«
Das Glas blieb ruhig und wieder fühlte Noa den Impuls, aufzu-

stehen, wegzulaufen – diesmal vor der Antwort und vor dieser immer unerträglicher werdenden Spannung im Raum. Das Gefühl, dass jemand sie ansah, verstärkte sich mit jeder Sekunde und Noas Mund war plötzlich furchtbar trocken. Schwindel erfasste sie. Sei doch nicht bekloppt, sagte eine Stimme in ihr. Dieses Spiel hat mit Spuk nicht das Geringste zu tun. Das ist Energie, irgendwelche Ströme, die aus eurem Hirn in die Fingerkuppen gleiten und auf diese Art das Glas bewegen. So würde es Kat, so würde es jeder normale Mensch erklären.

Endlose Sekunden lang geschah gar nichts. Dann, fast ruckartig, setzte sich das Glas in Bewegung. Es steuerte wieder auf die Buchstaben zu, bildete Worte, zwei Stück.

ICH WAR

Noa schluckte, was ihr schwer fiel, als säße ihr ein Splitter in der Kehle. Das Glas glitt auf die Zahlen zu. Auf die *Eins*, dann in Richtung *Acht*.

ICH WAR 18

Das hatte das Glas buchstabiert.

Das Lächeln auf Davids Lippen war verschwunden. Wieder fuhr seine Zunge über die Oberlippe und diesmal merkte Noa, dass es Nervosität war. Seine Fingerkuppen zuckten, als erwöge er das Spiel zu beenden.

Noa schrie leise auf, als draußen ein Blitz den Himmel erhellte. Für eine Sekunde war es taghell, dann sofort wieder schwarz. Der Donner blieb aus.

Weder sie noch David hatten eine weitere Frage gestellt – aber das Glas antwortete. Es raste auf die Buchstaben zu, so schnell und zielstrebig, als fürchte plötzlich jemand nicht ausreden zu können. Aus den Buchstaben wurden Wörter, aus den Wörtern Sätze, die Noa wie im Fieber verfolgte.

AM 21 AUGUST 1975 WURDE ICH AUF DEM DACHBODEN DIESES HAUSES ERMORDET

DIE WAHRHEIT KAM NIE ANS LICHT
ABER JETZT
Weiter kam es nicht. Zeitgleich mit dem ohrenbetäubenden Donnerkrachen zog David die Finger zurück, sprang vom Stuhl auf, der polternd nach hinten fiel, und schrie Noa ins Gesicht: »Es reicht! Verdammt noch mal, es reicht! Ihr seid ja gestörter als mein Bruder, ich lass mich nicht zum Affen machen, das hier ist kein gottverdammter Psychothriller und ich bin kein Idiot, mit dem ihr eure Späße machen könnt. Ich *lebe* hier, okay?«
Noa war starr vor Entsetzen. Im nächsten Moment stand Kat im Zimmer, ein Tuch um den nackten Körper geschlungen, hinter ihr Gilbert im Schlafanzug – beide starrten David an, dann Noa. Ein neuer Blitz erhellte den Himmel, gleißend hell und scharf, zwei Atemzüge später folgte wie ein krachender Paukenschlag der Donner.
Aus Noas Mund kam kein Laut.
David stürzte zur Tür, er stieß Kat so heftig zur Seite, dass sie gegen Gilbert fiel. Kurz darauf krachte die Haustür ins Schloss. Ein Windstoß fegte durchs Fenster, riss an Kats Haaren, löschte zwei Kerzen auf dem Tisch. Draußen entlud sich der Regen, prasselnd und plötzlich, als hätte jemand an einem Strick gezogen.
Noa ertappte sich bei dem verzweifelten Wunsch, dass irgendjemand *Cut* rief, *Cut, Szene im Kasten, danke schön, Feierabend,* so wie es am Set genannt wurde, wenn Kat eine Szene abgedreht hatte.
Aber das rief natürlich niemand.
»Was ist hier eigentlich los, seid ihr verrückt geworden?« Kat packte Noa bei den Schultern, schüttelte sie, aber Noa riss sich von ihr los.
»Dein Scheißspiel!«, schrie sie Gilbert an. »Dein Scheißspiel hat

alles kaputtgemacht! Ich war glücklich, verdammt, ich war endlich wieder glücklich, ich hasse dich, ich hasse euch beide!«
Noa machte einen Satz zurück, stolperte, fing sich im letzten Moment, drehte sich auf dem Absatz um und rannte in ihr Zimmer.
Der Duft war wieder da, ganz stark, als hätte jemand ihn frisch versprüht.
Noa vergrub den Kopf in ihrem Kissen. Da war keine Angst mehr, da war nur Traurigkeit.
Draußen fiel der Regen. Es wurde endlich kühler.

SIEBEN

Beim Bauern gibt es Milch. In seiner Küche riecht es nach Kohl, über dem Ofen hängt ein Bild von Maria. Die Alte nennt mich Schneewittchen. Sie sitzt den ganzen Tag vor der Haustür, ihre mausgrauen Haare stecken unter einem schwarzen Kopftuch und ihre Hände sind rau wie Reibeisen. Als sie mir zum Abschied einen Apfel schenkt, habe ich fast Angst, hineinzubeißen.

Eliza, 14. Juli 1975

Die Sonne schien. Das Gewitter hatte alle Schwüle aus der Luft gewaschen, hatte die Bäume, Wiesen und Straßen, ja selbst die Fassaden der Häuser vom Staub gereinigt. Der stahlblaue Himmel war fleckenlos, fast gleißend, die Baumkronen schimmerten grellgrün, alles hatte scharfe Konturen wie ein glänzender Farbabzug. Es war Sommer.

Und Noa war wieder allein.

Heute hatte sie mit David ihr Zimmer streichen wollen, aber er war nicht aufgetaucht. Drei, vier Mal hatte Kat nachgebohrt, was vorgefallen war, aber Noa hatte nicht geantwortet.

Sie wusste natürlich, dass es nicht Kats Schuld war. Kat konnte nichts dafür, aber Noa wollte nicht mit ihr reden. Was hätte sie auch sagen sollen? Dass sich der Geist eines Mädchens gemeldet hatte, das vor dreißig Jahren in Kats neuem Ferienhaus ermordet worden war? Nicht einmal Gilbert würde Noa davon erzählen, obwohl sie die ganze Nacht wach gelegen und mit ihrer Angst gekämpft hatte. Denn die war zurückgekehrt, zusammen mit der Dunkelheit. Sie hatte sich mit Noas Traurigkeit vermischt und drückte, drückte auf Noas Brust, bis sie ihr fast den Atem nahm. Aber Noa hatte geschwiegen.

»Das mit gestern war nicht so gemeint.« Mehr hatte sie nicht zu ihm gesagt und Gilbert hatte genau das Richtige getan. Er hatte Noa in den Arm genommen, sie kurz gedrückt und ihr zugeflüstert, dass schon alles wieder werden würde. Danach hatte er sie in Ruhe gelassen. Warum konnte Kat das nicht?

Kat war schon am frühen Vormittag ins Städtchen zum Einkaufen gefahren, während Gilbert mit seinem neuen Buch – *Bestellungen ans Universum* – im Garten unter dem Walnussbaum saß, um ihn herum kniehohes Gras mit Wiesenpflanzen, Mädesüß, Hornklee, Wiesenschaumkraut – lauter weiße, gelbe und lila Kleckse im satten Grün, als hätte ein Maler seine Farben versprenkelt. Bienensummen erfüllte die Luft und vor dem weißen Klohäuschen mit der grün gestrichenen Tür hockte Hitchcock und blickte mit zuckender Schwanzspitze zu einem in der Baumkrone sitzenden Spatz auf. Neben den Wildrosen am Gartentor lag Pancake platt auf dem Rücken und versuchte mit den Vorderpfoten einen Zitronenfalter zu erwischen. Nach dem dritten erfolglosen Versuch drehte Pancake den Kopf zur Seite, gähnte ausgiebig und trottete dann schwerfällig zu einem der Liegestühle, die Kat und Gilbert aus dem Holzschuppen im Garten geholt hatten – zusammen mit vier Klappstühlen und einer breiten Tischplatte, für die Gilbert vier Pfähle in die feuchte Erde geschlagen hatte. Über dem Tisch lag eine rot-weiß karierte Plastikdecke, die gleiche, die auch auf den Tischen in der Kneipe lag.

Kat hatte sie besorgt, mit schönen Grüßen von Marie und Gustaf.

Über David war kein Wort gefallen.
Aber Noa dachte an ihn, jede Sekunde, während sie ihr Zimmer putzte, den Boden scheuerte, die Schränke auswusch, den Spiegel polierte. Auch das Wort *Schneewittchen* unter der dicken Staubschicht hatte sie entfernt. Sie hatte es mit dem Spachtel abkratzen müssen – und dabei war ihr wieder die alte Hexe eingefallen, Hallscheits Schwiegermutter. Aber wer hatte das Wort auf den Spiegel geschrieben? Eliza?
Noa hatte David gefragt, ob ihm der Name etwas sagte. Dass sie selbst nichts mit dem Namen anfangen konnte, dass sie keine Eliza kannte und auch über die Vergangenheit dieses Hauses nicht das Geringste wusste, das hatte sie ihm nicht erzählt. Kat hatte die Vermietungsanzeige in der Zeitung gefunden, sich in das Foto von Haus und Grundstück verliebt und ihren Assi losgeschickt, um die Formalitäten zu erledigen. Das war alles, mehr wusste Noa nicht. Und sie konnte sich auch kaum vorstellen, dass Kat oder Kats Assi irgendetwas anderes erfahren hatten.
Und Marie – was hatte sie erzählt? Nicht mehr als ein paar Worte über die Familie aus der Stadt, die vor langer Zeit ihre Ferien hier verbracht hatte. Aber in ihrem Gesichtsausdruck war mehr gewesen. Plötzlich sah Noa den Moment wieder vor sich – Maries ängstliche Augen, ihre schmalen Schultern, die sich plötzlich so angespannt hatten.
Was wusste Davids Mutter über diese Familie?
Was wusste David selbst?
Was wussten der Bauer und seine unheimliche Schwiegermutter?

Noa ging nach unten, vorbei an der immer noch verschlossenen Dachbodentür. *Am 21. August 1975 wurde ich auf dem Dachboden dieses Hauses ermordet.* Als Noa an die Worte dachte,

stellten sich die Härchen auf ihrem Armrücken auf und eine eigenartige Kälte breitete sich über ihrem Rücken aus.
Auf dem Küchentisch lagen fünf Euro und ein Zettel.
»Geht jemand frische Kuhmilch holen? Love, Kat.«
Noa steckte das Geld in ihre Hosentasche. An dem Haus des Bauern war sie gestern mit David vorbeigefahren. Es war leicht wieder zu finden, weil ihre Straße direkt darauf zuführte und es das einzige Haus an der Weggabelung war; ein einfach gebauter, eckiger Kasten aus braunem Sandstein mit leeren Blumenkästen vor den Fenstern und zugezogenen Vorhängen. Hinter dem obersten meinte Noa einen Schatten zu sehen, aber als sie die Augen zusammenkniff, war er verschwunden wie eine optische Täuschung.
Noa bog um die Hausecke zum Vordereingang. An der Hauswand stand der leere Klappstuhl, und als Noa an die alte Frau dachte, die gestern hier gesessen hatte, schluckte sie. Jetzt lag nur eine abgemagerte Katze vor dem Stuhl und leckte sich die Pfoten. Zweimal drückte Noa auf den abgenutzten Klingelknopf neben der Eingangstür. Der schrille Laut der Klingel ließ sie beide Male zusammenzucken, aber drinnen rührte sich nichts. Ob sie den Bauern vielleicht in der Scheune antreffen würde? Das Scheunentor, ein großes, grün gestrichenes Holztor, lag auf der anderen Seite des Hauses und daneben gab es noch einen zweiten Hauseingang. Eine Klingel fand Noa nicht, dafür stand das Scheunentor einen Spalt weit offen. Nur zögernd trat Noa näher, den Blick auf den Nachbarhof geheftet, wo sich ein Schäferhund die Seele aus dem Leib bellte. Das Tier riss und zerrte an seiner kurzen Kette, die ihm fast die Kehle abzuschnüren schien. Aus der Scheune drang ein Geruch nach Heu und trockenem Kuhmist.
Vorsichtig öffnete Noa das Tor. »Hallo?«
Still und staubig war es in der Scheune, jede Menge Werkzeug

lag herum, auch Gartengeräte, eine Sense, ein Mähdrescher, eine Heugabel, an der noch Mist und blassgelbe Strohhalme klebten. Durch die Dachritzen fielen Sonnenstrahlen, wirbelte Staub auf und ganz hinten huschte eine Maus über den steinernen Boden, verschwand in einem dunklen Winkel.

Wahrscheinlich wegen des Hundegebells hatte Noa die Schritte hinter ihrem Rücken nicht gehört. Als sich eine schwere Hand auf ihre Schulter legte, schrie sie auf.

Ein meckerndes Lachen ertönte, und als Noa herumfuhr, blickte sie dem Bauern direkt ins Gesicht. Seine Nase war noch größer, als sie ihr vor ein paar Tagen aus dem Auto heraus erschienen war. Eine riesige Knolle, vorne blau angelaufen.

»Hast dich erschreckt Mädchen, hä?«

»Ich . . .« Mühsam rang Noa nach Worten. »Ich . . . wollte nur . . . Frau Schumacher hat gesagt, Sie verkaufen frische Milch?«

»So, so.« Der Bauer schmunzelte. »Hat se gesagt. Na, dann komm mal in die gute Stube, Mädchen.«

Der Bauer trat einen Schritt zurück und Noa folgte ihm durch den Hintereingang ins Haus.

Es gab keinen Flur, die Tür führte direkt in die Küche. Unter dem Fenster stand ein Tisch mit zwei Stühlen und an einem Platz hatte jemand einen leer gegessenen Teller stehen lassen. Es roch nach Kohl.

Auf dem eisernen Herd sah Noa eine Schüssel, darüber hing ein kitschiges Marienbild. Ansonsten gab es nur einen einfachen Holzschrank mit Geschirr, eine Spüle und daneben ein Küchenregal, das an Stelle von Türen einen blau-weiß karierten Stoffvorhang hatte. Neben der Haustür stand eine gusseiserne Kanne mit einem Henkel.

Der Bauer nahm eine leere Milchflasche aus dem Holzschrank, stellte sie auf den Tisch und füllte sie bis zum Rand mit der

rahmigen Flüssigkeit aus der Kanne. Über seine Hände zog sich eine rot entzündete Schuppenflechte.
»Reicht?«
Noa nickte. Der Bauer hielt ihr die Flasche hin. Der Dachboden, dachte Noa. Irgendwie muss ich auf den Dachboden zu sprechen kommen. Im Grunde war es nur eine einfache Frage. Schließlich hatten sie das Haus gemietet, das Haus und somit auch den Dachboden. Der Schlüssel stand ihnen zu, es war also ganz natürlich, den Bauern darum zu bitten. Trotzdem spürte Noa, wie ihr die Stimme versagte.
»Der Dachboden, er ... er ist verschlossen«, flüsterte sie. »Haben Sie den Schlüssel?«
»Den Schlüssel? Zum *Boden?*«
Noa nickte wieder und es kam ihr vor, als schösse ihr jeder Tropfen Blut, den sie besaß, in die Wangen. Ganz heiß fühlte sich ihr Gesicht plötzlich an.
»Sind noch Sachen da oben.« Die Antwort des Bauern war wie eine Frage ohne Fragezeichen. »Teures Zeug von den Mietern damals, das geht niemanden was an.«
Der Bauer machte einen Schritt vor, als wollte er Noa aus der Türe drängen. Aber Noa blieb stehen und gab sich alle Mühe, ihm fest in die Augen zu sehen. »Jetzt sind wir die Mieter«, sagte sie. »Meine Mutter hat gesagt, ich soll Sie nach dem Schlüssel fragen.«
»So. Hat se gesagt.«
Der Bauer nestelte an einem losen Knopf seiner Jacke herum, wobei er Noa unentwegt ansah. Seine Augen waren glupschig wie Froschaugen und sehr hell. Noa nickte, schluckte und presste schließlich die Frage heraus, die ihr schon die ganze Zeit wie ein Zementstein auf der Seele lag. »Unsere Vormieter. Wissen Sie vielleicht noch, wie die hießen?«
»Wie se hießen?« Jetzt lachte der Bauer, als amüsiere er sich

über so viel Unverfrorenheit. »Bist ja 'ne ganz Neugierige, Mädchen. Steigenberg. Nee. Steinberg. Steinberg hießen se.«
»Und die Tochter? Der Vorname der Tochter?«
Der Bauer stutzte, jetzt lachte er nicht mehr. Er starrte Noa an und sie wusste, dass sie zu weit gegangen war.
»Was willste das wissen, hä?«, fragte er grob. »Du hast deine Milch, jetzt geh, ich hab zu arbeiten.«
Der Bauer trat noch einen Schritt vor, er stand jetzt so nah vor ihr, dass sie seinen Atem spüren konnte.
Noa öffnete noch einmal den Mund, aber der Mut hatte sie verlassen. Sie drehte sich um und ging. Die Milch in der Flasche fühlte sich warm an. Draußen kläffte ihr der Hund hinterher.
Als Noa an der Straße stand, fiel ihr ein, dass sie dem Bauern die Milch nicht bezahlt hatte. Sie wandte sich wieder um, der Bauer stand noch in der Tür.
»Die Milch.« Noas Herz schlug schnell und hart, während sie zurück zum Haus ging. »Was kostet die Milch?«
»Fuffzich«, sagte der Bauer. »Fuffzich Cent.«
Noa kramte in ihrer Hosentasche nach dem Fünfeuroschein, angelte dahinter aber ein 50-Cent-Stück hervor und hielt ihm das Geld hin. »Bitte – und danke für die Milch.«
Sie wollte sich schon abwenden, da legte sich die Hand des Bauern auf ihre Schulter. »Bist 'ne Hübsche«, sagte er. »Aber nicht wie sie. Keine war wie sie. Ich konnt mir den Namen nie merken, aber meine Schwiegermutter hat se immer Schneewittchen genannt, weil se so schön war.«
Mit diesen Worten schloss der Bauer die Tür.

Noa stellte die Milch vor der Küchentür ab und lief nach oben, um ihre Kamera zu holen. Kat war noch nicht zurück und Gilbert saß in seinem Zimmer und meditierte. Noa wollte allein sein, sie wollte sich bewegen, gehen, einfach gehen, als könnte

sie den dunklen Gedanken auf diese Weise entfliehen. Sie ging nicht in Richtung der Kneipe, sondern in die andere, links vom Haus, die Straße entlang, bis zu einem schmalen Weg, der über eine kleine Holzbrücke in den Wald führte. Gelbe Sumpfdotterblumen und Windröschen umsäumten den Bach unter der Brücke und auf der rechten Waldseite – wie gebückt im Schatten der Bäume – stand ein Haus. Es war ein Fachwerkhaus, scheinbar noch älter als das ihre und offensichtlich war es einmal eine Mühle gewesen. Es hatte ein reetgedecktes Dach und an der einen Hauswand befand sich noch das hölzerne Mühlrad, das sicher seit vielen Jahren nicht mehr in Betrieb war.
Noa überlegte ein Foto davon zu machen, zuckte dann aber zurück, als sie oben am Fenster einen Schatten sah, und lief mit schnellen Schritten die Waldstraße hinein, bis das Dorf hinter ihr lag und sie nur noch umgeben von den Gerüchen, Düften und Farben der Natur war.
Hoch oben auf einem Hang blieb sie stehen.
Noa war ein Stadtkind, aber die Natur, vor allem der Wald hatten schon immer eine starke Wirkung auf sie gehabt – und dieser Sommerwald war schöner als alles, was sie bisher gesehen hatte. Die Bäume glitzerten vom Regen der letzten Nacht, unzählige Tropfen hingen an den Blättern und das Sonnenlicht, das sich in ihnen brach, ließ sie in allen Farben des Regenbogens schillern. Zwei Amseln sangen in den Baumkronen, gut versteckt im dichten Laub, im Unterholz knackte und raschelte es ab und zu, aber dazwischen erschien es Noa so still – wie in einem Märchenwald.
Schneewittchen.
Noa drängte den Gedanken fort und sog die kühle Waldluft ein, atmete sich randvoll mit all diesen Düften nach reifen Beeren und Sommerblumen, nach Pilzen und feuchter Erde, nach Moos und würzigem Harz. Und ihre Augen atmeten das

Grün, dieses satte Sommergrün der Bäume ein, das über allem leuchtete wie ein mächtiges Dach.
Dann griff sie nach ihrer Kamera, ging in die Hocke und schoss Bilder, eins nach dem anderen. Von einem schneeweißen – und wie Noa wusste –, hochgiftigen – Knollenblätterpilz, von einer purpurroten Beere und von einer Pflanze am Wegrand. Ihre samtigen Blüten schimmerten so schwarz wie Ebenholz.
Schneewittchen.
Noa lief dichter in den Wald hinein, wo sie weitere Bilder schoss – von einer schillernden Kreuzspinne, die zwischen den tief hängenden Zweigen einer Kastanie ihr Netz gesponnen hatte, von einer auf einem dürren Zweig aufgespießten Packung Marlboro und von dem mannsdicken Baumstumpf einer Eiche, deren Wurzeln sich wie die Pranken eines riesigen Tieres in die Erde gruben, während der obere Teil des Baumes nach hinten gebrochen war, als hätte ein ungeheurer Sturm ihn weggerissen. Die Stellen, an denen das Holz gesplittert war, waren blutrot – angestrichen. Ja, jemand musste sie mit roter Farbe bemalt haben, kunstvoll und sehr genau, sogar in verschiedenen Schattierungen. Nachdenklich ließ Noa die Kamera sinken. Dieser Künstler, Robert, hatte David nicht erzählt, dass er auch manchmal Sachen in der Natur machte? Reichlich abgefahrenes Zeug hatte David seine Kunst genannt, aber als Noa auf den Baumstumpf sah, verstand sie sofort, was der Künstler damit hatte ausdrücken wollen. Bäume waren Lebewesen. Lebewesen, die Schmerz empfinden konnten.
Schneewittchen.
Noa lehnte sich an den Stamm und schloss die Augen. Viele Male hatte das Fotografieren, ihre größte Leidenschaft, ihre Sorgen verdrängt, aber diesmal funktionierte es nicht. Die Gedanken an das, was geschehen war, hatten sich wie Zecken in ihrem Hirn festgebissen. Dabei war das alles so jenseits jegli-

cher Vernunft, so verrückt, *zu* verrückt, um wahr zu sein. Es gab keine Geister, die Sache gestern war ein Scherz gewesen, ein schlechter Scherz, den ihnen ihre eigene Einbildung gespielt haben musste.

Ein Mädchen hatte es gegeben, so viel hatte ihnen ja bereits die Mutter von David verraten – aber wahrscheinlich waren es irgendwelche Phantasien, die sich in Noas und Davids Unbewusstem zu dieser schaurigen Geschichte zusammengefügt und das Glas in Bewegung gesetzt hatten.

Ja, so konnte es gewesen sein, so und nicht anders *musste* es gewesen sein. Noas Atem wurde endlich ruhiger. Ich werde den Namen des Mädchens herausfinden, dachte sie. Und dann werde ich zu David gehen und ihm sagen, dass nicht ich meine Späße mit ihm getrieben habe, sondern dass uns beiden Kats Champagner zu Kopf gestiegen ist. Der Champagner, die stille Nacht im Dorf und dieses ganze alberne Spiel.

Auf dem Rückweg war Noa so leicht zu Mute, dass sie vor sich hin pfiff. Ihre Schritte waren jetzt federnd, sie pflückte ein paar Himbeeren von den Sträuchern und leckte sich den Saft von den Fingern.

Erst als sie das Mühlenhaus erblickte, blieb Noa stehen. Da waren Stimmen, eine tiefe, männliche und eine helle – die von Kat.

Ja, da war Kat, ihr rotes Haar leuchtete Noa schon von weitem entgegen. Sie lachte und redete auf einen Mann ein, einen schwarzhaarigen Mann . . . mit einem kreisrunden Muttermal auf dem linken Wangenknochen.

Noa wich zurück, aber es war zu spät, Kat hatte sie bereits entdeckt. Auch der schwarzhaarige Mann sah jetzt zu ihr herüber. Er runzelte die Stirn und Noa suchte schon nach Worten – kein Zweifel, er hatte sie erkannt. Aber er sagte nichts, nickte ihr nur zu. Dankbar erwiderte Noa seinen stummen Gruß.

»Da bist du ja«, rief ihre Mutter unnatürlich laut. »Ich war grad beim Bauern und habe neue Milch geholt«, Kat gab Noa einen Knuff in die Seite. »Du Knalltüte hast die offene Flasche vor der Küchentüre abgestellt und Pancake damit eine ziemliche Freude gemacht. Unser kleiner Fettklops hat die Flasche umgekippt und anschließend den Flur blitzblank geleckt. Aber dafür«, Kat wedelte mit einem silbernen Schlüssel in ihrer Hand, »hatte ich beim Bauern die Gelegenheit, dafür zu sorgen, dass wir endlich auf den Speicher können. Der Bücherschrank im Flur war ja schon mal eine kleine Entdeckung, ich hab mir gleich einen Groschenroman rausgegriffen. *Käthe und der Bergdoktor*.« Kat kicherte. »Wenn mir die Geschichte gefällt, lasse ich sie verfilmen und spiele die Käthe – was meinst du Noa?«
Noa lächelte gequält, während der Maler keine Miene verzog. Falls Kat mit ihrem blöden Witz herausfinden wollte, ob dieser Mann in ihr die große Schauspielerin erkannt hatte, war sie gescheitert. »Jedenfalls«, fuhr sie im gleichen Atemzug fort, »bin ich jetzt erst mal gespannt, was der Speicher zu bieten hat. Der Bauer sagte, du hättest auch schon danach gefragt. Aber dafür ...« Kat legte ihre Hand auf den Arm des Mannes. »... dafür weißt du bestimmt noch nicht, wen du hier vor dir hast, stimmt's? Das ist Robert. Stell dir vor, er ist der Maler, von dem Gilbert neulich einen Bildband im Fenster stehen hatte. Ich kann's noch gar nicht glauben. Seine Bilder sind wirklich ganz phantastisch, die würde ich zu gern mal in natura sehen.«
Kats Augen funkelten. Kein Zweifel, sie flirtete auf Teufel komm raus mit diesem Mann, dessen Blicke sich, wie es Noa schien, nur mühsam losreißen konnten. Allerdings nicht von Kat, sondern von dem Schlüssel, den sie in der Hand hielt.
»Das ist übrigens meine Tochter. Noa.«
»Hallo Noa«, sagte der Mann. Seine Stimme war tief und ein

wenig rau, als hätte er sie lange nicht benutzt. Aber Noa fand, dass sie etwas von einer Erzählerstimme hatte, wie die von ihren alten Märchenkassetten. Eine Stimme, die Worte zum Leben erweckte und einen bannte, ganz egal, was sie sagte.

»Also dann, einen schönen Tag noch.« Der Maler nickte ihnen zu, dann wandte er sich ab.

»Ihnen auch und ... vielleicht bis bald einmal?« Kats Stimme war jetzt leise, beinahe schüchtern. »Ich würde Ihre Bilder wirklich gerne anschauen.«

Der Maler drehte sich noch einmal um und sah Kat an, lange und ernst, als prüfe er ihr Gesicht für die Vorlage eines Porträts, und zum ersten Mal in ihrem Leben sah Noa ihre Mutter erröten.

»Das Schweigen der Männer«, sagte Kat auf dem Heimweg und hakte sich bei Noa unter. »Aber der hat was, findest du nicht? Der hat wirklich was. Was für ein verrückter Zufall, dass ausgerechnet der in diesem Dorf lebt. Das muss ich gleich Gil erzählen. Und du? Warst du im Wald? Hast du Fotos gemacht? Ich war in der Stadt, habe eine Riesenladung Lebensmittel gekauft und ...«

Noa hörte gar nicht zu. Ihr war ein Gedanke gekommen, vorhin schon, als Kat das Bücherregal im Flur erwähnt hatte, und dieser Gedanke nistete sich jetzt in ihrem Kopf ein.

Das Buch von Astrid Lindgren, mit dem grünen Seidenband, dem rot unterstrichenen Satz – und der handschriftlichen, verwischten Widmung auf der ersten Seite. Eine Widmung für wen? Für wen war dieses Buch ein Geschenk gewesen?

Als sie ins Haus kamen und Kat sich an dem Türschloss des Dachbodens zu schaffen machte, stürzte Noa ins Wohnzimmer.

Die Widmung auf dem vergilbten Einband war so verwischt, dass es Noa große Mühe kostete, sie zu entziffern. Aber sie schaffte es.

Sie las.

Meiner Schwester Eliza
zum zehnten Geburtstag
am 21. August 1967
von deinem großen Bruder Jonathan,
der immer für dich da sein wird.

»Sesam öffne dich«, kreischte Kat aus dem Flur. »Das Schloss hat geklemmt, aber ich hab's aufgekriegt! Hat jemand Lust auf eine Dachbodenbesichtigung?«

Auf der Treppe ertönten Gilberts Schritte, aber Noa saß da, bewegungslos, das Buch in ihren Händen. Sie saß da und dachte an das Datum, das ihnen das Glas buchstabiert hatte.

Wenn Eliza am 21. August 1967 zehn Jahre alt geworden und am 21. August 1975 gestorben war, dann stimmte es. Dann stimmte alles.

Eliza war achtzehn gewesen.

Sie war an ihrem achtzehnten Geburtstag gestorben.

ACHT

Der Dachboden wird mir gehören. Mir allein. Während mein Vater Robert zu weiteren Arbeiten am Haus überredet, schleiche ich mich hoch. Ich bin umgeben von Vergangenheit und mein Lächeln verfängt sich in fremden Geschichten. Ich will auch eine Geschichte haben, eine, die ich selbst bestimme.

Eliza, 15. Juli 1975

Noa stand vor der Dachbodentür. Sie war offen und kalte, staubige Luft schlug ihr entgegen, aber sie konnte nicht nach oben gehen. Das dunkle Viereck, das sich vor ihr in die Luft stanzte, war wie eine Grenze. Kat und Gilbert hatten sie durchschritten, doch Noa konnte keinen Schritt tun, nicht einen. Wie angewurzelt standen ihre Füße auf dem schäbigen Teppich vor den rostroten Holzstufen. Kats Stimme hallte von oben herunter und Noa ertappte sich dabei, dass sie auf einen Schrei wartete, aber alles, was kam, waren *Ahs* und *Ohs*.

»Wunderbar«, schwärmte Kat, als sie eine Stunde später ihren Kopf in Noas Zimmer steckte. »Der Speicher ist phantastisch, ein riesiges Teil, da könnte man sich wunderbar was einrichten. Gilbert will natürlich einen Meditationsraum oder ein Bücherzimmer, aber ich hätte eigentlich mehr Lust auf ein Kino, was denkst du?«

Wie immer ließ Kat Noa nicht die Zeit, auf ihre Frage zu antworten, sondern redete einfach weiter. »Und all das Zeug da oben, ich frage mich, von wem das ist, das hättest du sehen sollen. Nicht gerade mein Geschmack, aber ein paar Sachen davon waren ziemlich wertvoll, jedenfalls ein ganz schöner Unterschied zu den Möbeln hier im Haus. Aber sag mal, warum bist du eigentlich nicht mit hochgekommen?« Jetzt hielt Kat doch inne und pikste Noa mit ihrem staubigen Zeigefinger in die Seite.

»Keine Lust.«

»Denkst an David, hm?« Kat lehnte sich in den Türrahmen, in ihren roten Haaren hingen Spinnweben. »Hör mal, heute Abend läuft der *Tatort*, in dem ich mitgespielt habe. In der Kneipe gibt es einen Fernseher. Ich war gestern da und habe Gustaf gefragt, ob wir ihn dort sehen können. Der ist vor Stolz fast geplatzt. Was meinst du, gehen wir hin?«

»Danke, nein.«

»Scheiße, Noa!« Kats Stimme war jetzt schrill und hoch. »Willst du jetzt hier rumhocken und die beleidigte Leberwurst spielen wie immer? Wenn du mir schon nicht verraten willst, was diesen David in die Flucht getrieben hat, warum raffst du dich nicht auf und sprichst mit ihm? Ich habe doch genau gesehen, dass du ihn magst. Wenn mir so jemand einfach weglaufen würde, dann würde ich –«

»Ich bin nicht du, Kat.«

»Nein.« Kat seufzte. »Das bist du nicht. Aber manchmal wünschte ich mir, du würdest dir das Leben ein bisschen leichter machen. Hey ...« Kat machte einen Schritt auf Noa zu, hielt dann aber inne, als stünde jetzt sie vor einer Grenze. »... Hey, weißt du, was? Wenn du schon nicht auf den Boden willst, wie wär's, wenn ich dir mit dem Keller helfe, mit deiner Dunkelkammer? Eigentlich wollte ich David darum bitten, aber so wie es aussieht, müssen wir uns jetzt ja jemand anderen su-

chen. Und solange – *Voilá!*« Kat machte eine tiefe Verbeugung. »Ich stehe ganz zu deinen Diensten. Einverstanden? Ablehnung abgelehnt!«
Noa musste lächeln. »Einverstanden.«

Der Keller war ein schwarzes, fensterloses Loch, noch düsterer, als Noa der Dachboden erschienen war. Für einen Moment zögerte sie. Doch dann strich sie entschlossen ihre Haare aus dem Gesicht und maß den Raum mit ihren Augen aus. Schließlich war die Aussicht auf eine eigene Dunkelkammer einer der Hauptgründe gewesen, warum sich Noa auf diesen Urlaub eingelassen hatte. Und für diesen Zweck war der Keller perfekt. Das trübe Licht der Glühbirne, die an einem nackten Kabel von der Decke baumelte, flackerte, aber es funktionierte.
Kat war schon dabei, die leeren Kartoffelkisten, die sich in Stapeln auf dem Boden türmten, nach oben zu räumen. Ansonsten lag oder stand kaum etwas herum. Ein paar durchlöcherte Säcke, eine tote Maus, die Hitchcock interessiert beschnupperte, ein alter, offensichtlich ausgemisteter Eisenofen und ein ausgeklappter Tapeziertisch. Kat strich mit der Hand darüber. »Den könntest du doch für deine Fixierer benutzen, oder nicht? Komm, fass mal mit an.«
Gemeinsam rückten sie den Tisch in die Mitte des Kellers. »Hast du deine Schalen dabei?«, fragte Kat.
Noa nickte. »Die sind noch im Auto, hinten, unter meinem Sitz.«
An der Wand, ein dunkles, ziemlich brüchiges Mauerwerk, hingen zwei Haken, wie geschaffen für eine Leine, an der Noa ihre Fotos aufhängen konnte, und die Glühbirne würde sie durch einfaches Rotlicht austauschen. Das Einzige, was sie nicht mitgebracht hatte, waren die Konzentrate – das Fixierbad

und den Filmentwickler – aber das würde es wohl hoffentlich im Städtchen zu kaufen geben.
Noa drehte sich zu ihrer Mutter um. »Danke, Kat.«
»Keine Ursache.« Kat wischte sich die schmutzigen Hände an der Jeanshose ab. Sie hing ihr auf den Hüften, das Stück Bauch unter dem knappen T-Shirt war frei und wieder fiel Noa auf, wie jung ihre Mutter war. Wenn sie zu zweit über die Straße gingen, war es immer Kat, nach der sich die Leute umdrehten, und das gewiss nicht nur, weil sie eine bekannte Schauspielerin war. Kat könnte sich in Lumpen kleiden, sie wäre immer noch ein strahlender Blickfang, der Männer dazu brachte, platt vor die Laterne zu laufen.
»Komm schon!« Kat kniff Noa in die Nase. »Komm mit in die Kneipe heute Abend, lass deine arme, alte Mutter nicht allein.«
»Du hast doch Gilbert.«
»Ach, Gilbert.« Kat lachte. »Der bastelt seit heute Morgen an seiner Einkaufsliste fürs Universum, manchmal glaube ich, der dreht eines Tages ab. Komm schon, Noa, komm mit, büüütte.« Kat machte ihre Hände zu Hundepfoten, sah mit großen Augen zu Noa auf und hechelte.
»Wenn hier jemand abdreht, dann du.« Noa sah Kat abschätzend an. »Was bin ich eigentlich für dich? Jemand, den du brauchst, um Schatten zu werfen? Was hab ich davon, mir in irgendeiner Dorfkneipe deinen *Tatort* anzuschauen? Keine Sorge, du wirst auch ohne mich genügend Publikum haben.«
Kat ließ die Hände sinken. »Manchmal könnte ich dir eine runterhauen.«
»Tu dir keinen Zwang an.« Noa hielt ihrer Mutter die Wange hin, aber Kat drehte sich auf dem Absatz um und ging nach oben.
Die Tür krachte so heftig ins Schloss, dass die Glühbirne ausging.

Noa stand im Dunklen.
Als Kat und Gilbert gegangen waren, saß sie auf ihrem Bett, Hitchcock und Pancake schlafend zu ihren Füßen, ein Buch über Naturfotografie in ihren Händen. Aber Noa konnte sich auf nichts konzentrieren, ertappte sich dabei, zum zehnten Mal denselben Absatz zu lesen und auf ihr Herz zu horchen, das seit heute Nachmittag nicht aufgehört hatte in diesem gehetzten Rhythmus zu schlagen. Ihre Angst war gewachsen – wuchs noch immer, bis sie größer war als die Stille im Haus.
»Passt auf euch auf, ihr zwei«, flüsterte sie den beiden Katzen zu. »Ich bin bald zurück, mit Kat und Gilbert. Und lasst mir keine Mäuse ins Haus, verstanden?«

NEUN

Thomas Kord, du bist ein armseliges, kleines Würstchen, weißt du das? Mit deinen dreckigen Sprüchen kannst du vielleicht Mädchen wie Marie einschüchtern, aber nicht mich. Wenn du etwas von mir willst, dann komm doch. Komm und hol es dir.

Eliza, 17. Juli 1975

Auf dem Weg zur Kneipe hörte Noa die Stimmen der Jugendlichen schon von weitem. Wieder kamen sie von der Bushaltestelle, aber diesmal war noch jemand bei ihnen. Jemand, den sie umzingelt hatten, jemand, der nicht sprechen konnte, sondern in einem verzweifelten Singsang rief, *Ahiii*, immer wieder *Ahiii* rief, während die Jungen lachten, ein derbes, gemeines Lachen, unterbrochen von Sprüchen.

»Ey, du Spacken, dein Ahi ist nicht da. Kannste nix andres sagen? Sag doch mal: ›Ich bin ein Spasti.‹ Los, sag das: ›ICH – BIN – EIN – SPASTI.‹«

Die anderen Jungen fielen ein, wiederholten das Ganze wie einen Kanon: »Ich bin ein Spasti, ich bin ein Spasti, ich bin ein Spasti . . .«

Noa war jetzt vor der Kneipe. An der Art, wie die Jungen ihr den Rücken zuwandten, sich in schnellem Rhythmus vor- und zurückbewegten, erkannte sie, dass sie beim Grölen ihr Opfer wie einen Punchingball von einer Seite zur anderen schubsten.

»Ahiiiiii!«
Mit einem Satz war Noa bei ihnen und griff einen der Jungen am Arm.
»Lasst ihn in Ruhe, ihr Schweine!«
»Hollaholla!«
Der Junge drehte sich zu Noa um. Es war der mit dem brandroten Haar und seine stämmige Gestalt kam Noa plötzlich noch gedrungener vor als an dem Abend zuvor. Dennis, erinnerte Noa sich. Sein Name war Dennis und es schien, als gäbe es in seinem Körper nicht genügend Platz für all die Aggressivität, die ihn ausfüllte, bis zum Anschlag, bis zum Platzen. Sein Blick war dumpf, die Stirn tief und der Kiefer breit; die anderen Jungen waren geradezu unscheinbar gegen ihn. Seine linke Hand krallte sich um Krümels Arm, drückte ihn viel zu fest, während Davids Bruder, der vor ihm kniete, in einem fort wimmerte. »Ahiii . . .«
»Lass ihn los«, wiederholte Noa.
»Hollaholla, wer bist du denn? Davids neue Nutte? Der hat ja schon bald eine richtige Sammlung, was, Jungs?« Der Feuermelder, wie Noa ihn von diesem Augenblick an im Stillen nannte, grinste, sah in die Runde, dann ließ er Krümel los und wollte nach Noa greifen, sie ebenfalls in ihre Mitte ziehen, aber Noa war schneller. Sie riss sich los und stürzte in die Kneipe.
Alle Stühle waren besetzt, sie zeigten zum Fernseher, in dem eine kreischende Kat ermordet wurde. Ein Typ im schwarzen Ledermantel stach wie wild auf sie ein, während die echte Kat mit auf dem Hinterkopf verschränkten Armen in der ersten Reihe saß – links neben ihr Gilbert, auf ihrer rechten Seite Gustaf, der Wirt. Der Ton des Fernsehers war so laut gestellt, dass von draußen nichts zu hören war.
David stand am Tresen und zapfte Bier, Marie war nicht da,

aber dafür stand Esther neben ihm, die Frau mit den weißen Haaren, die von einem feinen Haarnetz in Form gehalten wurden. Hinter ihr, zwischen den Gläsern im Regal, hing eine Art Geschirrtuch. Es war weiß mit einem rot bestickten Spruch: *Froh erfülle deine Pflicht.*
»Dein Bruder!«
Das war alles, was Noa herausbrachte.
David ließ das Bierglas fallen, wie ein Raubtier schoss er aus der Tür.
Und wie ein Raubtier stürzte er sich auf den Anführer. Die anderen Jungen waren zurückgewichen, aber der Feuermelder war nicht schnell genug.
David hatte ihn am Kragen gepackt und zog ihn zu sich heran, so dicht, als wollte er ihm die Kehle durchbeißen. Dann stieß er ihn zurück, hielt ihn auf Armeslänge von sich und schlug ihm mit der geballten Faust ins Gesicht, auf die Nase, einmal, zweimal, zwischen die Augen und wieder auf die Nase.
Der Feuermelder, von der Statur her doppelt so kräftig wie David, war außer Stande, sich zu wehren. Er schrie, versuchte mit der freien Hand sein Gesicht zu schützen, aber David war schneller, wilder, fast außer sich vor Wut.
Als er von dem Feuermelder abließ, hielt der sich die Nase, die vermutlich gebrochen war. Blut sickerte zwischen seinen Fingern hervor, der Feuermelder taumelte zurück, und bevor er auf dem Absatz kehrtmachte, zischte er David zu. »Das zahl ich dir heim, du Hurensohn.«
Bei diesem Ausdruck holte David noch einmal zum Schlag aus, aber da hatte der Feuermelder ihm bereits den Rücken gekehrt. Die anderen Jungen hatten längst die Flucht ergriffen. Krümel hockte am Boden und stieß so jämmerliche Töne aus, dass David sich zu ihm umdrehte. Die Art, wie Krümel die Arme nach seinem großen Bruder ausstreckte, rührte Noa so an,

dass sie sich auf die Lippen beißen musste, um ihre Tränen zu unterdrücken.
David stützte Krümel und half ihm zurück in die Kneipe. An der Tür stand Esther. Mit einem Lächeln auf dem Gesicht empfing sie die Jungen, strich Krümel beruhigend über den Kopf und sah David an, als wäre er ein Held.
Noa blieb allein zurück.
Lange stand sie da, Mitleid, Angst, Bewunderung und Wut wirbelten in ihr umher und vermischten sich zu einem Knoten, der ihr das Atmen schwer machte. Noa drehte sich um und ging zurück, aber sie kam nicht weiter als bis zum Haus des Bauern. Vor dem Klappstuhl hockte wieder die dürre Katze, ihre Augen funkelten in der Dunkelheit und aus ihrer Kehle kam ein leises Maunzen. Die Fenster waren alle dunkel, nur das oberste stand offen, und als Noa den gekrümmten Schatten zwischen den Vorhängen sah, zuckte sie zusammen.
»Spieglein, Spieglein an der Wand, wer ist die Schönste im ganzen Land?«
Es war mehr ein Krächzen als eine Stimme, aber die Worte trafen Noa wie ein elektrischer Schlag.
Als sie wieder vor der Kneipe stand, schlug ihr das Herz bis zum Hals. Aus der Kneipe drang lautes Klatschen. Die Mordszene war der Showdown gewesen, der *Tatort* war zu Ende.
Mit einem tiefen Seufzer öffnete Noa die Tür und ging hinein.

David und Krümel waren verschwunden. Marie stand jetzt mit Esther hinter dem Tresen und spülte Gläser. Die anderen Zuschauer, auch heute ausnahmslos Männer, hatten die Stühle wieder um ihre Tische geschoben und unterhielten sich, während ihre Blicke immer wieder zu Kat wanderten. Noa ertappte sich dabei, dass sie nach Robert suchte, nach dem Maler, den sie und Kat heute getroffen hatten, aber es wunderte sie nicht, dass er nicht hier war. Er war anders als die Männer hier, ganz anders.

»Eine Runde für Frau Thalis!«, rief Gustaf und stand von seinem Stuhl auf. Er sah aus, als hätte er sich jede Menge Mut angetrunken. Sein schlaffes Gesicht war rot, die murmelrunden Augen leuchteten wie bei einem Kind am Weihnachtsabend und seine Lippen waren ganz feucht. Er war alles andere als ein gut aussehender Mann, aber er hatte einen eigenartigen Charme, etwas kindlich Naives ging von ihm aus, das ihn anziehend machte.

»Und natürlich für Noa!«, fügte er mit gesenkter Stimme hinzu. »Meine Mutter hat mir erzählt, dass du David gerufen hast. Danke! Danke, Noa!«

Esther hinter dem Tresen nickte wieder, auf ihren schmalen Lippen lag ein unentschlossenes Lächeln. Ihr spitzwangiges Gesicht schien Noa beinahe transparent, die faltenlose Haut war hell und straff wie eine geglättete Butterbrottüte und ihre Augen waren ohne Glanz. Wie ein Mensch, den das eigene Leben im Stich gelassen hat, dachte Noa.

»Ich hätte gerne eine Apfelschorle«, sagte sie zu Gustaf, der immer noch dastand und sie anlächelte. Noa schlüpfte auf den freien Platz neben Kat.

Kat bestellte einen Schnaps und Gilbert ein Glas Wein, von dem er jedoch nur angeekelt nippte. Vor den beiden standen leer gegessene Teller, auf dem von Kat lagen noch Pilze, anscheinend hatte diesmal sie die Pilzpfanne bestellt.

»Was ist denn da draußen passiert?«, flüsterte Gilbert Noa hinzu, aber die kam nicht dazu, seine Frage zu beantworten, weil Kat jetzt wieder alle Aufmerksamkeit an sich riss.

Sie erzählte von den Dreharbeiten, von der Mordszene, die sie ein Dutzend Mal hatten proben müssen – und schließlich vom

Dachboden in ihrem Haus und all den alten Sachen, die sie und Gilbert dort oben entdeckt hatten.
»Ach«, sagte Gustaf, der sich mit einem Glas Korn zu ihnen an den Tisch gesetzt hatte. »Ach. Ich dachte, der Speicher ... wäre leer?«
»Nein«, sagte Kat. »Das war er keineswegs. Das Zeug da oben gehörte unseren Vormietern, so hat es mir heute Morgen jedenfalls der Bauer erzählt. Er sagte, er hätte das Haus schon damals möbliert, aber unsere Vormieter hatten offensichtlich eine andere Vorstellung vom Landleben. Sie brachten ihre eigenen Möbel mit und schafften Hallscheits Krempel auf den Speicher, bis auf den Spiegel in Noas Zimmer und das Bücherregal im Flur. Tja. Und nach ihrem Auszug hat Hallscheit die Einrichtung dann wieder ausgetauscht; hat seine Möbel nach unten und die der Vormieter auf den Speicher geschafft.«
Gustafs runde Augen weiteten sich. »Das hat Hallscheit Ihnen alles erzählt?«
Kat musste lachen. »Na ja«, sagte sie und wickelte eine Locke um ihren Finger. »Ich musste schon ein bisschen nachhelfen, ihm die Worte aus der Nase ziehen, wie man so schön sagt. Aber schließlich mieten wir jetzt das Haus und haben ja wohl ein Recht darauf, ein wenig von seiner Vergangenheit zu kennen. Ich habe Hallscheit natürlich auch gefragt, warum die Vormieter ihre Sachen nie abgeholt haben, aber das konnte er mir auch nicht verraten. Wie auch immer, ich würde jedenfalls denken, nach dreißig Jahren ist die Abholfrist vorbei, was meinen Sie?«
Gustaf nickte. »Ja, ja, das ... das könnte man meinen.«
»Wir könnten natürlich«, Kat warf Gilbert einen Blick zu, »diese Leute mal anrufen und fragen, bevor wir da oben ausmisten. Der Bauer hatte keine Adresse, aber er hat mir den Nachnamen genannt, irgendwas mit Stein...«

Kat zog die Stirn in Falten.
»Steinberg«, sagte Noa. »Die Leute hießen Steinberg und ihre Tochter hieß Eliza.«
Noa hatte nicht besonders laut gesprochen, aber ihre Worte hatten eine seltsame Wirkung.
Für einen kurzen Augenblick war es still in der Kneipe. Marie hielt beim Spülen der Gläser inne, an einem der Tische hustete jemand, als hätte er sich verschluckt, und gleich darauf stand einer der Männer auf. Es war nicht die Art, wie er die Münzen auf den Tisch warf, die Noa beunruhigte. Es war sein Aussehen. Erst jetzt wurde ihr bewusst, dass es derselbe Mann war, der an ihrem ersten Abend diesen blöden Spruch mit dem Muttertag losgelassen hatte. Das brandrote Haar, der breite Unterkiefer. Er sah aus wie Dennis in groß. Nur die Augen waren anders, der Blick war eher stechend als dumpf und beim Gehen zog er ein Bein nach, als wäre es kürzer als das andere. Bevor der Mann die Kneipe verließ, sah er zu Marie, die blass geworden war.
»Mach's gut, Thomas«, rief ihm einer der Männer an Noas Nachbartisch hinterher.
Noa sah, wie Esther Marie ihre Hand auf die Schulter legte und wie Gustaf mehrere Male hintereinander schluckte, als säße ihm etwas in der Kehle.
»Bringste uns noch 'n Bierchen, Marie?«, rief der Mann vom Nachbartisch jetzt zum Tresen herüber. »Und den Würfelbecher für 'ne Runde?«
Marie nickte und die Spannung im Raum löste sich auf.
»Ich glaube nicht, dass Sie die Leute anrufen müssen«, wandte sich Gustaf wieder an Kat. »Wie Sie selbst schon gesagt haben, Frau Thalis, es ist Jahrzehnte her, dass diese Familie das Haus gemietet hat, ich kann mir wirklich nicht vorstellen, dass sie nach einer so langen Zeit noch Interesse an den Mö-

beln haben. Wenn Sie möchten, helfe ich Ihnen gerne den Dachboden . . .«
»Nein, nein«, sagte Kat. »Das mit dem Speicher kriegen wir schon hin. Allerdings würden wir gerne wissen, ob Dav. . .«
Noa trat Kat auf den Fuß, kurz und schnell. Und Kat verstand.
Gustaf begann jetzt von dem Dorffest zu erzählen, das am Ende der Woche gefeiert werden sollte, das alljährliche Sommerfest, dem zu Ehren in mehreren Häusern im Dorf geschlachtet werden sollte. Die Dorfkapelle würde kommen, es würde ein Bierzelt geben – und es wäre ihnen allen eine Freude, wenn Kat und ihre Familie ihnen die Ehre geben würden, ihre Gäste zu sein. »Nicht wahr?« Beifall heischend sah Gustaf sich um. Marie hinter dem Tresen lächelte zustimmend. Esther nickte steif und einige der Männer klatschten in die Hände.
Na, wunderbar, dachte Noa. Jetzt hat Kat auch hier ihr Publikum. Aber das schien ihrer Mutter noch immer nicht zu genügen. Theatralisch hob sie den Zeigefinger. »Die Ehre geben – ich und meine Familie! Gilbert, hast du das gehört?«
Ehe Gilbert etwas erwidern konnte, winkte Kat Gustaf zu sich heran und flüsterte so laut, dass Noa es hören konnte, in sein Ohr: »Mein Verhältnis zu Gilbert ist rein geistiger Natur, was so viel bedeutet wie ›Ich bin noch zu haben – wenn mich jemand will‹.«
Augenblicklich krochen die roten Flecken aus Gustafs Hemdkragen, er stieß eine Art Quieken aus und verschluckte sich bei dem Versuch, Kat auf diese unverschämte Bemerkung eine Antwort zu geben.
»Ich . . . also Frau Thalis, ich . . .«
Hinter dem Tresen hatte Esther die schmalen Lippen aufeinander gedrückt. Sie starrte zu ihrem Tisch herüber und Noa hätte Kat am liebsten gegen das Schienbein getreten, so wütend war sie jetzt.

»Schon gut, Gustaf«, sagte Kat kichernd. »Wenn Sie mir ein Tänzchen schenken, dann bin ich schon zufrieden. Natürlich kommen wir!«

Als Marie eine halbe Stunde später an ihren Tisch kam, um die Rechnung zu bringen, lächelte sie Noa an. »Ich möchte dir auch danken, dass du David geholt hast. Diese Jungs da draußen machen uns große Sorgen und der Mann vorhin war . . .«
». . . der Vater von Dennis«, beendete Noa ihren Satz.
Marie nickte und fügte hinzu: »Und unser Dorfschlachter.«

Nachts schien der Mond in Noas Fenster. Er war fast voll und sah aus wie eine blasse Silbermünze am schwarzen Himmel. Hitchcock war zu Kat gegangen, aber Pancake hatte sich unter Noas Decke gekuschelt. Ihr sanftes, monotones Schnurren war so beruhigend, dass Noa darüber einschlief.
Sie schlief tief und traumlos, bis ein leise klirrendes Geräusch sie weckte.
Steinchen. Jemand stand unter ihrem Fenster und warf winzige Steinchen gegen die Scheibe, wieder und immer wieder.

ZEHN

Glaubt man dem Gerede im Dorf, dann ist es nicht dieser Kord, sondern Robert, vor dem man sich in Acht nehmen muss. Angeblich ist er vorbestraft wegen Körperverletzung und da war auch was mit einem Mädchen. Aber ich mag das Dunkle, das von ihm ausgeht. Ich mag sein Gesicht, seine traurigen Augen. Er ist seltsam schön wie eine Nacht ohne Sterne.

Eliza, 19. Juli 1975

Es war David. Er stand direkt vor Noas Fenster, an den hellen Stamm einer Birke gelehnt, die Hände in die Taschen seiner ausgefransten Jeans geschoben und den Kopf leicht zur Seite geneigt, als lausche er, ob das Werfen der Steinchen etwas bewirkt hatte. Das Mondlicht ließ sein Haar noch heller erscheinen, und als David jetzt zu Noa hochsah, zog sein Blick sie förmlich nach unten. Alles in ihr wollte lächeln, aber sie beherrschte sich.

»Was willst du?«

»Dich einladen.«

»Danke, kein Bedarf.«

»Was soll ich machen? Singen?« David trat einen Schritt zurück, legte den Kopf in den Nacken und sang: »*I want the angel, whose darkness doubles. It absorbs the brilliance of all my troubles . . .*«

Noa schnappte nach Luft. Das glaubte sie einfach nicht. Sie starrte erst David an, dann auf das Haus gegenüber. Es war ein moderner Klinkerkasten, der sicher erst in den letzten paar Jahren gebaut worden war. Aber jetzt war das Haus nicht mehr als ein Schatten.

»*I want the angel, that knows the sky. She got virtue, she got the parallel light in her eye . . .*«

»Hey, sag mal, spinnst du?«, zischte Noa nach unten. »Willst du die Nachbarn aufwecken?«

David hielt inne und grinste. »Wenn's sein muss, schon. Das Lied hat siebzehn Strophen. Aber vielleicht kommst du ja runter, dann halt ich den Mund.«

Noa schüttelte den Kopf, heftig, als könnte sie dadurch ihre Gefühle wegschütteln, aber es ging nicht, das Lächeln war stärker.

»Du hast Glück, dass du kein guter Sänger bist. Gib mir fünf Minuten, okay?«

Als Noa aus der Haustür schlich, stand David am Gartentor. Sein Lächeln war jetzt schüchtern, in seinem Gesichtsausdruck mischten sich Freude und Unsicherheit.

»Danke, dass du gekommen bist. Es . . . es tut mir Leid, dass ich vorgestern so ausgeflippt bin.«

»Das habe ich schon mal gehört. Machst du das immer so? Die Leute vor den Kopf schlagen und dich im nächsten Moment entschuldigen? Wie oft kommst du damit durch?«

David hielt Noa das Gartentor auf. »Bei Leuten wie dir wahrscheinlich nicht oft.«

»Exakt. Noch so ein Abgang und du kannst mich mal. Und wohin willst du mich überhaupt einladen?«

»Wird nicht verraten. Komm!«, David streckte seine Hand nach Noas aus, aber Noa verschränkte die Arme vor der Brust,

froh um die Nacht, die verbarg, was sich auf ihrem Gesicht abspielte.
David führte sie um das Haus herum. Er hatte seinen VW-Bus vor dem Tor an der Garteneinfahrt geparkt. Als er das Innenlicht anknipste, um nach seinem Schlüssel zu suchen, und Noa einen Blick nach hinten warf, sah sie, dass die breite Plastikplane, die Werkzeuge und Zeitschriften hinten im Wagen weggeräumt waren. Jetzt lag nur noch die Matratze da. Es war eine dicke Doppelmatratze, mit blauem Stoff bezogen, und an der Seite lag eine zusammengerollte Wolldecke. Plötzlich fiel Noa wieder ein, was der Feuermelder vor der Kneipe in seinem hämischen Tonfall zu ihr gesagt hatte. *Hollaholla, wer bist du denn? Davids neue Nutte? Der hat ja schon bald eine richtige Sammlung, was, Jungs?*
Noa riss den Kopf so jäh zurück, dass David sie erschrocken ansah. Sie wollte etwas sagen, aber sie brachte kein Wort heraus. Ihre Hand krallte sich an den Griff der Tür, ihr Herz raste. Da war sie wieder, ihre eigene Vergangenheit; wie ein Dieb in der Nacht hatte sie Noa aufgelauert, um hinter ihrer dunklen Ecke hervorzuspringen und ihr die Finger um den Hals zu legen.
»Hey.« Davids Stimme war so sanft, dass es Noa die Tränen in die Augen trieb. »Hey, was ist denn mit dir los?«
Noa senkte den Kopf und schüttelte ihn, ganz leicht, hin und her, hin und her, sie konnte gar nicht mehr aufhören. Bitte, flehte sie stumm. Bitte, bitte, keine Fragen.
David holte tief Luft, dann stieg er nach hinten in den Laderaum. Noa hörte ein klapperndes Geräusch. Wie in Zeitlupe drehte sie wieder ihren Kopf.
Vor David lag die aufgerollte Decke. In ihrer Mitte war ein Teleskop.
»Nicht weit von hier«, sagte David, »ist eine Lichtung, hoch

über dem Dorf direkt am Wald. Von dort aus hat man einen wunderbaren Blick auf den Himmel, das wollte ich dir zeigen. Eine Art Freiluftkino sozusagen. Und der Eintritt«, David lächelte, »kostet nur ein Ja.«
Noa schluckte.
»Ja«, sagte sie leise.

Die Lichtung war nur ein paar Kilometer entfernt. Das Gras auf dem steil abfallenden Hang war noch warm von der Sonne des Tages und still war es hier, so still. Tief unter ihnen breitete sich wie ein schlafendes Tier das Dorf aus. Hinter ihnen lag der Wald und der Himmel über ihren Köpfen war übersät von Sternen. Durch das Teleskop waren sie zum Greifen nah. David kniete hinter Noa, seine Hände lagen leicht auf ihren Schultern. Er erklärte Noa die Sternbilder, deren Stellungen am Himmel sich durch die Wanderung der Erde um die Sonne mit jedem Abend ein winziges Stück verschoben, und seine Stimme war nicht viel mehr als ein Flüstern.
»Die drei Sternbilder dort oben im Objektiv, kannst du sie sehen? Sie prägen unseren Sommerhimmel. Ihre drei Hauptsterne, Wega, Atair und Deneb, bilden das große Dreieck – das Sommerdreieck. Am einfachsten erkennt man den Schwan, das Sternbild des Deneb. Warte, du schaust in die falsche Richtung.«
Davids Hände legten sich um Noas Kopf, ganz sanft lenkte er ihren Blick nach links auf eine kreuzartige Formation von Sternen. Seine Stimme wurde noch leiser, als fürchte er die Wesen dort oben zu vertreiben. »Jetzt stell dir einen Schwan vor, der von den höchsten Himmelshöhen nach Südwesten segelt, die Schwingen ausgebreitet, den langen Hals weit nach vorne gestreckt. Siehst du ihn?«
Noa nickte. Ja, sie sah ihn, er war so nah, dass sie meinte das

Rauschen seiner Flügel im Wind zu hören. Sie musste daran denken, wie sie als Kind in die Wolken geschaut und Fabelwesen in ihnen gesucht hatte. Feuer speiende Drachen, geflügelte Pferde, tanzende Meerjungfrauen, die dann langsam vom Wind in immer neue Formen verwandelt wurden. Aber noch nie hatte sie auf diese Weise in die Sterne geschaut.

»Woher weißt du das alles?«, fragte sie David. »Woher kennst du all diese Namen?«

»Von meinem Vater.« Davids Stimme war leise geworden. »Früher, vor Krümels Geburt, hat er mich manchmal nachts geweckt und ist mit mir hierher gekommen. Manchmal haben wir bis zum Morgengrauen hier oben gesessen. Mein Vater konnte im Himmel lesen wie in einem Buch, er kannte die Namen aller Sternbilder und irgendwie haben sie sich bei mir eingeprägt. Als er uns verlassen hatte, hätte ich am liebsten alles vergessen, aber es ging nicht. Dieser Anblick macht süchtig, mich jedenfalls, und manchmal denke ich, es gibt keinen Ort, an dem ich lieber wäre, als irgendwo dort oben. Nachts bin ich weggelaufen, um alleine herzukommen und zu meinem dreizehnten Geburtstag hat Esther mir dann das Teleskop geschenkt.« David legte seine Hand auf das Objektiv und strich zärtlich über die glatte Fläche. »Ich schätze mal, für dieses Teil hat sie ihre halben Ersparnisse weggegeben.«

»Und dein Vater?«, fragte Noa. »Siehst du ihn noch manchmal?«

»Nein.« David zog seine Hand von dem Objektiv zurück. »Einmal, da hat er angerufen, kurz nachdem er eine Wohnung in Köln gefunden hat. Er wollte mich fürs Wochenende zu sich holen. Aber als ich sagte, ich komme nur mit Krümel, hat er aufgelegt. Danach war Sense.«

»Hat er . . .« Noa schluckte. »Hat er euch wegen Krümel verlassen?«

»Themenwechsel.« Hart klang Davids Stimme jetzt, aber Noa verstand ihn sofort. Sie selbst sprach auch nicht gerne über ihren Vater – den Samenspender, wie Kat ihn nannte. Was sollte man auch über jemanden sagen, den man nicht kannte? Alles, was Noa über ihren Vater wusste, war, dass er Jude, Musiker und irgendeine Nummer am Anfang einer langen Liste von Kats Affären war. Was in seinem Fall dabei herausgekommen war, hatte Kat ihm nie verraten. Sie hatte Noa alleine großgezogen, oder besser gesagt, sie mitlaufen lassen, irgendwie.
Noa schob das Objektiv ein Stück weiter. »Der helle Stern dort links. Ist das der Abendstern?«
»Ja, das ist die Venus. Ein Planet, um genau zu sein. Man hat sie nach der römischen Göttin der Liebe und Schönheit benannt, weil sie das strahlendste Objekt am Nachthimmel ist. Gegen sie verblassen alle anderen.«
Noa nickte. »Sie ist wunderschön«, flüsterte sie.
»Von hier aus ja«, erwiderte David. »Schon immer hat sie die Astronomen mit ihrer Schönheit geblendet. Früher glaubte man, die Venus gliche einer dampfigen, sumpfigen Gegend der Erde und wäre vielleicht sogar mit Lebewesen bevölkert. Andere Astronomen stellten sich eine Sandwüste auf ihr vor. Aber in Wirklichkeit ist sie ein Alptraum. Ein Höllenplanet, auf dem selbst die Felsen glühen. Ihre Atmosphäre besteht aus giftigem Kohlendioxid, das dich erdrückt, und an ihren Himmeln hängen Wolken aus Schwefelsäure. Ich nenne sie den bösen Zwilling der Erde.«
»Glaubst du«, fragte Noa, ohne ihren Blick vom Teleskop zu lösen, »glaubst du, dass wir die einzigen Lebewesen im Universum sind?«
»Ich habe keinen Schimmer. Ich weiß nur, dass unser Universum seit 13 Milliarden Jahren existiert und dass wir Menschen nicht das Maß aller Dinge sind – im Entferntesten nicht. Weißt

du, wie viele Sterne es allein in unserer Galaxis gibt? 400 Milliarden. 400 Milliarden Sterne. Und von dort aus betrachtet«, Davids Finger zeigte nach oben, »ist unsere Erde weniger als ein Staubflusen. Eines Tages werden wir verlöschen, ohne dass dort oben ein Hahn nach uns kräht, das ist jedenfalls meine Wahrheit.«
Noa schob das Teleskop zur Seite und legte den Kopf in den Nacken. Die Stadt ließ die Dunkelheit nicht zu, die den Himmel zum Strahlen brachte. Die Stadt konzentrierte sich auf ihre irdischen Stars und einen Himmel wie diesen kannten die meisten Jugendlichen höchstens aus dem Planetarium. Aber Gilbert hatte Noa manchmal von den Sternen erzählt, früher, wenn Kat auf irgendeiner Party war und Gilbert Noa ins Bett gebracht hatte.
»Gilbert glaubt, dass unsere Seelen zu den Sternen fliegen, wenn wir tot sind. Dass es dort eine höhere Form von Leben gibt, ein Leben, an das unser äußerer Körper nicht gebunden ist. Ein Leben, bei dem es kein Leiden gibt.«
»Klingt tatsächlich nach Gilbert«, sagte David. »Und deine Mutter hat sich sicher drüber totgelacht, was?«
Da musste auch Noa lachen. David hatte sich ins Gras gelegt. Die Arme hinter dem Kopf verschränkt, blickte er zum Himmel hinauf.
Noa legte sich neben ihn.
»Ich habe gestern mit meiner Mutter gesprochen«, sagte er in die Stille hinein. Ich habe sie gefragt, wie die Leute hießen, die früher in eurem Haus gewohnt haben. Sie hießen Steinberg, es war ein Ehepaar mit einer älteren Tochter, etwa in deinem Alter. Meine Mutter sagte, sie seien eines Tages abgereist und nicht mehr wiedergekommen. Auf einen Mord habe ich sie nicht angesprochen, aber ich habe sie nach dem Vornamen des Mädchens gefragt. Meine Mutter hat so getan, als ob sie sich

nicht erinnern könnte, aber als ich *Eliza* sagte, ist sie blass geworden. Weiter hab ich erst mal nicht gefragt.« David setzte sich auf. »Noa, woher wusstest du den Namen?«
»Ich wusste ihn nicht. Jedenfalls nicht, als wir das Spiel gespielt haben.«
»Noa, komm, bitte . . .«
»Ich wusste ihn nicht.«
Noa drehte ihren Kopf und erwiderte Davids Blick so lange, bis er aufhörte, in ihren Augen nach einer anderen Wahrheit zu suchen.
»Das ist verrückt«, flüsterte er.
»Ja«, sagte Noa. »Das ist verrückt, das habe ich mir auch gesagt. Aber dann war ich beim Bauern, bei diesem Hallscheit, unserem Vermieter. Er konnte sich ebenfalls nicht an den Namen des Mädchens erinnern, hat er jedenfalls behauptet. Aber seine Mutter, sagt er, hat sie Schneewittchen genannt, weil sie so schön war. Heute Abend stand die Alte am Fenster. Wie ein Schatten, es war so unheimlich.«
Noa schauderte wieder, als sie wiederholte, was die Frau zu ihr heruntergerufen hatte. Auch von ihrem Spaziergang im Wald erzählte sie David; von dem ungestürzten Baum mit den blutrot bemalten Splittern und von Robert, dem Maler, wie er bei seinem Mühlenhaus gestanden und auf den Dachbodenschlüssel in Kats Hand gestarrt hatte.
David hörte ihr reglos zu, dann schüttelte er leicht mit dem Kopf, als glaubte er noch immer, diese ganze Geschichte sei ein böser Traum. »Den angemalten Baum habe ich auch schon mal gesehen«, sagte er schließlich. »Der Typ ist ziemlich schräg drauf, das habe dir ja neulich schon gesagt, aber das allein macht ihn noch nicht zu einem Mörder.«
»Das habe ich auch nicht gemeint«, erwiderte Noa. »Im Gegenteil, das mit dem Baum hat mir sogar ziemlich gut gefallen. Ich

kenne einen amerikanischen Künstler, der so ähnliches Zeug macht, Gilbert ist ein großer Fan von ihm. Das, was mich stutzig gemacht hat, war sein Blick auf den Dachbodenschlüssel. Sein Gesicht, du hättest es sehen sollen, es sah aus, als ob . . . Noa suchte nach Worten, fand aber keine und ließ die Schultern sinken. »Ich weiß auch nicht. Jedenfalls kam es mir seltsam vor, das ist alles.«

»Und was war auf dem Speicher?«, fragte David. »Davon hast du noch gar nichts erzählt. Ist dir da oben irgendwas aufgefallen?«

»Ich war nicht mit oben, ich . . .« Noa rupfte eine Pusteblume aus der Wiese und drehte sie zwischen ihren Fingern hin und her, »ich hatte einfach Angst. Aber Kat klang nicht so, als wäre dort oben irgendetwas Verdächtiges gewesen. In eurer Kneipe hat sie lauthals von dem Zeug da oben geschwärmt.«

David grinste. »Ich hab euch gehört«, sagte er. »Ich saß in der Küche mit Krümel. Meine lieben Herren, diese Stille, nachdem du Elizas Namen ausgesprochen hast . . . das hat sich angehört, als hättest du eine Bombe platzen lassen.«

Noa nickte. Ja, dasselbe Gefühl hatte sie auch gehabt. »Einer der Männer ist sogar aufgestanden. Er hat deine Mutter und Gustaf angeschaut, mit einem ganz komischen Blick. Deine Mutter sagte, er wäre der Vater von diesem Dennis, der Rothaarige, der Krümel heute . . .«

»Thomas Kord.« Davids Augen verengten sich zu Schlitzen. »Der Typ ist genauso ein Arschloch wie sein Sohn. Aber noch mal zu Eliza. Wenn du sagst, du wusstest ihren Namen nicht, als wir das Spiel gespielt haben – woher bist du dir so sicher, dass sie wirklich so geheißen hat?«

Noa blies gegen die Blume, ganz sanft, sodass sich nur ein paar Staubblüten aus dem Stängel lösten und durch die windstille Luft tanzten, bis sie vor ihren Füßen verschwanden. »Ich habe ihn in einem Buch gefunden.«

David runzelte die Stirn. »In einem Buch? Was für ein Buch?«
»Ein Kinderbuch, von Astrid Lindgren. Es war in unserem Bücherschrank, ich hatte es sogar schon mal in der Hand. Auf der ersten Seite stand eine Widmung, sie war ziemlich verwischt.«
Noa schüttelte den Kopf und warf den Stängel weg. »Seltsam, erst dachte ich, jemand hätte Wasser darauf verschüttet. Mittlerweile glaube ich, dass es Tränen waren. Es muss noch ein Kind gegeben haben, einen Bruder. Jonathan. Er hat das Buch seiner Schwester Eliza zum zehnten Geburtstag geschenkt, ich kann es dir zeigen. Aber von einem Jonathan hat der Bauer nichts gesagt und deine Mutter . . .«
»Hat auch nur von einer Tochter gesprochen.«
»Der Widmung nach muss Jonathan schon älter gewesen sein. *Dein großer Bruder, der immer für dich da sein wird.* Das stand unten drunter. Vielleicht war er ja einfach nie mit.«
»Vielleicht.« David kniete sich vor das Teleskop und löste die Schraube an der Halterung. »Wie es scheint, war er im entscheidenden Augenblick jedenfalls nicht für seine kleine Schwester da.« Er klappte das Teleobjektiv so ruckartig nach unten, dass es gegen die Standbeine krachte – und Noa musste daran denken, dass auch David ein großer Bruder war.

Auf der Rückfahrt nahm David einen anderen Weg. Er fuhr links durch den Wald, sodass sie am Mühlenhaus des Malers wieder herauskamen.
Schon heute Nachmittag war die alte Mühle Noa dunkel vorgekommen, jetzt aber erschien sie ihr geradezu schwarz – ein schwarzes Gesicht mit einem einzigen funkelnden Auge. Hinter einem der Fenster brannte Licht und der Wald war so still, dass Noa durch das heruntergekurbelte Fenster die Musik hören konnte.
Es war Klaviermusik, die deutlich nicht aus einer Lautspre-

cherbox kam. Da spielte jemand – ein Lied, das Noa aus ihrer Sammlung von Handytönen entfernt hatte, weil es ihr absurd vorkam, einen solchen Klassiker zu einem Klingelzeichen zu degradieren. Es hatte eine Zeit gegeben, da hatte Noa dieses Lied wieder und wieder gehört, weil sie es so schön fand.
»Für Elise«, sagte David. »Dieses Lied heißt *Für Elise,* nicht wahr?«
Noa konnte nur nicken.

»Glaubst du, dass dieser Robert etwas mit Eliza, ich meine ... mit ihrem Tod zu tun hat?«, fragte sie David, als er den VW-Bus eine halbe Stunde später wieder vor dem Gartentor ihres Hauses parkte.
»Verdammt, Noa, wenn diese abgedrehte Geschichte wahr ist, die uns dieses Glas da weismachen will, dann könnte es jeder gewesen sein. Nicht nur Robert oder Thomas Kord oder die Hexe oder Hallscheit oder wenn du sogar willst, meine Mutter oder Gustaf, es könnte *jeder* gewesen sein, der vor dreißig Jahren schon hier war. Unser Dorf hat dreihundert Einwohner, etwa zweihundertzwanzig davon sind über dreißig. Statistisch gesehen, ist das ein Witz, aber wenn wir einen Mörder suchen, dann ist das wie einen dunklen Stern am Nachthimmel orten. Und wenn du genauer drüber nachdenkst, muss es nicht mal jemand aus unserem Dorf sein. Es könnte auch irgendein Kerl sein, der Eliza nachgereist ist. Es gibt tausende von Möglichkeiten, was stellst du dir vor? Dass wir eine lustige Umfrage starten?«
Noa schwieg, dann sagte sie leise: »Im Grunde bräuchten wir nur Eliza zu fragen.«
Ehe David etwas erwidern konnte, stieg Noa aus. »Danke für das Freiluftkino«, sagte sie lächelnd. »Der Film war wunderschön.«

ELF

Heute hat mir Robert ein Geschenk mitgebracht, eine kleine, verschließbare Truhe, die er selbst bemalt hat. Er ist ein richtiger Künstler. Die Vögel sind rot wie mein Sofa, das jetzt auf dem Dachboden steht. In meinem Reich! Und die Truhe ist wie geschaffen für mein Juwel. Auch die Leica verschließe ich darin. Soll mein Vater sie suchen, bis er schwarz wird.

Eliza, 21. Juli 1975

Noa wachte davon auf, dass ihr Pancake auf den Bauch sprang. Ungeachtet ihres Gewichts, ließ sich die dicke Tigerkatze, die Kat vor sieben Jahren als winziges Wesen aus dem Tierheim mitgenommen hatte, weil sie so kläglich und zerzaust aussah, auf der Bettdecke nieder. Sie nahm den Bezug zwischen ihre Zähne und begann, laut schnurrend, mit den Vorderpfoten auf und ab zu treten. Dieser so genannte Milchtritt, eine Gewohnheit fast aller Katzen, die als Säugling zu früh von der Mutter weggenommen worden waren, war bei Pancake besonders ausgeprägt. Stundenlang konnte sie sich diesem Ritual hingeben, mit halb geschlossenen Augen und, wie Kat immer sagte, einem geradezu entrückten Gesichtsausdruck.

Auch Hitchcock schob jetzt seinen schwarzen Kopf durch die Tür und ließ ein beleidigtes Maunzen ertönen. Ganz offensichtlich waren die beiden noch nicht gefüttert worden.

Ächzend schob Noa Pancake ein Stück zur Seite und stieg aus dem Bett. Das Fenster stand noch offen und die silberne Sternendecke der letzten Nacht war einem tiefblauen, wolkenlosen Himmel gewichen. Sonnenlicht strömte ins Zimmer. Es versprach, ein heißer Tag zu werden. Noa schlüpfte in ihre Jeans, zog sich ein graues T-Shirt über den Kopf und wollte gerade hinunter in die Küche gehen, als sie aus Kats Zimmer ein lautes Stöhnen hörte.

Noas Mutter saß im Bett, den Kopf über eine Suppenschüssel gebeugt, in die sie sich mit krampfartigen Zuckungen erbrach. Die roten Haare fielen ihr ins Gesicht, und als Kat ihren Kopf hob, war ihre bleiche Stirn schweißnass.

»Was ist denn mit dir los?«

»Ich sterbe, das ist alles.« Kat versuchte die Schüssel zurück auf den Boden zu stellen, aber ihre Hände zitterten so stark, dass ihr die Schüssel beinahe aus der Hand fiel. Sie war aus ziemlich teuer aussehendem Porzellan und passte so gar nicht zu dem einfachen Geschirr, das Kat in der Stadt gekauft hatte.

»Ich kann dir sagen, ich habe eine Höllennacht hinter mir, ich dachte wirklich, es zerfetzt mir den Magen. Wahrscheinlich habe ich diese Pilze nicht vertragen.« Erschöpft ließ sich Kat zurück in die Kissen fallen. »Und wo warst du? Dein Bett war leer, als ich in der Nacht bei dir reingeschaut habe.«

»Spazieren.« Noa hatte keine Lust, Kat von David zu erzählen. »Soll ich dir was bringen? Vielleicht einen Toast oder einen Tee?«

»Nein, danke.« Kat presste die Hand vor den Mund, als müsse sie sich allein bei dem Gedanken an Nahrung wieder übergeben. Ihre Stimme klang matt, aber reden konnte Kat immer, ganz egal, wie krank sie war. Worte. Kat brauchte sie wie andere Menschen die Luft zum Leben.

»Ich habe Gilbert in die Stadt geschickt«, sagte sie. »Hoffentlich treibt er irgendwo ein paar rezeptfreie Tabletten für mich auf, ich habe keine Lust, mich von irgendeinem Dorfarzt unter die Lupe nehmen zu lassen. Ach, so ein Mist, dabei wollte ich heute eigentlich mein Zimmer in Angriff nehmen, aber daraus wird wohl nichts.« Kats Blick schweifte von den unausgepackten Koffern zu den Stapeln von Drehbüchern, ihren Autogrammkarten und den gerahmten Fotos, die neben der alten Frisierkommode an der Wand lehnten. Es waren Porträts von Marlene Dietrich, Greta Garbo, Ingrid Bergman, Monica Bleibtreu und natürlich von Nora Gregor, der Stummfilmschauspielerin, nach der Kat Noa benannt hatte. Ein Foto von Kat war auch dabei. Es war ein Schwarz-Weiß-Bild, das Noa vor einem Jahr von ihrer Mutter gemacht hatte. Kat hatte sich ihren Kater Hitchcock wie einen schwarzen Pelz um den nackten Hals gelegt und Noa erinnerte sich noch genau, wie sehr sich Hitchcock gegen diese Behandlung gesträubt hatte. Das Zeichen seiner Missachtung prangte über Kats Brust, ein tiefer Kratzer, der damals ordentlich geblutet hatte und der jetzt auf der Schwarz-Weiß-Aufnahme als dunkler Strich auf Kats hellem Dekolletee zu sehen war. Kats rote Haare waren auf dem Foto streng zurückgekämmt, was ihr Gesicht mit den großen grünen Augen, den hochgezogenen Augenbrauen und dem üppigen, herzförmigen Mund umso stärker zum Ausdruck brachte.

Jetzt waren ihre Haare strähnig, ihre Augen stumpf und ihre Lippen blutleer – aber gut sah sie noch immer aus. Wie sagte man: »Einen schönen Menschen entstellt nichts?« Der Ausdruck traf selbst jetzt auf Kat zu.

»Die Katzen könntest du füttern.« Kat zog sich die Decke bis zur Nase hoch. »Ich glaub, ich schlaf noch 'ne Runde. Und dann müssen wir uns überlegen, wer uns weiter beim Renovieren hilft. Oder glaubst du, David lässt sich wieder blicken?«

Noa zuckte mit den Schultern. Über das Renovieren hatte sie mit David letzte Nacht nicht gesprochen – aber als Noa nach unten ging, trat er hinter Gilbert durch die Haustür.
»Wie geht es Kat?« Gilbert hatte eine Tüte aus der Apotheke in der Hand und sah ziemlich besorgt aus.
»Zum Kotzen würde ich sagen. Was hast denn du gestern gegessen?«
»Ich hatte Bratkartoffeln, aber meine Bauchschmerzen lagen wohl eher daran, dass mein Mund mal wieder größer als mein Magen war.« Gilbert grinste David an. »Deine Mutter meint es wirklich gut mit ihren Gästen. Gibt es bei euch immer diese Riesenportionen?«
David zuckte mit den Achseln. »Wir sind eine Dorfkneipe, kein Feinschmeckerrestaurant. Aber ich frage mich, was Kat an den Pilzen nicht vertragen hat. Ich habe auch die Pilzpfanne gegessen, bei mir war alles okay.«
»Vielleicht hat sich ein Fliegenpilz in Kats Pfanne verirrt«, bemerkte Gilbert schmunzelnd, hob aber sofort entschuldigend die Hände, als ihm David einen wütenden Blick zuwarf.
»Das sollte ein Witz sein, keine Sorge, ich habe nicht im Sinn, deine Familie zu beschuldigen. Wahrscheinlich hat Kat einfach nur einen empfindlichen Magen.« Gilbert legte David die Hand auf die Schulter. »Ich find's übrigens richtig schön, dass du wieder da bist, nicht nur wegen der Arbeiten am Haus. So, und jetzt geh ich erst mal hoch und bringe dem kranken Huhn die Tabletten, dann können wir drei überlegen, was wir als Nächstes in Angriff nehmen, okay?«
David folgte Noa in die Küche, und während Kat den Rest des Tages im Bett verbrachte, richtete Noa nach einem späten Frühstück ihre Dunkelkammer ein. Anschließend half sie Gilbert und David beim Abreißen der Tapeten in ihrem Zimmer. Als sie all den Schutt und Staub weggekehrt, in Tüten ver-

packt und nach unten geschafft hatten, war es später Nachmittag.
»Das Streichen verschieben wir auf morgen, wenn's recht ist.« Gilbert wischte sich den Schweiß von der Stirn. Sein rundes Gesicht glühte vor Anstrengung und seine sonst so glatten Hände waren rau von der Arbeit. »Ich brauche eine Runde frische Luft. Kommt ihr mit auf einen Spaziergang oder habt ihr was anderes vor?«
David warf Noa einen fragenden Blick zu. Noa kaute auf ihrer Unterlippe und Gilbert putzte sich lächelnd seine runde Brille, ohne die er immer diesen leichten Silberblick hatte.
»Ich geh dann mal. Bis später.«
David sah Noa noch an, als die Haustür hinter Gilbert längst ins Schloss gefallen war. »Erst das Spiel oder erst der Dachboden?«, fragte er leise.
Noa zögerte. »Erst der Dachboden«, flüsterte sie schließlich.

Als Noa ihren Fuß auf die erste Treppenstufe setzte, war sie so nervös, dass sie am liebsten Davids Hand genommen hätte. Kat hatte den Schlüssel stecken lassen, aber der Riegel, den sie nach ihrer Besichtigung wieder vorgeschoben hatte, war so verrostet, dass sein quietschendes Geräusch beim Öffnen Noa eine Gänsehaut über den Rücken jagte.
Ja, Kat hatte Recht gehabt. Der Speicher war riesig. Aber beim Anblick der beiden ineinander übergehenden Räume dachte Noa weder an einen Meditationsraum noch an ein Bücherzimmer oder gar an ein Kino. Eigentlich wusste sie gar nicht, was sie dachte, so sehr zog sie die Atmosphäre dieses Ortes in den Bann. Wie die Seiten eines überdimensionalen Dreiecks lehnten sich die Dachschrägen gegeneinander. Sonnenstrahlen, dürr wie Pfeile, bohrten sich ihren Weg durch die verschmutzten Dachluken. Durch den Luftzug wirbelte Staub

vom Boden auf und verwandelte sich im Licht in glitzernde Partikelchen.

Kein Laut war zu hören, alles war still, als hätten sich sämtliche Geräusche hier oben verloren, über ihren Köpfen im Dachstuhl, hinter den schweren, in gleichmäßigen Abständen aus dem Boden ragenden Holzbalken und zwischen den Möbeln, die Hallscheit aus den Räumen des Hauses verbannt und hierher geschafft hatte.

David war schon ein paar Schritte vorausgegangen und bahnte sich einen Weg durch eine Sitzgruppe von dunkelgrünen, mit Quasten und Kordeln verzierten Samtsesseln. Auf dem einen lag ein Hirschgeweih, auf dem anderen ein gusseiserner Kerzenleuchter.

Auch die anderen Antiquitäten, die links und rechts an die Seiten des ersten Raumes gerückt worden waren, sahen aus, als wären sie von Kennerhand ausgewählt worden. Ein Kleiderschrank aus Walnussholz, ein Sekretär mit goldplattierten Schlössern, zwei Couchtische, ein halbes Dutzend Stühle mit hohen Rückenlehnen und gepolsterten Sitzen, verschiedene Leuchter mit Pergamentschirmen, eine Frisierkommode, ländliche Kissen mit Blumenstickerei und ein langer Esstisch, auf dem sich ein Sammelsurium von Kostbarkeiten befand. Noa ging darauf zu und betrachtete die Karaffen aus Kristallglas, die weißlich schimmernden Bauernsilber-Gefäße, die verschiedenen Trophäen, Wandteller und das silberne Essbesteck, das, achtlos zusammengewürfelt, in einem alten Schuhkarton lag.

Beim Anblick des Porzellangeschirrs, das neben dem Esstisch auf einer Holzvitrine aufgestapelt war, musste Noa grinsen. Hierher hatte Kat also die Schüssel, in die sie sich heute Morgen erbrochen hatte.

»Wahnsinn«, sagte David leise, als er sich zu Noa umblickte.

»Das sieht ziemlich nobel aus, kaum zu glauben, dass jemand das alles hier einfach so zurückgelassen hat. Wenn man den ganzen Krempel verkaufen würde, hätte man ein sattes Konto.«
Noa nickte, aber dann erstarrte sie plötzlich. Der Duft, dieser süße, leicht würzige Duft eines Frauenparfüms – da war er wieder. Hier, in der staubigen Speicherluft roch er noch intensiver als unten im Haus. David hatte es ebenfalls bemerkt. Mit gerunzelter Stirn kam er auf Noa zu. Sein Gesicht näherte sich ihrem Hals, bis Noa seinen Atem spürte.
»Das bist nicht du.«
Noa schüttelte den Kopf. Sie benutzte kein Parfüm – und wenn, hätte sie mit Sicherheit nicht diese Sorte gewählt. Wie beim letzten Mal erschien es ihr, als hätte jemand diesen Duft frisch versprüht. Noa musste an ihren ersten Abend denken, an den Moment, als sie mit Kat und Gilbert das Haus verlassen hatte und das Gefühl so stark gewesen war, dass jemand sie ansah. Ihr nachsah, aus dem Haus heraus.
»Ich frage mich, ob sie uns sehen kann«, flüsterte Noa mehr zu sich selbst. »Ob sie . . . in irgendeiner Form wirklich *hier* ist.«
David holte Luft, ein langer, tiefer Atemzug. Er sah sich nach allen Seiten um und Noa hatte das Gefühl, als ob er fröstele, trotz der Wärme, die sich hier oben staute. Dann zuckte er mit den Schultern. »Wir könnten sie fragen, wie du schon gesagt hast, gestern Nacht. Ich meine, später, wenn wir dieses . . . dieses *Spiel* noch einmal machen, dann könnten wir sie fragen. Aber jetzt lass uns mal nach hinten gehen, okay?«
David drehte sich um und Noa hielt sich dicht an seinen Rücken.
Der hintere Raum war durch eine große Flügeltür vom ersten getrennt. Rechts und links neben dem Türrahmen waren zwei glaslose Fenster in die Wand eingelassen. Aber die Fenster waren jetzt halb verdeckt, weil die Flügeltür weit offen stand. Bei-

de Türhälften waren zum ersten Raum hin aufgeschwungen und sie erinnerten wirklich an Flügel, an große dunkle Flügel. Ein seltsamer Gedanke durchfuhr Noa bei diesem Anblick, eigentlich war es mehr eine Vision als ein Gedanke – eine Vision, die sie erschreckte, weil sie ihr ebenso unerklärlich war wie dieser Duft. Sie sah zwei Menschen: Den einen hinter dem linken, den anderen hinter dem rechten Türflügel versteckt, wie sie durch das glaslose Fenster in den hinteren Raum schauten wie auf eine Bühne.

»Na, geht deine Phantasie mit dir durch?« David legte Noa die Hand auf den Arm, als habe er bemerkt, was sich in ihrem Gesicht abspielte. »Meine Güte, du hast ja eine richtige Gänsehaut.«

Noa kniff kurz die Augen zu, dann machte sie einen entschlossenen Schritt nach vorn. Der zweite Raum hatte tatsächlich etwas von einer Bühne, vielleicht war ihr deshalb dieses seltsame Bild in den Sinn gekommen. Nur ein einziges Möbelstück stand auf dem staubigen Holzboden. Es war eine dunkelrote Couch – oder Chaiselongue, wie Kat sie nennen würde.

Die Wand dahinter fehlte. Hinter der Chaiselongue klaffte ein Abgrund – die Schwelle zur Scheune.

Noa wurde es augenblicklich schwindelig. Sie krallte sich an Davids Hand, wollte ihn zurückziehen, aber David ging weiter und Noa ließ ihn los.

»Ganz schön tief«, bemerkte er leise, als er sich nach vorne beugte. »Vier, fünf Meter müssten das sein.«

»Komm zurück. David, bitte, komm zurück, ich . . . ich kann das nicht sehen.«

David blickte sich zu Noa um. »Ach ja, die Höhenangst«, erinnerte er sich lachend und Noa war wütend, furchtbar wütend, als David jetzt noch einen Schritt nach vorne machte und die Arme wie im Flug ausbreitete.

»Lass das, verdammt noch mal, das ist kein Witz. Lass das oder ich gehe sofort wieder nach unten!«

»Schon gut, schon gut.« David kam zurück und musterte die schrägen Wände. Die sie haltenden Holzbalken waren unten durch Stroh und Schaumgummi windsicher gemacht worden, aber an einigen Stellen bahnte sich die Luft scheinbar doch einen Weg in den Speicher, Noa erkannte es an den Staubkörnern, die auch hier über den Boden tanzten, als würden sie von draußen angeweht. An einer Stelle lugte ein silbergraues Stück Stoff hervor. Es war nur ein winziger Zipfel, den man eigentlich kaum sah. Aber jetzt stach er Noa regelrecht ins Auge.

Sie kniete vor der Stelle nieder, zog an dem Stoff – es war Seide – und merkte, dass dadurch der Schaumgummi nachgab. Man konnte es ganz leicht herausziehen. Der dahinter verborgene Stoff schien zu einer Art Kimono zu gehören, aber jetzt war etwas darin eingewickelt.

Noas Herz schlug schneller, als sie den Stoff zur Seite schlug. Eine kleine Truhe lag darin. Sie war aus einfachem, abgesplittertem Holz, längst nicht so kostbar wie all die anderen Dinge hier, aber jemand hatte sie in kunstvoller Feinarbeit bemalt. Winzige Vögel schwebten so plastisch auf dem nachtblauen Untergrund, dass es fast aussah, als würden sie sich jeden Moment davon abheben und losfliegen. Sie hatten dieselbe Farbe wie die Chaiselongue, ein dunkles Rot. In dem Schloss der Truhe steckte kein Schlüssel, und als Noa versuchte, in einer sinnlos heftigen Handbewegung den Deckel aufzuzerren, rutschte sie mit dem Finger ab und riss sich einen Splitter unter die Haut. Es fing sofort an, zu bluten.

»Mist! Ich bin nicht geimpft«, stieß Noa ängstlich hervor. Sie wusste, wie leicht man sich ohne Tetanusimpfung eine Blutvergiftung zuziehen konnte, wenn Dreck in eine offene Wunde kam.

»Warte«, David hatte sich hinter Noa gekniet. Er nahm ihren Finger in die Hand, drückte ihn mit Daumen und Zeigefinger zusammen, um an den Splitter zu kommen, aber alles, was hervorquoll, war Blut. Ehe Noa ihren Finger zurückziehen konnte, hatte ihn David in den Mund genommen. Seine Lippen schlossen sich um ihre Haut und Noa fühlte, wie seine warme Zunge die Wunde berührte. Wieder wurde ihr schwindelig. Sie zuckte zurück, aber David ließ ihren Finger nicht aus seiner Hand. Noch immer rann Blut aus der Wunde, es tropfte auf Davids Jeans, aber er beachtete es gar nicht. Er hielt ihren Finger ins Licht und kräuselte die Stirn.
»Halt still. Der Splitter ist ganz schön groß, aber er kuckt raus, ich kann ihn fühlen. Ich glaub, den krieg ich so.«
Noch einmal nahm David Noas Finger in den Mund, umschloss ihn mit seinen Lippen und saugte daran, bis der Splitter freilag. Es war wirklich ein großer Splitter, selbst im dämmrigen Licht des Bodens konnte man ihn erkennen. David bekam ihn mit seinen Fingernägeln zu fassen und zog ihn mit einem kurzen Ruck heraus.
»Da ist er. Habt ihr irgendwo was zum Desinfizieren?«
»Ich glaub nicht«, murmelte Noa. Sie presste jetzt ihren eigenen Daumen auf die Wunde und hielt den Kopf gesenkt, aus Angst, David in die Augen zu sehen.
»Dann nimm das hier.« David hielt Noa ein Tempotaschentuch hin. »Es wird schon nichts passiert sein. Hauptsache, der Splitter ist draußen.«
Während Noa das Taschentuch um ihren Finger wickelte, stand David auf und holte ein Messer aus dem Schuhkarton, der auf dem Esstisch stand. Angespannt beobachtete Noa, wie er sich an der Truhe zu schaffen machte. Erst versuchte er mit der Messerspitze im Schloss herumzustochern, aber das war vergeblich, weil die Spitze viel zu dick für das zierliche Schloss

war. Schließlich schob David das Messer unter den Deckel und stemmte es mit aller Kraft dagegen. »Mist . . . dieses verflixte Ding . . . ich . . . ich hab's!«

Krachend brach der Deckel auf und David atmete aus. »So. Dann wollen wir mal sehen. Bist du bereit?« Davids Augen funkelten vor Aufregung und Noa nickte ihm zu.

Sie wusste nicht, was sie erwartet hatte. Alles hätte in dieser Truhe sein können, alles Mögliche, aber mit dem, was jetzt hinter dem aufgeklappten Deckel zum Vorschein kam, hatte sie nicht gerechnet.

Es war eine Kamera. Eine alte Leica, weitaus kostbarer als die Kamera, die Noa von Kat geschenkt bekommen hatte.

Und darin steckte noch ein Film.

ZWÖLF

Es ist so still hier oben. Ich denke an all die Dinge, die man auf einem Dachboden tun kann. Ich schaue Robert an und fühle, dass auch er an Dinge denkt.
Ich will, dass er mich liebt. Ich liebe ihn nicht, aber ich will, dass er mich liebt.

Eliza, 23. Juli 1975

Sollen wir ihn rausholen?«

David wollte die Kamera schon aufklappen, aber Noa hielt seine Hand fest. Ihre Wunde unter dem Tempotaschentuch pochte noch immer. »Nicht, warte!«, sagte sie hastig. »Wenn wir den Film jetzt rausnehmen, wird er belichtet. Ich . . .« Sie zögerte. »Ich kann ihn später in der Dunkelkammer rausnehmen. Dort kann ich ihn dann auch entwickeln.« Sie nahm David die Kamera aus der Hand. Schwer war sie und hatte noch einen Transporthebel, um den Film weiterzutransportieren. Das Bildzählwerk stand auf der Ziffer 28. »Der Film ist noch nicht voll«, sagte Noa. »Acht Bilder fehlen noch.«

»Na dann . . .« David strich sich die blonden Haare aus dem Gesicht und nahm die Kamera wieder an sich. »Dann machen wir ihn doch voll. ›Wennschon, dennschon‹, würde ich sagen. Meinst du, die Batterien funktionieren noch für den Blitz?«

»Nein.« Noas Knie zitterten, als sie aufstand. »Nein, das glaube ich nicht. Ich gehe noch mal nach unten und hole welche. Warte hier, ja?«

Als Noa wiederkam – außer Batterien hatte sie auch ein Pflaster und etwas zum Desinfizieren gefunden –, wollte David die Kamera nicht aus der Hand geben. Er wechselte die Batterien aus und richtete dann die Kamera auf Noa. Erschrocken wich sie zurück. »Nein, nicht. Ich will nicht, dass du mich fotografierst, ich . . . ich mag das nicht.«
Sie wollte nach der Kamera greifen, aber David hatte schon auf den Auslöser gedrückt. Der Blitz war so hell, dass Noa ihre Augen wie im Reflex erschrocken aufriss.
David lachte. »Na, auf das Bild bin ich mindestens genauso gespannt wie auf den Rest. Du hast ein Gesicht gemacht, als hätte ich eine Pistole in der Hand.«
Noa musste lächeln. »So ähnlich ist es ja auch«, murmelte sie. »Hast du mal auf die Ausdrücke geachtet, die man fürs Fotografieren benutzt? Man richtet die Kamera auf jemanden. Man drückt ab oder man schießt – das sind im Grunde dieselben Begriffe wie bei einer Pistole.«
»Na dann«, sagte David und legte Noa die Kamera in den Schoß. »Du bist die Fotografin. Auf wen willst du schießen, damit wir den Film voll kriegen? Auf deine Mutter – oder lieber auf meine?«
Noa sah David an. Sie lächelte. »Ich habe eigentlich eher an dich gedacht«, sagte sie.

Vor der Kamera, das wusste Noa, entwickelte sogar der selbstbewussteste Mensch eine sonderbare Scheu – eine Mischung aus Abwehr und Angst. Die Macht lag bei dem, der hinter der Kamera war, denn im Unterschied zum Modell verbarg der Fotograf sein Gesicht. Vor der Kamera war man schutzlos, ausgeliefert, man stand da wie vor einer Frage, auf die man keine Antwort wusste. Wie sollte man aussehen, welches Gesicht wurde von einem erwartet – ein schönes Gesicht? War man denn schön? Fühlte man sich so, wie man aussehen sollte?

Eine Art, diese Unsicherheit zu überspielen, war das Lachen. Hinter einem Lachen konnte man sich verstecken und Noa kannte natürlich diese billigen Tricks, die viele Fotografen anwendeten. Dieses lächerliche *Cheese*, das sie früher in der Schule immer hatten sagen sollen, wenn der Schulfotograf Bilder von der Klasse geschossen hatte. Noa war fast immer die Einzige gewesen, die dieser Aufforderung nicht gefolgt war. Während die anderen ihre Grimassen aufsetzten, hatte sie meist ängstlich in die Kamera gestarrt.

David war anders. Er zeigte keine Spur von Scheu. Er setzte sich auch nicht in Pose, wie Kat es tat, und er setzte kein Gesicht auf.

Er stand einfach nur da und sah in die Kamera, als wäre sie gar nicht vorhanden. Schräg über ihm war die Dachluke, sodass die Sonnenstrahlen die eine Hälfte seines Gesichtes in ein vages Licht tauchten, während die andere Gesichtshälfte im Dunkeln lag, was Noa plötzlich wie ein Spiegel von Davids Wesen erschien. Gegensätze, die sich anzogen – die sie, Noa anzogen. Auf seinem T-Shirt waren Blutspuren von Noas Wunde und auf seinen Lippen lag wieder dieses seltsame Lächeln. Als David sich ganz leicht auf die Unterlippe biss, spürte Noa, wie ihre Hände zitterten.

»Ich möchte dich küssen«, sagte David. »Sieht man das?«

Noa antwortete nicht. Sie drückte auf den Auslöser, wieder und wieder, bis es nicht mehr ging. Es kostete Anstrengung, die Kamera abzulegen und David anzuschauen.

»Fertig. Der Film ist voll.«

»Und?« David machte einen Schritt auf Noa zu. Sein Gesicht löste sich aus dem Licht, es lag jetzt ganz im Dunklen, aber sein Lächeln wurde breiter und um seine grünen Augen bildeten

sich leichte Fältchen. »Bekomme ich nun einen Kuss? Als Belohnung für die Fotos?«
Noa stand da, mit Füßen schwer wie Blei. Sie dachte *Nein* und fühlte *Ja*. Mit einem Kuss hatte es auch bei Heiko angefangen, aber David war nicht Heiko. David war anders – oder nicht?
»Wovor hast du solche Angst?«, fragte er plötzlich leise.
»Das geht dich nichts an.«
Noa verschränkte die Arme vor der Brust. Sie wusste, dass ihre Stimme schroff und abweisend klang, und sie wünschte, sie hätte etwas daran ändern können.
Aber David ließ sich nicht abweisen. »Na dann«, sagte er lächelnd, »bin ich im Unterschied zu dir ja gleich zwei Geheimnissen auf der Spur.«
Noa schluckte und plötzlich wurde Davids Gesicht ganz ernst. »Ich weiß nicht, was dir passiert ist, Noa. So wie du dich verhältst, muss es etwas Schreckliches gewesen sein. Aber ich tue dir nichts. Ich möchte nur das, was du im Grunde auch willst. Nicht mehr, aber auch nicht weniger.«
Er kam noch dichter, sein Gesichtsausdruck war jetzt ganz sanft, und als er mit seinem Finger über ihre Wange streichelte, gab Noa auf. Sie ließ ihre Arme sinken, aus ihrer Kehle drang ein Laut, in dem Schluchzen und Lachen gleichzeitig steckte, und dann schloss sie die Augen. David zog sie zu sich heran. Noa spürte seine Hand zwischen ihren Schulterblättern, warm und fest war sie. Ihre Lippen hatten sich noch nicht berührt, als sie das Räuspern hörten.
Jäh fuhr Noa herum.
Hinter einem der glaslosen Fenster stand Gilbert.
»Tut mir Leid, euch zu stören«, sagte er verlegen. »Aber unten wird dein Typ verlangt.« Gilbert sah David an. »Deine Mutter ist hier. Sie sagt, du sollst nach Hause kommen. Deinem Bruder geht es nicht gut.«

Marie wartete im Flur vor der Dachbodentreppe. Ihre Augen waren groß und ihr Gesicht war furchtbar blass.
Gilbert legte David die Hand auf die Schulter. »Bis morgen hoffentlich«, sagte er.
David warf Noa einen kurzen Blick zu, und als er hinter seiner Mutter aus dem Haus ging, war es Noa schwindelig, halb vor Glück und halb vor Angst.

Am Abend stand Kat zum ersten Mal wieder auf. Gilbert hatte eine Suppe gekocht und Kat konnte davon essen, ohne sich erneut zu übergeben. Offensichtlich hatten die Tabletten gewirkt. Sie verbrachten den Abend gemeinsam im Wohnzimmer. Kat las in ihren Drehbüchern, Gilbert in einem neuen Buch. Es hieß *»Krafttiere – Power für Körper, Geist und Seele«, u*nd auf dem Klappentext hatte Noa gelesen, man solle sich nicht wundern, wenn man sich beim Lesen des Buches beim Schnurren ertappe – dann wäre die Katze in einem erwacht.
Kats Katzen hatten sich auf einem Kissen am Boden aneinander gekuschelt. In seltener Eintracht lagen sie da und schliefen.
Noa blätterte in ihren Fotomagazinen, aber bei der Sache war sie nicht. Ständig spukte der Film in ihrem Kopf herum. Der Film aus der Leica, der jetzt in der Dunkelkammer lag, bereit entwickelt zu werden. Ach verflixt, hätte sie doch bloß die Konzentrate mit aus Berlin hierher gebracht. Dann hätte sie den Film noch heute entwickeln können. Jetzt würde sie bis morgen warten müssen – und hoffen, dass es in der Stadt einen Fotoladen gab. Gleich morgen. Gleich morgen früh frage ich David, ob er mit mir hinfährt, dachte Noa. Dann dachte sie an das Spiel, das sie mit David hatte spielen wollen. Das Geisterspiel, wie sie es inzwischen für sich nannte. Und sie dachte an den Kuss, zu dem es nicht gekommen war.

Um kurz nach zehn ging Noa ins Bett. Bald darauf gingen auch Kat und Gilbert schlafen.

Es war in dieser Nacht, dass Noa zum ersten Mal die Schritte auf dem Dachboden hörte.

Leise, suchende Schritte wie in diesem alten Film mit Ingrid Bergmann, in dem Kats Lieblingsschauspielerin eine Frau spielte, die von ihrem eigenen Mann in den Wahnsinn getrieben wurde.

Die Schritte mischten sich in Noas Traum, dunkel und vage wie Gespenster. Aber es waren keine Gespenster. Es war auch kein Traum.

DREIZEHN

Ich glaube, dass die Angst, die man hat, wenn man an einem Abgrund steht, in Wahrheit vielmehr eine Sehnsucht ist. Eine Sehnsucht, sich fallen zu lassen – oder die Arme auszubreiten und zu fliegen.

Eliza, 25. Juli 1975

Noa musste all ihren Mut zusammennehmen, um aus dem Bett zu steigen. Der Holzboden unter ihren nackten Füßen fühlte sich seltsam unwirklich an und das fahle, durch die geöffneten Fenster hineinscheinende Mondlicht malte so geisterhafte Schatten an die Wände, dass sich die Härchen in Noas Nacken aufstellten. Sie fuhr sich mit der Zunge über die Lippen, ihr Mund war wie ausgetrocknet. Die Schritte waren jetzt unmittelbar über ihrem Kopf. Zwei dumpfe Töne, *tump, tump* . . . dann stoppten sie wieder. Gingen weiter, *tump, tump, tump* . . .

Eliza. Das war Noas erster Gedanke gewesen. Ein Geist, der mit ihnen über Buchstaben kommunizierte, ein Geist, dessen Duft es vielleicht war, den sie immer wieder wahrnahm, den auch David so eindeutig gerochen hatte – konnte ein solcher Geist nicht auch Geräusche machen? Ruhelos am Tatort des Mordes hin und her laufen, bis er endlich Frieden fand und davonflog, in welche Welt auch immer?

In Gilberts Büchern standen solche Dinge, Noa hatte schon darin gestöbert, hatte sogar überlegt Gilbert darauf anzusprechen, es aber wieder verworfen. Gilbert würde hysterisch werden und damit wäre weder ihr noch David geholfen. Und aus irgendeinem Grund glaubte Noa auch nicht daran, dass die Schritte auf dem Boden von Eliza kamen. Die Geräusche wären zarter, leichter, wenn es Geisterschritte wären, flüsterte eine Stimme in Noas Kopf.

Noa kramte ihre Taschenlampe aus der Nachttischschublade hervor, hob Pancake auf, die sich schlafend auf dem Fußende ihres Bettes zusammengerollt hatte, und drückte sie fest an ihre Brust. Pancake nahm es schnurrend hin, sie ließ sich eigentlich alles gefallen, gutmütig wie ein alter Stoffteddy.

Die Dielen knarrten unter ihren bloßen Füßen, als Noa leise in den Flur schlich. »Kat?«, flüsterte sie. »Kat? . . . Gilbert?«

Niemand antwortete. Noa steckte den Kopf durch Kats Schlafzimmertüre und hörte die leisen Atemzüge ihrer Mutter. Dann schlich sie nach unten, Gilberts Tür war zu, aber sein Schnarchen drang durch den Türspalt bis in den Flur. In ihrem Rücken spürte Noa einen Windzug. Er kam aus der Küche, aus dem Fenster. Es stand einen Spalt weit offen.

Pancake hatte aufgehört zu schnurren und trat mit den Vorderpfoten gegen Noas Brust, bis Noa sie zu Boden setzte. Sofort stapfte Pancake auf ihren Napf zu und verlangte, laut maunzend, nach etwas Essbarem. Noa kippte ein paar Brekkies in den Napf und stieg zurück nach oben.

Als sie vor der Dachbodentür stand, griff die Angst wie mit Fingern nach ihr.

Das Schloss war verriegelt, der Schlüssel steckte noch. Von hier konnte also eindeutig niemand auf den Boden gestiegen sein. Hatte sie sich das Ganze vielleicht doch eingebildet? Gerade als sich Noa wieder abwenden wollte, drang ein leises Maunzen an ihr Ohr. Pancake? Nein, die Katze war nicht zu sehen. Aber das Maunzen ertönte wieder, diesmal lauter, ein kehliger Laut, gefolgt von einem Scharren wie an Holz. Halb erleichtert, halb erschrocken, wurde Noa klar, dass das Scharren von innen kam. Hitchcock. Es musste ihr Kater sein. War er nicht am Nachmittag mit Kat und Gilbert auf dem Boden gewesen? Vielleicht hatten sie ihn versehentlich dort eingesperrt. Ja, so musste es sein. Mit zittrigen Fingern drehte Noa den Schlüssel im Schloss um, und als sie die Dachbodentür öffnete, sprang der schwarze Kater mit einem solchen Satz dahinter hervor, dass Noa fast aufgeschrien hätte.

»Verdammt, Hitchcock! Du hast mir einen Todesschrecken eingejagt, weißt du das?«

Hitchcock war bereits nach unten in die Küche geflitzt, und als Noa wieder im Bett lag, schlug ihr das Herz noch immer bis zum Hals.

Die Schritte hatten aufgehört. Alles war still, unendlich still, und mit einem Mal fiel Noa ein, dass sie Hitchcock am Abend doch noch gesehen hatte – zusammen mit Pancake auf dem Kissen im Wohnzimmer. Wie konnte er dann durch die verschlossene Dachbodentür auf den Speicher gekommen sein? Waren Kat oder Gilbert noch einmal oben gewesen, bevor sie schlafen gegangen waren?

Am nächsten Morgen war der Himmel wieder bedeckt. Ein leichter, nach Regen riechender Wind zog durchs Fenster und Noa blieb noch eine Weile liegen, um zu sich zu kommen, bevor sie entschlossen die Decke zur Seite schlug und auf den Dachboden ging.

Alles war wie gestern, als sie mit David hier oben gewesen war. Nur die Truhe fehlte, aber die lag in Noas Schrank, gut verstaut zwischen ihren Kleidern, zusammen mit dem silbernen Seidenkimono und der Leica. Noa hatte sie mit nach unten genommen, gleich nachdem David gegangen war.

Seufzend musterte sie die Fußabdrücke im Staub. Zu wem sie gehörten war unmöglich zu erkennen – David, Kat, Gilbert und Noa selbst waren auf dem Boden herumgelaufen und dazu hatten jetzt auch die Pfoten des Katers kleine Muster hinterlassen, auf dem Holzfußboden und dem langen Esstisch. Als Noa in den hinteren Raum trat, sah sie auch auf der Chaiselongue einen kreisrunden Abdruck. Offensichtlich hatte der Kater sich dort niedergelassen, bevor er maunzend an der Türe gekratzt hatte. Wieder dachte Noa an die Schritte. Gleichmäßige, dumpfe Geräusche waren es gewesen, die im Grunde nicht auf Hitchcocks leise Katerpfoten zurückzuführen waren. Wahnsinn. Das ist alles Wahnsinn, dachte Noa. Vielleicht war es ja wirklich Hitchcock. Vielleicht klangen die Geräusche nur durch die Zimmerdecke so dumpf. Und vielleicht waren Kat oder Gilbert gestern Abend wirklich noch auf dem Speicher und haben Hitchcock unbemerkt dort eingesperrt.
Noa lief nach unten, in die Küche. Auf dem Herd köchelte Gilberts Yogitee vor sich hin und Gilbert war gerade dabei, Brot zu schneiden. Auf Noas Frage runzelte er irritiert die Stirn. »Was sollten wir denn mitten in der Nacht da oben tun? Verstecken spielen? – Verflixt!« Gilbert ließ das Messer fallen und steckte sich seinen Daumen in den Mund. »Hab mich geschnitten!«
Unwillkürlich musste Noa an gestern denken, an ihren eigenen Finger – zwischen Davids Lippen. »Ist es schlimm?«
»Nein, geht schon. Ich hol mir ein Pflaster. Sei du so gut und wecke Kat, ja? In einer Viertelstunde gibt es Frühstück.«
»Mach ich.« Noa lief nach oben – und dann raus, zur Kneipe. Vor dem Frühstück wollte sie noch schnell zu David. Ihm von den Schritten auf dem Boden erzählen, und vor allem: ihn bitten mit ihr ins Städtchen zu fahren, um die Konzentrate zu besorgen.

Es war Gustaf, der Noa nach dem zweiten Klingeln die Tür zur Kneipe öffnete. An einem der hinteren Tische saß ein Mann mit roten Haaren und breiten Schultern, der gerade die letzten Züge eines Bierglases leerte. Thomas Kord. Der Vater des Feuermelders und der Dorfschlachter, wie Marie ihn genannt hatte. Angewidert verzog Noa das Gesicht. Es war noch nicht einmal Mittag und der bloße Gedanke daran, dass jemand um diese Zeit Bier trank, erfüllte sie mit Ekel.

»Dann wäre das mit der Schlachtung also geklärt«, hörte sie Thomas Kord sagen, während Gustaf noch immer in der Tür stand. Er war frisch rasiert und sein schlaffes Gesicht schimmerte so rosig, als hätte er gerade eine eiskalte Dusche genommen. Er sah Noa aus seinen murmelrunden Kinderaugen an und lächelte freundlich. Plötzlich wurde ihr klar, dass sie den Wirt nicht einmal gegrüßt hatte.

Sie wollte gerade ansetzen, als Gustaf ihr das Wort abnahm.

»David ist nicht da«, sagte er entschuldigend. »Er lässt ausrichten, dass er am Nachmittag zum Arbeiten kommt. Er hat heute Vormittag noch etwas zu erledigen. Soll ich ihm etwas von dir bestellen?«

»Danke«, entgegnete Noa. Enttäuschung machte sich in ihr breit. »Würden Sie ihm sagen, dass ich . . . auf ihn warte?«

Gustaf nickte und Noa machte sich auf den Heimweg. Hinter den Wolken war ganz unerwartet die Sonne hervorgekommen, sodass Gilbert den Gartentisch unter dem Walnussbaum gedeckt hatte. Nach dem Frühstück wollte Kat in die Stadt und Noa würde mit ihr fahren. Wenn David erst am Nachmittag kam, würde sie mit dem Entwickeln des Filmes eben alleine anfangen – noch länger zu warten, das würde sie nicht aushalten.

Das Städtchen war wirklich hübsch; klein und übersichtlich, mit einem historischen Stadtkern. Im Unterschied zum Dorf drängten sich keine Bausünden zwischen die im alten Stil erhaltenen Häuser. Sie waren in freundlichen Farben gestrichen und wirkten mit ihren grünen Fensterläden und den blühenden Geranien vor den Fenstern wie herausgeputzt für einen sonnigen Tag. Mitten in der Häuserzeile stand eine katholische Pfarrkirche, vor der Noa eine Weile stehen blieb, um der Orgelmusik zu lauschen. Aus dem Portal trat eine ältere Frau mit schlohweißem Haar. Esther. Mit einem höflichen Kopfnicken erwiderte Davids so genannte Großmutter Noas Gruß und schritt dann langsam, auf ihren Gehstock gestützt, die Treppen hinunter.

Kat war bereits auf den Platz vor dem Brunnen gegangen. Es war Markt, viele Leute waren unterwegs, es roch nach süßem Obst, nach Fisch und nach gebackenem Brot. An einem Stand hingen wie in den Max-und-Moritz-Büchern gerupfte Hühner an langen Stricken.

»Da könnte mir glatt wieder schlecht werden«, sagte Kat und hakte sich bei Noa ein. »Worauf hast du Hunger? Soll ich uns heute Abend einen schönen Salat machen, was meinst du?«

»Salat klingt gut«, sagte Noa.

Sie kauften frischen Kopfsalat, Rucola, Gurken, Tomaten und Eier und anschließend verbrachte Kat noch eine gute halbe Stunde in einem Stoffladen. Die Verkäuferin hatte sie erkannt und Kat hatte sich bereitwillig in ein langes Gespräch über ihren letzten Spielfilm verwickeln lassen, der auch hier im Kino gelaufen war.

Noa sah ungeduldig auf die Uhr. Bald war Mittag, die Läden würden schließen und sie brauchte noch die Konzentrate für die Dunkelkammer – nur deshalb war sie schließlich mitgekommen. Sie ließ Kat in dem Stoffladen zurück und ging zwei Häuser weiter in das Fotogeschäft, wo sie entgegen ihrer Befürchtungen alles fand, was sie zum Entwickeln des Films brauchte. Als Noa gut gelaunt aus dem Laden trat, erwartete Kat sie schon vor dem Schaufenster.

»Wollen wir noch einen Cappuccino trinken?«

Ohne Noas Antwort abzuwarten, steuerte Kat auf ein kleines Eiscafé zu, das links neben dem Marktplatz lag. »Hier war ich neulich schon, die machen den Cappuccino wirklich mit geschäumter Milch anstatt mit Sahne, das hätte ich gar nicht erwartet. He, kuck mal, da ist ja . . .«

Kat brach ab, und als Noa dem Blick ihrer Mutter folgte, sah sie ihn auch.

David. Er saß an einem der Tische, aber nicht allein. Ein blondes Mädchen saß an seiner Seite und David – er war Noa und Kat mit dem Rücken zugewandt – hatte seine Hand auf ihren Arm gelegt. Das Mädchen trug ein enges Sommerkleid, gelb mit feinen grünen Streifen. Lange, leicht gewellte Haare umspielten ihr zartes Gesicht und das Mädchen beugte sich so nah zu David vor, dass es aussah, als ob seine Lippen ihre Wange berührten.

»Scheiße«, sagte Kat. »Das war wohl keine so gute Idee.«

Noa sagte nichts. Sie drehte sich einfach um und ging. In ihrem Magen breitete sich eine schmerzhafte Leere aus. Warum? Warum, verdammt noch mal, hatte sie diesem Mistkerl vertraut?

»Gilbert hat mir erzählt, dass ihr gestern auf dem Speicher wart«, sagte Kat, als sie das Auto anließ. »Ich meine, vielleicht ist das ja auch seine Ex – und er macht mit ihr Schluss, weil er sich in dich verliebt hat.«

»Kat«, entgegnete Noa müde. »Bitte hör auf. Lass uns von was anderem sprechen, ja?«

»Welches Thema hättest du denn gern? Das Wetter? Die neue Wandfarbe für dein Zimmer? Oder könnten wir vielleicht ausnahmsweise mal über deine Gefühle sprechen? Mensch Noa, behandele mich doch nicht immer wie einen Feind. Ich merke doch, dass du David magst. Ich hab mich so für dich gefreut, als Gilbert mir sagte, dass er euch gestern auf dem Dachboden überrascht hat. Ich fand das so *romantisch!* Und seit diesem Heiko habe ich dich nie wieder mit einem Jungen gesehen. Das ist inzwischen fast zwei Jahre her und so richtig gelaufen ist da doch auch nichts, oder? Meinst du nicht, du bist langsam alt genug, um mit einem Jungen . . .«

»Um mit einem Jungen *was?*« Noas Stimme war so schrill, dass Kat für eine Sekunde die Kontrolle über das Lenkrad verlor. Der Landrover schlitterte gefährlich zur Seite, aber Noa bemerkte es gar nicht. »Um mit einem Jungen Sex zu haben? Ist es das, was du hören willst? Glaubst du, nur weil du wie wild durch die Gegend . . .«

Noa brach ab. Sie drückte ihre Arme gegen die Brust und starrte aus dem Fenster. Ein paar hundert Meter vor ihnen trieb ein Mann seine Gänseherde vor sich her, Kat musste das Tempo drosseln, weil die Tiere – es waren an die hundert – die Hälfte der Straße beanspruchten, auf der sie buchstäblich im Gänsemarsch voranschritten, laut schnatternd ihrem schweigsamem Herren voran.

»Wild durch die Gegend, so siehst du das also.« Kat trommelte mit ihren Fingern auf das Lenkrad, ihre Stimme klang zutiefst gekränkt.

»Ich weiß nicht, wie man das sonst sehen sollte«, erwiderte Noa leise. Sie musste an Svenja und Nadine denken, ihre Freundinnen, die jetzt im Hotel von Svenjas Tante auf Griechenland Urlaub machten. Keine ihrer Mütter ahnte auch nur im Geringsten, mit wie vielen Jungs ihre Töchter schon geschlafen hatten. »Die würden uns die Hölle heiß machen«, hatte Svenja zu Noa gesagt. »Da kannst du mit deiner Kat echt froh sein, die würde dir wahrscheinlich noch ein Dauerabo auf Kondome spendieren.«

Ja, dachte Noa. Das würde Kat zweifellos tun. Trotzdem hatte auch sie keine Ahnung – nicht die leiseste.

»Scheiße, ich habe Spaß am Leben«, gab Kat jetzt trotzig zur Antwort. »Was ist daran falsch?«

»Nichts«, zischte Noa und krampfte ihre Finger zu Fäusten. »Gar nichts. Es ist nur so, dass ich früher auch gerne mal Spaß gehabt hätte. Spaß dabei, mit dir im Bett zu frühstücken. Oder mit dir einen Film anzusehen, ein Spiel zu spielen, in den Zoo zu gehen . . . irgendwas, was Kinder mit ihren Eltern tun, wenn Wochenende ist. Weißt du, dass dein blödes *Wer-stört-kriegt-Ärger-Schild* so ziemlich das Erste war, an dem ich als Kind das Lesen geübt habe, wenn ich sonntagmittags mit knurrendem Magen vor deiner Schlafzimmertür stand? Verdammt noch mal Kat, du kennst mich doch gar nicht, du hast doch keine Ahnung, wer ich bin. Ist dir klar, dass du so ziemlich jedes Mal, an dem ich in den vergangenen Jahren mit dir über meine Gefühle sprechen wollte, nicht da warst? Oder überfordert warst? Oder *Spaß* mit irgendeinem Typen hattest, von dem ich meist noch nicht mal den Vornamen wusste? In der schlimmsten Nacht meines Lebens habe ich dich auf dem Handy angebettelt nach Hause zu kommen. Aber du musstest ja unbedingt deine Party zu Ende feiern, also hast du Gilbert geschickt. Verflucht noch mal, Kat, seit wann willst du mit mir über *meine Gefühle* reden?«

Noa hasste sich für das Selbstmitleid, das mit einer solchen Wucht in ihr ausbrach, und versuchte mit aller Macht die Tränen wegzudrücken, die ihr wie Salzwasser hinter den Augen brannten.

»Scheiße, ich weiß«, sagte Kat. »Ich weiß, ich habe versagt. Ich bin eine schlechte Mutter. Ich . . .«

Noa hörte gar nicht mehr hin. Ich. Ich. Ich. Das war alles, was Kat kannte, und dass sie keine ihrer Affären mit hierher genommen hatte, war im Grunde nur Gilbert zu verdanken.

Als sie beim Haus ankamen, winkte Gilbert ihnen zu, aber sein Lächeln erstarb, als er ihre Gesichter sah.
»Oh«, sagte er.
Kat knallte die Autotür zu und rauschte aus dem Gartentor, ohne die Einkäufe auszupacken.
Noa schnappte sich ihre Tüte mit den Konzentraten und verschwand in der Dunkelkammer.

An einen Kartoffelkeller erinnerte der winzige, in Rotlicht getauchte Raum in den Eingeweiden des Hauses jetzt wirklich nicht mehr. Auf dem Tapeziertisch standen die Schalen mit den Entwicklerflüssigkeiten, daneben waren die Lupe und der Leuchtkasten zum Betrachten der Negative. Aus Noas tragbarem CD-Player ertönte die Musik von Barbra Streisand, der amerikanischen Schauspielerin, die Kat nicht leiden konnte. Noa kannte ihre Filme nicht, aber die von klassischen Komponisten vertonten Gedichte, die Barbra Streisand auf dieser CD mit ihrer Stimme zum Schweben brachte, hatte sie im letzten Winter einmal bei Gilbert gehört und sich so in die Musik verliebt, dass Gilbert ihr die CD geschenkt hatte. Am liebsten mochte sie das vertonte Gedicht von Eichendorff. *Mondnacht* hieß es und noch heute kamen Noa beim Zuhören oft die Tränen, weil eine so tiefe, poetische Kraft darin lag. Es war das letzte Lied auf der CD und plötzlich fiel Noa ein, dass auch darin von Sternen die Rede war. Sie atmete die Traurigkeit weg, die ihr wieder in die Brust stieg, und machte sich an die Arbeit. Der fertig entwickelte Filmstreifen hing schon an der Wäscheleine, sodass Noa den Rotlichtfilter von der Glühbirne abziehen und den Leuchtkasten anknipsen konnte, um einen ersten Blick auf die Negative zu werfen. Schemenhaft erkannte sie Landschaftsaufnahmen und Gesichter, aber ihre eigentliche Aufmerksamkeit wurde von einem Negativ im unteren Teil

des Streifens angezogen. Dieses Negativ war dunkel – deutlich dunkler als die anderen.
Noa hatte nicht nur das Fotografieren, sondern auch das Entwickeln von Fotos durch eine Reihe von Kursen und eine feine Sammlung an Fachliteratur erlernt, sodass ihr geübter Blick sofort erkannte, warum dieses Negativ so dunkel war. An dieser Stelle hatten sich zwei Bilder übereinander geschoben – eine Doppelbelichtung nannte man das. So was kam beim Fotografieren nicht selten vor, vor allem wenn ein Gerät länger nicht benutzt worden war. Wahrscheinlich hatte die Kamera nicht richtig transportiert, als David auf dem Boden das erste Photo von Noa geschossen hatte.
Aber Genaueres würde Noa erst auf den Kontaktabzügen erkennen, wenn auf dem DIN-A4-großen Bogen die schemenhaften Negative als winzige Positivbilder zu sehen sein würden.

Der chemische Geruch der Flüssigkeiten, das glatte, leicht schimmernde Fotopapier, diese geheimnisvolle Atmosphäre, die sie in der Dunkelheit des Labors umgab, hatte für Noa schon immer etwas Magisches gehabt. Aber dieser schrittweise Prozess der Verwandlung faszinierte sie am meisten – und als Noa den fertigen Bogen unter die Glühbirne hielt, vibrierte wie immer dieses kribbelnde Glücksgefühl in ihr. Da waren sie, die Kontaktabzüge. Alle 36 Aufnahmen auf einen Blick, kaum größer als Briefmarken, aber schon als Miniaturfotos erkennbar.
Die ersten Bilder waren tatsächlich Landschaftsaufnahmen, nichts Spektakuläres; der Ausblick auf ein Tal, Bäume, Wiesen, ein Sonnenuntergang.
Die nächsten Bilder zeigten das Gesicht eines Jungen, etwa im Alter von David. Er hatte kurzes schwarzes Haar, dunkle Au-

gen und – was selbst in dieser Größe deutlich zu erkennen war – ein großes Muttermal über dem linken Wangenknochen.
»Robert«, hörte Noa sich selbst sagen. Es war wirklich faszinierend, wie wenig sich der Maler über die Jahre verändert hatte. Stumm und ernst sah ihr das Gesicht des jungen Robert von dem winzigen Kontaktabzug entgegen.
Die letzten Bilder zeigten David. Das helle Haar, die strahlenden Augen. Dieses Lächeln. Noa unterdrückte den Impuls, den ganzen Bogen in tausend Einzelteile zu zerfetzen. Sie konzentrierte sich auf das doppelt belichtete Bild. Es lag genau zwischen den Aufnahmen von Robert und David – und hier auf dem Kontaktabzug war die Doppelbelichtung noch deutlicher zu erkennen. Das Bildchen war jetzt viel heller als die anderen, wodurch sich der schemenhafte Eindruck noch verstärkte.
»Ich«, flüsterte Noa erschrocken. »Ich müsste doch eigentlich auf diesem Bild zu sehen sein.« Nervös biss sie auf ihrer Unterlippe herum. Ja, gestern hatte David das erste Foto von ihr gemacht. Aber auf welches Bild hatte sich ihr Gesicht durch die Doppelbelichtung geschoben? Noa beugte sich noch dichter über den Abzug. Da war etwas dunkles, ein runder Fleck auf silbrig grauem Untergrund. Der Umriss eines Auges? Das ergab keinen Sinn – es war geradezu absurd, zumindest hier auf dem Kontaktauszug betrachtet.
Seufzend wischte sich Noa die feuchten Hände an der Jeans ab. Es half nichts, sie würde das Negativ vergrößern müssen, um das Bild genauer erkennen zu können – und als sie den Rotlichtfilter wieder über die Glühbirne stülpte, wünschte sich Noa zum ersten Mal diesen langsamen, so viel Fingerspitzengefühl erfordernden Prozess beschleunigen zu können.
Als sie endlich das belichtete Fotopapier in die Plastikwanne mit der Entwicklerflüssigkeit legte, waren ihre Nerven zum

Zerreißen gespannt. Mit vorsichtigen Bewegungen schob Noa die Wanne hin und her und verfolgte mit angehaltenem Atem, wie auf dem weißen Papier langsam aus nichts etwas wurde.

Zuerst kamen die dunklen, dann die helleren Flächen zum Vorschein. Eine Frau mit schwarzem Haar wurde sichtbar, allerdings nicht von vorne, sondern von hinten, und jetzt erkannte Noa, dass der kreisrunde Fleck in der Mitte des Bildes tatsächlich ein Auge war.

Ihr eigenes Auge.

Angstvoll aufgerissen, starrte es sie an. Noa erinnerte sich noch genau an den Moment, als David auf den Auslöser gedrückt hatte, an den Schrecken, den sie in diesem Augenblick empfunden hatte.

Ihr zweites Auge wurde sichtbar, aber noch brannte nur das Rotlicht, und erst nachdem der Entwicklungsprozess beendet war und Noa das Foto aus dem Fixierbad nahm, konnte sie den Rotlichtfilter wieder von der Glühbirne abstreifen und das fertige Bild betrachten. Erst jetzt waren die Konturen des hellen Untergrunds, in dem sich ihr Gesicht verfangen hatte, deutlich sichtbar.

Noas Gesicht war mitten im Rücken einer jungen Frau. Die Frau trug einen silbergrauen Umhang, einen Kimono, ihr pechschwarzes Haar fiel in schweren Locken auf ihre Schultern und sie hatte die Arme wie im Flug ausgebreitet. Die junge Frau stand vor einem Abgrund, vor ihr klaffte schwarze Leere und an den Dachbalken auf der rechten Seite erkannte Noa, dass die Frau auf dem Dachboden stand – an der Schwelle zur Scheune. Durch die geöffnete Dachluke oben rechts im Bild schien der Mond. Noch während Noa ihn ansah, klickte leise der CD-Player und die Zeilen des letzten Liedes brannten sich tiefer denn je in sie ein.

Es war, als hätte der Himmel
die Erde still geküsst,
dass sie im Blütenschimmer
von ihm nur träumen müsst.
Die Luft ging durch die Felder,
die Ähren wogten sacht,
es rauschten leis die Wälder,
so sternklar war die Nacht.
Und meine Seele spannte
weit ihre Flügel aus.
Flog durch die stillen Lande,
als flöge sie nach Haus.

Noa bemerkte nicht einmal, wie sich die Tür zum Keller öffnete und jemand herunterkam. Erst als sich von hinten zwei Arme um sie legten, kam sie wieder zu sich.

»Was für ein schönes Lied«, raunte Davids Stimme in ihr Ohr.

Noa riss sich aus der Umarmung los und gab David eine schallende Ohrfeige.

VIERZEHN

Sich einem anderen Menschen anzuvertrauen ist im Grunde wie ein Spiel, bei dem man entweder alles verliert oder alles gewinnt. Der andere ist immer der Gegner und genau so muss man ihn behandeln. Kein Spieler legt seine Karten offen auf den Tisch. Er behält sie in der Hand und wählt aus, welche er zuerst aufdeckt und welche er bis zum Schluss zurückbehält.

Eliza, 27. Juli 1975

Auf Davids Gesicht lag noch der Abdruck von Noas Hand, als sie die Dunkelkammer verlassen und Gilbert verabschiedet hatten. Er wollte zu einem klassischen Konzert in die Stadt fahren. Kat war noch nicht zurück, aber sie hatte den Schlüssel im Zündschloss stecken lassen.

David war Noa nach oben gefolgt, aber die Tür zu ihrem Zimmer hatte er sich nicht vor der Nase zuschlagen lassen.

»Verdammt noch mal«, fuhr er Noa an, während er seinen Fuß zwischen die Türe klemmte, »kannst du mir vielleicht endlich verraten, was los ist?«

»Was los ist?« Noa trat einen Schritt zurück, ließ David eintreten und hielt ihn mit ihrem wütenden Blick gleichzeitig auf Abstand. Ihre Stimme war schneidend kalt. »Ich denke, du hältst mich für blöd, das ist los. Ich wollte diesem Dennis nicht glauben, als er mir neulich vor der Kneipe ins Gesicht gesagt hat, was du für einer bist. Soll ich dir verraten, was der Typ mich gefragt hat? Ob ich deine neue Nutte wäre – und dann hat er deine nette Sammlung erwähnt.« Noa schüttelte angewidert den Kopf. »Ein Exemplar hab ich dann ja selbst bewundern dürfen. Ich hab dich gesehen, David, heute Vormittag in der Stadt, in diesem netten, kleinen Café am Marktplatz. So ein Zufall, was? Aber scheinbar hat deine hübsche blonde Freundin es dir ja etwas leichter gemacht als ich, sie hing ja förmlich an deinen Lippen. Hast du wenigstens bekommen, was du wolltest?«

Für einen Moment sah David so aus, als wollte er sich abwenden und gehen. Aber dann überlegte er es sich anders. »Ja, das habe ich«, entgegnete er langsam. Er griff in seine Hosentasche und holte ein Stück Papier heraus – einen zusammengefalteten Zeitungsausschnitt. Irritiert runzelte Noa die Stirn, sie merkte, wie sich Unbehagen in ihre Wut mischte.

»Aber da warst du offensichtlich schon weg«, fuhr David fort. Er lehnte an Noas Schrank, den Zeitungsausschnitt noch immer in seiner Hand. »Sonst hätte ich dir Leslie gerne vorgestellt. Wir waren mal zusammen, aber irgendwie hat es nicht gefunkt. Wir sind gute Freunde geblieben. Heute habe ich ihr von dir erzählt, obwohl ich mich eigentlich aus einem anderen Grund mit ihr getroffen habe. Ich hatte versucht etwas aus meiner Mutter und Gustaf rauszubekommen, aber da war nichts zu holen, die haben mich abgewimmelt. Da fiel mir ein, dass Leslies Vater bei der Zeitung arbeitet. Deshalb habe ich sie angerufen. Ich habe sie gebeten, ob sie für mich etwas besorgen kann. Und das hat sie getan.«

David hielt Noa den Zeitungsausschnitt hin. Die Enttäuschung über ihre Anschuldigung war ihm so deutlich anzusehen, dass Noa fühlte, wie ihr die Röte ins Gesicht schoss. Ihre Wangen brannten vor Scham.

»Ich weiß nicht, was du im Café gesehen hast«, sagte David in einem abfälligen Ton. »Und ich weiß auch nicht, was du irgendwelchen Idioten glauben willst, die dir einen Scheiß über mich erzählen. Aber vielleicht interessiert dich ja der Artikel. Er ist im August 1975 in der *Rheinischen Post* erschienen.«
Noa verspürte einen schalen Geschmack im Mund. Ihre Wut war geschrumpft wie ein Ballon, aus dem jemand langsam die Luft gelassen hatte. Sie fühlte sich nicht gut. Die Zeilen verschwammen vor ihren Augen und Noa musste sich zusammenreißen, um sie zu lesen.

DAS VERSCHWINDEN DER 18-JÄHRIGEN ELIZA – EIN TRAGISCHER SELBSTMORD?

Düsseldorf – Im Fall um die verschwundene Eliza Steinberg konnten trotz umfangreicher Suchaktionen noch immer keine Erfolge gemeldet werden. Von dem in der Nacht vom 21. August 1975 in Düsseldorf verschwundenen Mädchen fehlt nach wie vor jede Spur. Nach Aussage des Vaters legte sich seine Tochter am frühen Abend ihres achtzehnten Geburtstags mit Kopfschmerzen zu Bett und war am nächsten Morgen nicht mehr in ihrem Zimmer. Auch in der Schule, dem Düsseldorfer Rückert-Gymnasium, tauchte Eliza nicht auf.
Weder aus ihrem Freundeskreis noch unter den Lehrern hatte irgendjemand das Mädchen gesehen. Der Verdacht von Kidnapping konnte bereits nach den ersten Ermittlungen mit Sicherheit ausgeschlossen werden. Der Vater, ein angesehener Allgemeinmediziner, hatte die Nacht über an seiner Steuer gearbeitet, die Mutter litt bereits seit dem tragischen Verlust ihres erstgeborenen Sohnes unter starken Schlafstörungen, sodass das leiseste Geräusch sie aufgeschreckt hätte. Auch die mögliche Spur in den Westerwald, wo die Familie ein paar Monate zuvor ein Wochenendhaus gemietet hatte, wurde nach erfolglosen Ermittlungen fallen gelassen.

Auf Grund der psychisch labilen Verfassung des Mädchens – den Aussagen des Vaters zufolge hatte seine Tochter ihren bei einem Motorradunfall verlorenen Bruder über alles geliebt – hält die örtliche Kripo mittlerweile einen Selbstmord nicht mehr für ausgeschlossen.

Noa ließ die Zeitung sinken und sah zu David, der jetzt am Fenster lehnte. Der Himmel hatte sich rötlich gefärbt, über dem Walnussbaum im Garten hing eine einzelne Wolke. Sie sah aus, als hätte sie sich in den Zweigen verfangen wie ein dünnes Kleid.

Noas Kopf war ein Durcheinander von Fragen. Sie wusste nicht, was sie sagen sollte.

David schloss das Fenster und fuhr sich mit den Fingern durch das helle Haar. »Was mich am meisten wundert, ist, dass sie in Düsseldorf verschwunden sein soll«, sagte er und überging damit das Thema, das Noa jetzt am meisten auf der Seele lag. »Das ergibt doch irgendwie keinen Sinn, oder?«

Noa zuckte mit den Achseln. »Ich komme gleich wieder«, sagte sie leise.

Als David die Kontaktabzüge und das doppelt belichtete Bild betrachtet hatte, ließ er sich auf Noas Bett sinken.

»Das sieht wirklich unheimlich aus. Wie sie vor dem Abgrund steht, da könnte man echt glauben, die stürzt sich im nächsten Moment nach unten. Aber dass jemand das fotografiert, ist doch pervers. Glaubst du, dass es Robert war?«

»Zumindest war er der Einzige auf den Bildern. Aber vielleicht haben sie ja auch nur gespielt. Vielleicht hat Eliza ja nur so getan, als ob sie springt.« Noa musste daran denken, wie David auf den Abgrund zugegangen war. Auch er hatte die Arme ausgebreitet und so getan, als könne er fliegen.

»Wenn es überhaupt Eliza ist«, warf David nachdenklich ein. »Im Grunde sieht man dieses Mädchen ja nur von hinten. Es

könnte auch jemand anders sein. Es könnte auch eine erwachsene Frau sein.«
Er holte noch einmal den Kontaktbogen vor und studierte die untere Hälfte. »Die Bilder, die du von mir gemacht hast, sind ziemlich gut geworden. Glückwunsch, du hast wirklich Talent.«
David sprach, als ob nichts vorgefallen wäre, aber Noa hörte den unterkühlten Tonfall in seiner Stimme genau. David war auf Abstand gegangen, innerlich, und Noa hätte ihn gerne zurückgerufen, aber sie wusste nicht, wie.
»Gilbert ist weg und Kat ist noch nicht wieder da«, sagte sie und versuchte seinen Blick einzufangen. »Wie wäre es, wenn wir jetzt noch einmal das Spiel . . .«
David erhob sich von Noas Bett. »Okay.«

Noa hatte den Bogen Papier und das Glas in ihrem Schrank aufbewahrt. Zum Glück hatte Gilbert nicht weiter danach gefragt, wahrscheinlich dachte er, Noa hätte den Bogen zerrissen.
Es war seltsam, das Spiel bei Tageslicht zu spielen, und als Noa ihre Finger auf das Glas legte, spürte sie, wie David sie auch körperlich auf Abstand hielt. Ihre Fingerspitzen berührten sich nicht wie in jener ersten Nacht, Davids Augen funkelten nicht und die Spannung in der Luft kam einzig und allein von dem Bogen Papier und dem Glas, das jetzt zwischen ihnen auf dem mittleren Kreis bereitstand.
»Bist du da?«, fragte David und hielt den Blick gespannt auf das Glas gerichtet. »Eliza? Bist du . . . da?«
Für einen Moment zweifelte Noa, ob Eliza antworten würde. Vielleicht war alles doch nur ein Produkt ihrer Einbildung? Aber da setzte sich das Glas bereits in Bewegung.
JA

»Und jetzt?« David kräuselte die Stirn. Er hob den Kopf. »Was sollen wir fragen?«
Das Erste, was Noa in den Sinn kam, hatte nichts mit dem Mord zu tun und auch nicht mit den Fotos, die sie heute Nachmittag entwickelt hatte.
»Kannst du uns sehen, Eliza?«
Das Glas wanderte zu den Buchstaben.
MANCHMAL
Noas Nasenflügel bewegten sich. Der Duft lag wieder im Raum und mittlerweile fragte sich Noa, ob er nicht eigentlich ständig da war und sie ihn nur nicht immer wahrnahm.
»Und jetzt?«, flüsterte sie unbehaglich. »Kannst du uns jetzt sehen?«
JA
»Die Schritte auf dem Dachboden«, fragte Noa weiter und spürte, wie sie dabei zitterte. »Waren sie von dir?«
NEIN
»Schritte? Was für Schritte?« David zog die Finger vom Glas zurück. Eine leichte Röte stieg auf sein Gesicht, die Noa zunächst als Aufregung deutete, aber als das Glas auf den Buchstaben *D* zuwanderte, nahm er seine Finger vom Glas.
»Wenn du die Schritte gestern Nacht auf dem Dachboden meinst – das war ich.«
»DU?« Noa starrte David entgeistert an. »Spinnst du? Wie bist du da hochgekommen? Weißt du eigentlich, was für einen Mordsschrecken du mir eingejagt hast? Und was hast du überhaupt da oben gesucht mitten in der Nacht?«
David fuhr sich mit der Zunge über die Oberlippe, eine kurze Bewegung, die er, wie Noa inzwischen aufgefallen war, immer dann machte, wenn er unsicher war. »Tut mir Leid. Ich hätte nicht gedacht, dass du es hörst. Die ganze Sache hat mir einfach keine Ruhe gelassen. Ich wollte nachsehen, ob ich noch et-

was finde. Irgendetwas außer der Leica und dem Kimono. Ich stand erst vor deinem Fenster, aber alles war dunkel, ich wollte dich nicht wecken . . . und dann bin ich da hoch.«

»Aber wie?« Noa schüttelte verwirrt den Kopf. »Wie bist du hochgekommen? Das Schloss war verriegelt, der Schlüssel steckte – von außen.«

»Ich bin von hinten rein«, sagte David verlegen. »Ich hab das Scheunentor aufgeknackt. In der Scheune stand noch eine Leiter, eine ziemlich hohe. Damit bin ich rauf. Es tut mir wirklich Leid.«

»Und was hast du gefunden?«

»Nichts. Nichts Nennenswertes jedenfalls.«

Noa warf ihm einen wütenden Blick zu. »Das nächste Mal weckst du mich gefälligst, verstanden? Außerdem hast du Hitchcock dort oben eingesperrt.«

»Hitchcock?«

»Unseren Kater.«

»Ach so, den.« David warf einen Blick auf den Sessel, auf dem die Katzen lagen und schliefen. »Sorry. Hab ihn nicht gesehen. Wahrscheinlich ist er mir nachgekommen.«

Noa erinnerte sich an das offene Küchenfenster. Meine Güte, da hatte Hitchcock aber ein gewaltiges Kunststück vollführt, hinter David her die Leiter hochzuklettern. Vielleicht hatte David den Kater ja auch in der Scheune eingesperrt, nachdem er wieder herausgeschlichen war, und Hitchcock hatte sich keinen anderen Rat gewusst, als über die Leiter zum Dachboden zu gelangen. Verdammt, er hätte sich alle Knochen brechen können dabei.

»Ich kann's echt nicht fassen, dass du das getan hast«, murmelte Noa böse.

Dann legte sie die Finger wieder auf das Glas. Warum es weiter hinauszögern? Es war an der Zeit, die entscheidende Frage zu stellen.

»Wer war dein Mörder, Eliza? Wer hat dich umgebracht?«
In einer beinahe schwindelnden Geschwindigkeit steuerte das Glas auf einen der mittleren Kreise zu.
ICH WILL NICHT
»Ich will nicht?« David starrte das Glas und dann Noa an. »Was soll das heißen, ich will nicht? Das kann ja wohl nicht angeh. . .«
»Psst!« Noa deutete mit dem Kopf auf das Glas. Langsam glitt es auf die Buchstaben zu.
ZWEI HÄNDE LEGTEN SICH UM MEINEN HALS
SIE WÜRGTEN MICH
SCHOBEN MICH ZUM ABGRUND
UND STIESSEN MICH HINAB
Elizas Antwort verschlug Noa förmlich den Atem. Plötzlich fühlte sie sich selbst wie gewürgt. Sie sprang auf, um das Fenster aufzureißen, und stellte verwirrt fest, dass es bereits offen stand. Das helle Sonnenlicht stach ihr in die Augen, Noa musste sie zukneifen, als sie sich aus dem Fenster lehnte, um frische Luft einzuatmen, tiefe Atemzüge, wie um sich davon zu überzeugen, dass sie noch am Leben war.
»Was für Hände?«, fragte David, als Noa sich wieder gesetzt hatte. »Wessen Hände? Wer hat dich umgebracht, komm schon, sag es uns.«
Das Glas kroch vorwärts.
DIE NÄCHSTE FRAGE BITTE
Noa schüttelte den Kopf. Ich kann nicht mehr, dachte sie. Ich kann das nicht aushalten.
»Verflucht noch mal, sind wir hier in einem Fernsehquiz?« Fassungslos fuhr sich David mit der freien Hand durch die Haare. »Das kann ja wohl nicht wahr sein«, zischte er, den Blick auf das Glas geheftet. »Wir sind hier, um die Wahrheit ans Licht zu bringen – das hast du doch selbst so formuliert, oder nicht? Die Wahrheit kam nie ans Licht – und das wird sich

auch nicht ändern, wenn du Katz und Maus mit uns spielst. Was geschah in der Nacht, in der du ermordet wurdest? Wie konnte es überhaupt dazu kommen?«

Das Glas bewegte sich nicht. Fast verspürte Noa einen Impuls, es voranzuschieben, in welche Richtung auch immer. Sie schaute zu David, der völlig fertig aussah, und plötzlich kam ihr ein Gedanke.

»Sie kennt uns nicht«, flüsterte sie. »Eliza hat ja im Grunde keine Ahnung, wer wir sind. Vielleicht denkt sie, wir glauben ihr nicht, wenn sie uns den Namen verrät. Vielleicht ... vielleicht ist ja etwas Schlimmes geschehen.«

David sah Noa verächtlich an. »Etwas Schlimmes. Dieses Mädchen wurde ermordet – erdrosselt und vom Dachboden gestoßen –, logisch ist etwas Schlimmes geschehen. Und wer wir sind, spielt doch wohl keine Rolle! Jedenfalls sind wir die, die ihr helfen können. Wenn sie uns nicht vertraut, wem dann?«

Das Glas glitt wieder auf die Buchstaben zu.

ICH VERTRAUE NIEMANDEM

Noa stieß einen tiefen Seufzer aus. Ihr fehlten die Worte und David schien es genauso zu gehen. Frustriert und wütend sah er aus, während sich in Noas Angst plötzlich Mitgefühl mischte. Ratlos kaute sie auf ihrer Unterlippe. Was sollten sie jetzt fragen? Das Vertrauen eines Menschen zu gewinnen war in vielen Fällen schon schwer genug, aber wie um Himmels willen gewann man das Vertrauen eines Geistes?

»Was ist mit Robert?«, versuchte sie es zögernd. »Könnte er der Mörder gewesen sein?«

WARUM FRAGT IHR IHN NICHT SELBST

David stöhnte auf. »Scheiße, das hat doch keinen Zweck. Wir haben ein Opfer, das seinen Mörder nicht preisgibt, und einen Geist, der denjenigen nicht vertraut, denen er erschienen ist. Wer weiß ...« David lachte bitter. »Vielleicht gab es ja gar keinen Mörder. Vielleicht hat sich Eliza ja wirklich selbst umgebracht, so wie es in der Zeitung steht.«

Noa warf David einen bösen Blick zu. Eliza würde sich wohl kaum selbst erwürgt und den Dachboden herabgestoßen haben. Nein, Noa glaubte ihr, sie verstand sogar ihre Furcht davor, dass ihr Vertrauen missbraucht werden könnte, und für einen Moment fühlte sie sich Eliza fast näher als David.

»Du hast mir schließlich auch nicht anvertraut, dass du nachts auf unserem Speicher herumgegeistert bist«, sagte sie angriffslustig. »Das ist Einbruch, falls dir das nicht klar sein sollte.«

David zuckte zusammen. Er zog die Finger vom Glas und für einen Moment hatte Noa Angst, er würde aufstehen und gehen, so wie beim letzten Mal. Aber David blieb sitzen. Spöttisch sah er Noa an. »Ich hätte es dir heute Nachmittag sofort erzählt, wenn du mir nicht zur Begrüßung eine gescheuert hättest.«

Noa senkte den Kopf. Warum, dachte sie. Warum habe ich dieses unglaubliche Talent, mir selbst immer alles zu verderben? Sie kniff die Lippen zusammen, als könnte sie ihre Bemerkung dadurch ungeschehen machen, aber das funktionierte natürlich nicht.

David legte seine Finger wieder auf das Glas. »Weiter«, sagte er leise. »Lass uns weitermachen, sonst verschwindet sie noch ganz. Sprich du mit ihr, ich glaub, ich hab mich nicht mehr lange im Griff.«

Noa holte noch einmal tief Luft und versuchte es mit einer neuen Frage. »Das Bild von Robert. Die Bilder auf der Leica, hast du sie gemacht?«

JA

»Und das letzte Foto, die junge Frau in dem silbernen Kimono. Bist . . . warst du das?«

JA

»Hat Robert dich fotografiert?«

JA

»Frag sie, was mit dem Schlüssel war«, raunte David Noa jetzt wieder versöhnlicher zu. »Dem Schlüssel zur Truhe.«

Eliza antwortete, ehe Noa die Frage formulieren konnte.

ICH TRUG IHN UM DEN HALS ALS ICH ERMORDET WURDE

Noa und David warfen sich einen Blick zu.

»Bist du ...« Wieder rang Noa nach Luft, als sei nicht genug im Zimmer vorhanden. »Bist du an dem Tag gestorben, als Robert das Bild von dir gemacht hat?«

ES WÄRE EIN GUTER TAG ZUM STERBEN GEWESEN

Noa knetete ihre Lippen. Die Hände wurden ihr feucht und David sah immer verstockter aus.

»In der Zeitung stand, du wärst in Düsseldorf verschwunden. Wie bist du ins Dorf gekommen?«

HEIMLICH

»Und was wolltest du hier?«

DIE NÄCHSTE FRAGE BITTE

Davids Finger verkrampften sich, als könne er sich nur noch mühsam beherrschen das Glas nicht an die Wand zu werfen.

Noa war verzweifelt. Ihre Fragen führten zu nichts – und sie hatte das Gefühl, als ob Eliza genau das beabsichtigte, als ob sie ihnen sagen wollte: bis hierhin und weiter nicht. Und all das in dem Wissen, dass sie Noa und David an der Angel hatte. Ja, ob sie wollten oder nicht, sie steckten drin in dieser rätselhaften dunklen Geschichte.

»Bitte«, machte Noa einen letzten Versuch. »Bitte, gib uns einen Hinweis. Irgendetwas, an das wir anknüpfen können.«

Das Glas blieb an seinem Fleck, eine kleine Ewigkeit lang. Irgendwo draußen ging die Sonne unter, das Stück Himmel hinter dem Wohnzimmerfenster war ein tiefes Rot.

Das Glas glitt lautlos zu den Buchstaben.

FINDET MEIN JUWEL
UND DANN SEHT OB IHR MIR HELFEN WOLLT
Das war alles. Mehr gab Eliza nicht preis. David und Noa versuchten es mehrere Male, mit mehreren Fragen. Aber Eliza schwieg.
Es war dunkel, als David das Haus verließ. Er warf Noa einen kurzen Blick zu, genau wie gestern, als Marie ihn holen gekommen war, weil es seinem Bruder nicht gut ging. Aber das Funkeln in seinen Augen war weg.
»Wir sehen uns.« Das war alles, was David sagte, bevor er in der Dunkelheit verschwand.
Bald darauf kam Kat. Noa saß auf dem Sessel, als ihre Mutter ins Wohnzimmer rauschte, die Haare zerzaust, die Wangen glühend. In der Hand hielt sie eine kleine, um einen Holzrahmen gespannte Leinwand. Darauf war ein Bild, irgendwas Abstraktes mit schwarzem, fast plastischem Untergrund und dunkelroten Farbspritzern.
Noa starrte ihre Mutter an. »Woher hast du das?«
»Von Robert«, sagte Kat mit einem leichten Trotz in der Stimme. »Was ist? Was kuckst du mich so an? Habe ich Pestbeulen im Gesicht? Und wo ist überhaupt Gilbert?«
»Du hast was mit ihm«, flüsterte Noa. »Du hast was mit Robert.«
Kat schob die Lippen vor wie ein Kind, das man mit einer verbotenen Süßigkeit erwischt hatte. »Also hör mal, ich war gerade mal einen Nachmittag bei ihm, wofür hältst du mich?«
Noa zog es vor, auf diese Frage nicht zu antworten.
Außerdem sah sie es doch. Sie sah es an Kats Gesicht. Und selbst wenn heute noch nichts gelaufen war, würde es nicht mehr lange dauern.
Ich habe erobert – das sagte das Leuchten in Kats Augen.
Und Noa wusste plötzlich nicht mehr, was stärker war. Die Wut auf ihre Mutter oder ihre Angst um sie.

FÜNFZEHN

Die Alte. Alle halten sie für verrückt, aber ich fühle, dass sie Dinge weiß. Dinge, die noch nicht sind und die doch sein werden, in meiner Zukunft – und in einer anderen.

Eliza, 29. Juli 1975

In dieser Nacht war es die Stille, die Noa wach hielt. Die Stille, die ihre Gedanken umso lauter werden ließ. Stunde um Stunde wälzte sie sich in ihrem Bett, bis sie irgendwann aufstand und ans offene Fenster trat. Am Saum des Himmels zeichnete sich bereits der Morgen ab, jeden Moment würde die Sonne aufgehen.

Unter dem Walnussbaum saß Hitchcock, den Blick auf das Gartentor gerichtet, durch das eine hell getigerte Katze stolzierte. An ihrem durchdringenden Maunzen erkannte Noa, dass sie rollig war. Die Katze schlich an Hitchcock heran. Ihr immer fordernder werdendes Schreien ließ den Kater sichtlich unsicher werden. Noa musste lächeln, als sie sah, wie hilflos sich der Ärmste verhielt. Schon in den ersten Monaten hatte Kat ihn und Pancake kastrieren lassen, die beiden wussten also nichts von den natürlichen Bedürfnissen ihrer Artgenossen.

Was um Himmels willen willst du von mir?, schien Hitchcock die Katze zu fragen, *was in aller Welt soll ich tun?*

Immer näher rückte ihm die Katzendame auf den Leib, immer verzweifelter maunzte sie, bis sich Hitchcock schließlich so be-

drängt fühlte, dass er sich platt auf den Rücken warf und alle viere in die Luft streckte.
Augenblicklich hörte die Katze zu maunzen auf. Wie angewurzelt stand sie da und starrte den Kater an. Noa musste kichern. Es fehlte nicht viel und die Katze hätte über so viel männlichen Unverstand mit dem Kopf geschüttelt. Dann machte sie kehrt und stolzierte verächtlich aus dem Gartentor. Hitchcock drehte den Kopf, völlig verwirrt blickte er hinter ihr her. Noa prustete los.
»Armer, dummer Hitchcock«, rief sie in den Garten hinunter. Hitchcock hob den Kopf, jetzt war er es, der maunzte, beleidigt, als hätte man seine Gefühle verletzt. Er sprang zurück auf die Füße und lief der Katze hinterher, die ihn im ersten Moment bedrängt und im nächsten so schmählich hatte sitzen lassen.
»Hey«, rief Noa ihm hinterher. »Hey, Hitchcock, warte, du sollst nicht auf die Straße.«
Aber der schwarze Kater war schon um die Ecke gebogen, und als Noa in der Ferne Autogeräusche hörte, bekam sie einen Schreck.
Hitchcock und Pancake waren reine Hauskatzen, die bis vor kurzem noch nie die Wohnung verlassen hatten. Sie waren an Autos nicht gewöhnt – auch hier waren sie bisher nur im Garten gewesen und hatten höchstens einmal einen Blick über den Zaun gewagt.
Schnell schlüpfte Noa in ihre Jeans und rannte ihrem Kater hinterher. Hinterher wohin?
Als sie mit klopfendem Herzen auf die Dorfstraße starrte, war von Hitchcock keine Spur mehr zu sehen.
Noa lief bis nach unten zur Weggabelung. Nach links führte die Straße zur Kneipe und von dort aus dem Dorf heraus, nach rechts ging sie hoch in einen anderen Wald, hinter dem, wie

Gilbert gestern Abend nach seiner Rückkehr aus der Stadt erzählt hatte, der Bahnhof des Dorfes lag. Wieder hörte Noa das Geräusch eines heranfahrenden Autos und Sekunden später bog es um die Ecke. Es war ein grüner Opel und Noa erkannte die beiden Insassen sofort. Thomas Kord saß am Steuer, auf dem Beifahrersitz saß sein Sohn, der Feuermelder. Von hier aus sahen sich die beiden fast zum Verwechseln ähnlich. Derselbe Haarschnitt, dieselbe Haarfarbe, dieselben kantig breiten Schultern. Unwillkürlich zog Noa den Kopf ein, aber es war zu spät, die beiden hatten sie ebenfalls erkannt, und der Blick, den Dennis ihr zuwarf, war alles andere als freundlich.

»Hitchcock?« Noas Stimme verhallte auf der jetzt leeren Straße. »Hitchcock, wo bist du?«

Sie wollte sich gerade für die linke Richtung entscheiden, als sie das Maunzen hörte. Es kam von rechts, und als Noa um die Ecke bog, sah sie die Katze davontrotten, die Straße hinauf, bis sie in einem Feldweg verschwand. Noa rannte hinterher, ihre Füße hallten auf dem leeren Pflaster. Der Feldweg, der von der Straße abbog, führte an einem Friedhof vorbei. Es war ein kleiner Friedhof, lediglich ein paar dutzend Gräber, gut gepflegt, mit Blumen, Grabmälern und hellem Kies dazwischen. Auf einer weißen Statue, einem Engel mit einer weißen Schale in den bleichen Händen, saß ein Vogel. Mit geneigtem Kopf blickte er Noa an, bis er, von ihren Schritten aufgescheucht, im immer heller werdenden Himmel verschwand. Die Katze hatte noch immer einen Vorsprung, Noa folgte ihr, immer wieder leise Hitchocks Namen rufend, aber der Kater war nicht zu sehen.

Ein paar hundert Meter weiter führte der Feldweg zurück zur Dorfstraße. Kein Mensch war zu sehen, das Dorf lag in tiefem Schlaf und die Katze war in einem der Hinterhöfe verschwunden.

Noa hielt sich die Seiten. Die Brust tat ihr weh vom Laufen. Langsam ging sie die Dorfstraße zurück, sah in alle Winkel, bis ein leises Kichern sie innehalten ließ.
Sie stand wieder an ihrem Ausgangspunkt, dem Haus des Bauern. Das Kichern war von hier gekommen, von der Alten, seiner verrückten Schwiegermutter. Sie saß vor ihrem Haus auf dem Klappstuhl – und um ihre krummen Beine strich Hitchcock. Für einen Moment war Noa ihr eigener Kater fremd. Wie ein Hexenkater sah er plötzlich aus und das von Falten zerfurchte Gesicht der Alten wirkte so unheimlich, dass Noa am liebsten auf der Stelle umgekehrt wäre.
Aber da winkte die Alte sie heran. Noa war, als zöge sie dabei an einem unsichtbaren Faden, der sie beide verband. Hitchcock hatte sich der Alten zu Füßen gelegt. Er schnurrte laut, wie es sonst überhaupt nicht seine Art war.
Die Alte war ganz in Schwarz gekleidet, auf ihren gichtigen Händen waren schuppige Altersflecken und ihre stechenden Vogelaugen bohrten Löcher in Noas Gesicht.
»Ich hab ihn gesehen«, krächzte sie, ehe Noa ein Wort hervorpressen konnte. »Hab ihn gesehen, den schwarzen Prinzen. Er kam in jener Nacht. Er kam, um sich zu holen, was er für das Seine hielt. Aber andere folgten ihm, und als er zurückkam, hatte er zerstört, der dumme, dumme Prinz.«
Noa war viel zu verängstigt, um Fragen zu stellen. Sie wollte sich nach Hitchcock bücken, wollte ihn greifen und mit ihm weglaufen, aber die Alte hielt sie fest mit ihrem Blick. Ihre Stimme war jetzt kaum mehr als ein heiseres Flüstern.
»Pass auf dich auf, Mädchen.«

Als Noa zurück zum Haus kam, den widerstrebenden Hitchcock mit aller Kraft an ihre Brust gepresst, ging die Sonne auf. Der Tag war angebrochen. Aber Noa wollte ihn nicht sehen.

Sie kroch in ihr Bett, rollte sich zu einer kleinen Kugel zusammen und kniff die Augen zu. Als sie endlich der Schlaf übermannte, war er schwer und klebrig.

SECHZEHN

Marie liebt Robert. Sie hat es mir heute anvertraut. Ich habe gelächelt und geschwiegen. Ich habe gedacht, es wäre schön, unschuldig zu sein. Dumm und unschuldig, so wie Marie. Ich sehe das Leuchten in ihren Augen, aber ich sehe auch, dass es verschwinden wird. Es wird schwächer und schwächer werden, wie ein Feuer, das erst zu Glut und dann zu Asche wird.

Eliza, 1. August 1975

Kat gehörte zu der Sorte Menschen, die eine Krankheit als persönliche Beleidigung empfinden. Mitleid für die Wehwehchen anderer war ihr ebenso fremd wie Selbstmitleid für das eigene Unwohlsein. Eine Krankheit war für Kat wenn überhaupt dazu da, mit Hilfe von härtesten Mitteln schnellstmöglich aus dem Weg geräumt zu werden. Gilberts Kräutertees, seine homöopathischen Tropfen und seine sich aus Heilkundebüchern angeeigneten Reikimethoden hatte sie daher ebenso vehement abgelehnt wie seine ständigen Ermahnungen, sich nach dem verdorbenen Magen erst einmal vorsichtig zu ernähren. Zu der Suppe gestern Abend hatte sie ein Glas Rotwein getrunken und zum Frühstück – Noa sah es an den abgegessenen Tellern auf dem Tisch unter dem Walnussbaum – hatte Kat Rosinenbrot mit Leberwurst gegessen. Jetzt stand sie mit hochgekrempelten

Ärmeln im Komposthaufen, einem etwa vier Quadratmeter großen, eingemauerten Beet neben dem Klohäuschen. Sie trug knallrote Gummistiefel, eine abgeschnittene Latzhose und darunter ein schmal geripptes Trägerhemd. In ihren hochgesteckten Haaren steckte eine große grüne Strassbrosche. Sie funkelte im Sonnenlicht, und während Kat den Spaten in die Erde rammte – neben ihr türmte sich bereits ein Berg von klumpiger Erde und Unkraut –, sang sie aus vollem Hals: »*Sabinchen war ein Frauenzimmer, gar hold und tugendhaft. Sie diente treu und redlich immer bei ihrer Dienstherrschaft . . .*«
Gilbert lag mit Shorts und T-Shirt im Liegestuhl. Er hatte sich Oropax in die Ohren gestopft, streichelte die auf seiner Brust liegende Pancake und schmökerte in einem dicken Wälzer über die Geschichte der Meditation. Als er Noa aus dem Haus kommen sah, deutete er mit dem Kopf zu Kat und verdrehte scherzhaft die Augen. »Deine Mutter gräbt den Westerwald um.«
»Den Kompost, Sweetheart«, unterbrach Kat ihren Gesang. »Ich habe beschlossen uns einen neuen Kompost anzulegen, auch wenn Gilbert behauptet, es wäre Unsinn, mich wie ein Maulwurf nach unten zu graben. Aber wo ich schon mal dabei bin, kann ich dem Teil doch ruhig auf den Grund gehen, was meinst du?« Kat sah Noa an, als wäre sie drauf und dran, mit ihrem Spaten auf Gold zu stoßen, wartete aber wie üblich keine Antwort ab. »Mein lieber Scholli, du hast ja geschlafen wie eine Tote. David war schon da und wollte dein Zimmer tapezieren. Ich habe gesagt, du holst ihn, wenn du wach bist und dein Zinken abgeschwollen ist.«
»Furchtbar witzig, Kat.« Verärgert griff sich Noa an die Nase. Kat liebte es, sie damit aufzuziehen, dass ihre Nase nach dem Schlaf immer anschwoll, als hätte sie Schnupfen. Sie nahm sich ein Stück Knäckebrot, bestrich es mit Butter und verjagte eine Biene, die um das geöffnete Honigglas herumschwirrte.

»Verdammte Hacke, diese Erde ist völlig durchwurzelt, wenn ich damit fertig werde, kann ich eine Rolle als Muskelpaket annehmen«, stöhnte Kat, rammte ihren Spaten wieder in den Boden und sang weiter: »... *da kam aus Treuenbrietzen, ein fremder Mann daher, der wollte so gerne Sabinchen besitzen und war ein Schuhmacher ...*«

Noa massierte ihre Nasenflügel, bestrich ihr Knäckebrot mit Honig und machte sich damit auf den Weg zur Kneipe.

Auf ihrer Armbanduhr war es halb zwei, die Sonne stand hoch am Himmel und von der stillen Morgenstimmung war nichts mehr zu spüren. Auf der Weide grasten Kühe, Hunde bellten, vor einem der Häuser kehrte eine Frau mit einem Kopftuch den Gehweg und aus der Scheune ihres Vermieters drang das Geräusch eines anspringenden Traktors. Die Alte saß nicht vor der Haustür und Noa beschleunigte ihre Schritte. Mit gesenktem Kopf lief sie an dem Haus vorbei, als wohne ein Monster dort.

Vor der Kneipe stand Davids VW-Bus. Die Heckklappe war offen, es roch nach Öl und neben David, der sich über den Motor gebeugt hatte, standen Gustaf und Esther. Aus dem geöffneten Fenster drang das unartikulierte Gebrabbel von Krümel.

Ein paar Meter vor dem Bus blieb Noa stehen. David hatte sie noch nicht bemerkt, aber Gustaf kam ihr strahlend entgegen. Die Ärmel seines weißen Hemdes waren hochgekrempelt, und obwohl er eindeutig David bei der Arbeit geholfen hatte, war kein einziger Ölfleck darauf zu sehen. Nur seine Hände waren schwarz und schmierig. In der einen hielt er einen Schraubstock, die andere zog er zur Brust, sodass er Noa seinen Ellenbogen hinhielt. Die roten Flecken krochen ihm wieder am Hals empor, seine schlaffen Wangen glühten und Noa empfand ein seltsames Gefühl von Mitleid für ihn. Er sah aus wie ein Kind, das zu früh erwachsen geworden war.

»Kann dir leider nicht die Hand geben«, sagte er. »Aber David war schon bei euch. Hast du ausgeschlafen?«
Noa nickte und spähte an Gustaf vorbei zum VW-Bus. Der Wunsch, David hinter der Heckklappe zu sehen, mehr noch, ihn zu berühren und zu küssen, ergriff mit einer solchen Heftigkeit von ihr Besitz, dass sie über sich selbst erschrak. Es schien ihr plötzlich, als sei die Heckklappe eine Mauer und als warte dahinter der Mensch auf sie, den sie ihr ganzes Leben lang herbeigesehnt hatte, mit jeder Faser ihres Herzens. Wären Gustaf und Esther nicht gewesen, Noa wäre auf den Bus zugelaufen und hätte sich David an den Hals geworfen. Jetzt sah auch Esther sie an, nickte einen wortlosen Gruß herüber und wie ertappt senkte Noa den Blick.
Gerade als sie dachte, dass sie David so unmöglich gegenübertreten konnte, wurde die Heckklappe mit einem Ruck zugeschlagen und David sah sie an. Seine grünen Augen leuchteten, seine Wangen waren schmutzig von der Arbeit und sein Ausdruck noch immer distanziert.
»Na, wach?«
Wieder konnte Noa nur nicken. Warum hörte dieses Gefühl nicht auf, warum wuchs es unter den Blicken der drei immer mehr an? Und warum tat es so furchtbar weh, jemanden zu lieben?
Selbst Gustaf schien zu bemerken, was in Noa vorging. Er räusperte sich, trat einen Schritt zurück und zwinkerte David zu.
»Geht ihr jungen Leute mal, ich kriege das schon alleine hin. Noa, du richtest deiner Frau Mutter aus, dass unser Dorffest übermorgen um sieben beginnt?«
»Ja«, sagte Noa. »Ja, das mach ich gern.«
David wischte sich die Hände an seinem T-Shirt ab. Es war schwarz, sodass auch darauf keine Flecken zu sehen waren,

und als Noa auf ihn zutrat, kam ihr die Mischung aus Motoröl und frischem Schweiß, die von ihm ausging, vor wie ein Parfüm, das sie einatmen wollte.

Wenn David die Gefühle bemerkte, die in Noa tobten, ließ er es sich nicht anmerken. Sein Gesicht war verschlossen, sein Ton unterkühlt, aber mit einer Kopfbewegung lud er sie ein ihm ins Haus zu folgen.

»Muss mich erst mal waschen, aber das mit dem Tapezieren wird heute nichts mehr«, sagte er im Hausflur. »Wenn der verdammte Bus wieder anspringt, muss ich in die Stadt, Getränke für das Dorffest besorgen.«

David führte Noa an der Tür zur Kneipe vorbei die Treppe hinauf und auf dem Weg nach oben gelang es ihr, sich ein wenig zu beruhigen. Krümels Gebrabbel war lauter geworden, es klang, als fordere er etwas, denn er wiederholte immer wieder dieselben monotonen Klangfolgen.

David zeigte auf eine weitere Treppe, eher eine Stiege, die noch höher führte. »Da oben ist mein Zimmer. Warte da, ich komme gleich nach.« Mit diesen Worten verschwand er hinter einer Badezimmertür.

Als Noa auf die Stiege zuging, entdeckte sie zwei weitere Türen am Ende des Flurs, von denen die eine verschlossen, die andere einen Spalt weit offen war. Unschlüssig machte sie ein paar Schritte darauf zu und wandte sich mehrmals um, bis sie dicht vor der Tür stand. Dahinter lag eine Schlafkammer, klein, spartanisch, mit zwei Einzelbetten, in ihrer Mitte ein Nachttisch. Darauf stand die Bibel und daneben eine kleine Blumenvase mit einer gelben Nelke. Über dem Nachttisch an der Wand hing ein gerahmtes Stickbild. *Was du heute kannst besorgen, das verschiebe nicht auf morgen,* stand darauf. Auf dem linken Bett lag ein gestreifter Schlafanzug, auf dem Kopfkissen des rechten, ordentlich zusammengefaltet, ein schneeweißes Spitzennachthemd.

Plötzlich runzelte Noa die Stirn. Wieso eigentlich ein Doppelschlafzimmer? Waren Marie und Gustaf doch ein Paar?
»Hallo Noa.« Die sanfte Stimme in ihrem Rücken jagte ihr einen solchen Schrecken ein, dass sie beinahe aufgeschrien hätte. Jäh fuhr sie herum, machte einen Satz zurück und sah in die Augen von Marie. Davids Mutter war aus der anderen Tür gekommen, die jetzt sperrangelweit offen stand. Noa konnte gar nicht anders, als hineinsehen. Auch hier waren zwei Betten – ein großes mit Gittern und ein normales.
»Davids Zimmer ist oben«, sagte Marie lächelnd und fügte leicht errötend, wie zu einer Erklärung verpflichtet, hinzu: »Hier unten schlafen Karl und ich – und Esther und Gustaf.«
Noa war so peinlich berührt, als hätte sie Davids Mutter in ihrer intimsten Sphäre überrascht. Dass Marie mit ihrem kranken Kind ein Zimmer teilte, war verständlich – aber Esther und Gustaf in einem Zimmer?
In der Küche schepperte etwas und Marie entschuldigte sich hastig. Noa schlich nach oben, die Stufen der Stiege knarrten unter ihren Füßen und noch immer pulsierte der Schrecken über Marie, die sie ertappt hatte, in ihren Adern.
Davids Zimmer war winzig und schlicht. Ein schmales Bett unter der Dachschräge, zwei Poster von Kometen an den Wänden, drei hüfthohe Stapel Bücher neben dem Bett, auf dem Boden ein Discplayer mit mehreren CDs, auf dem Schreibtisch ein alter Computer und darunter ein Drucker, ein klappriges, aber wohl noch funktionstüchtiges Ding.
Ein Blick auf die Papiere auf dem Schreibtisch zeigte ihr, dass sich David eine Liste von Universitäten aus dem Internet ausgedruckt hatte. Die Berliner Uni war auch dabei, aber bevor sie wieder beim Herumschnüffeln ertappt würde, suchte Noa sich lieber einen neutralen Platz zum Sitzen. Da der Stuhl mit Zeitungen belegt war, blieb dafür nur das Bett. Auf der blauen De-

cke lag ein weißes T-Shirt und Noa widerstand dem Impuls, es aufzuheben und an ihr Gesicht zu pressen.

Als David in das Zimmer trat, roch er nach frischem Rasierwasser. Sein Haar glänzte feucht, es war zurückgekämmt und brachte seine markanten Gesichtszüge noch stärker zur Geltung. Er musterte Noa, sagte aber nichts und Noa hätte sich am liebsten in Luft aufgelöst.

»Ist dein Bus kaputt?«, brachte sie schließlich hervor.

David schüttelte den Kopf. »Er muss nächste Woche zum TÜV«, erwiderte er. »Das Ding ist schon uralt, aber Gustaf macht ihn sicher wieder fit. Er ist Hobbymechaniker, den brauchst du nur auf Autos anzusprechen, dann kommt er schon in Fahrt. Gestern nach Feierabend hat er Esther und mir einen endlosen Vortrag über Bremsen gehalten – ich bin drüber eingeschlafen.« David grinste. »Aber du siehst nicht gerade aus, als hättest du viel Schlaf bekommen.«

Noa holte tief Luft und erzählte David von der Begegnung im Morgengrauen. Von der Alten, von Hitchcock, der wie ein Hexenkater um ihre krummen Beine gestrichen war, und von dem, was die Alte zu ihr gesagt hatte. Ihre eigene Stimme klang fremd in ihren Ohren und Noa kam sich vor, als wären die Worte nur Ausflüchte, um nicht den Wunsch aussprechen zu müssen, der ihr auf der Zunge brannte. *Küss mich, David.*

David hatte die Zeitungen vom Stuhl auf den Schreibtisch gelegt. »Der schwarze Prinz«, murmelte er. »Diesen Satz hat mir die Alte auch mal hinterher gerufen. Aber warum hat sie gesagt, du sollst auf dich aufpassen?«

Noa schüttelte ratlos den Kopf. »Ich weiß es nicht. Aber es hat mir Angst gemacht. Im ersten Moment dachte ich sogar, die Alte selbst hätte Eliza getötet. Auch wegen diesem Zeugs mit Schneewittchen . . . ich meine, im Märchen war schließlich auch eine Hexe die Mörderin. Aber warum sollte die Alte mich dann warnen? Und als sie das mit dem schwarzen Prinzen sagte, da musste ich sofort an Robert denken. Der . . .« Noa senkte den Kopf. »Der ist übrigens Kats neuste Eroberung.«

David runzelte die Stirn. »*Was?*«

Noa seufzte. »Sie war bei ihm. Gestern, als wir das Spiel gespielt haben. Den ganzen Nachmittag, bis zum Abend.« Noa verknotete ihre Hände im Schoß. »Ich fürchte, meine Mutter hat einen neuen Liebhaber. Aber mir geht noch etwas anderes nicht aus dem Kopf. Das Juwel. Was glaubst du, hat Eliza mit dem Juwel gemeint? Einen Edelstein? Den sie vielleicht in der Truhe versteckt hatte? Aber warum sollten wir ihn erst finden, um zu sehen, ob wir ihr danach noch helfen wollen? Und vor allem, wo sollen wir dieses Juwel finden?«

»Ich habe nicht den blassesten Schimmer.« David stand von seinem Stuhl auf und öffnete die Dachluke. Sonnenlicht drang ins Zimmer und ließ winzige Staubkörnchen aufwirbeln. »Ich hab sogar schon bei uns rumgestöbert. Aber natürlich nichts gefunden. Ein Juwel«, David lachte bitter. »Ich meine, das klingt doch absurd, vor allem weil das Ganze dreißig Jahre her ist. Wo sollen wir denn da was finden, bitte schön? Dieses Juwel könnte sich inzwischen in sonst was verwandelt haben.«

»Und wenn wir zur Polizei gehen?« In dem Moment, in dem Noa die Frage aussprach, fühlte sie schon, wie dumm sie war.

»Die Polizei?«, wiederholte David ironisch. »Toller Vorschlag, und was sollen wir denen erzählen? Das wirre Gefasel einer durchgeknallten alten Frau? Oder dass wir per Glaspost mit einem Geist kommunizieren, der uns einen dreißig Jahre alten Mord auftischt, aber nicht den Mörder nennen will? Na, das wäre ja wirklich der Witz schlechthin.« David schüttelte den Kopf, dann sah er Noa an. »Ich krieg ja nicht mal etwas raus, wenn ich Gustaf oder meine Mutter frage. Ich hab es noch mal versucht, gestern, nach dem Spiel, aber da hätte ich genauso gut unsere Möbel im Wohnzimmer befragen können. Gustaf sagte nur, er hätte mit den Leuten nichts zu schaffen gehabt, und meine Mutter hat sich gewunden, obwohl glasklar ist, dass sie etwas weiß. Trotzdem, hier im Dorf anzufangen ist im Grunde unsere einzige Chance. Ich habe mir überlegt, dass es vielleicht besser wäre, wenn du dir meine Mutter mal vornimmst.«

»Ich?« Erschrocken stand Noa von Davids Bett auf. »Wieso ich?«

»Weil sie dich nicht kennt. Meine Mutter ist ein extrem höflicher Mensch, bei dir wird sie vielleicht nicht so einfach das Thema wechseln wie bei mir. Komm, wir gehen runter – es sei denn . . .« David machte ein unsicheres Gesicht. »Es sei denn, du hast Angst vor Krümel.«

Noa schüttelte heftig den Kopf und folgte ihm die Treppe hinunter.

In der Küche saß Marie und fütterte Davids Bruder mit Kartoffelpüree. Müde sah sie aus, vor allem ihre Augen, unter denen wieder die dunklen Schatten lagen. Ihre Augen waren grün wie Davids Augen, aber sie strahlten nicht, sie sahen aus, als hätte jemand ein Licht dahinter gelöscht – oder vielmehr langsam heruntergedimmt.

Krümel saß im Rollstuhl vor dem Tisch und ließ sich die Löffel in den Mund schieben wie ein Riesenbaby. Er trug eine Latzhose wie Kat, darunter ein rot-weiß geringeltes T-Shirt und er erinnerte Noa darin unwillkürlich an Karlson vom Dach – nur dass Krümel keinen Propeller am Rücken hatte, mit dem er fliegen konnte. Glücklich und zufrieden sah er aus, schmatzte und gluckste leise vor sich hin, patschte ab und zu mit den Händen auf den Tisch und lachte über das Grunzen, das von draußen in die Küche drang. Die Tür zum Hof stand offen und in einem kleinen Verschlag sah Noa drei Schweine, die ihre

schmutzbefleckten rosa Rücken aneinander rieben und ihre Schnauzen in einen Trog mit Kartoffelschalen drückten. Offensichtlich hatten auch sie gerade ihr Mittagessen erhalten.
»Es war der Hunger«, entschuldigte Marie sich für Krümels Geschepper von vorhin. »Ich war heute spät dran. Kann ich dir etwas zu trinken anbieten, Noa?«
»Ein Glas Wasser wäre nett«, sagte Noa und verspürte einen Kloß im Hals. Wie um alles in der Welt sollte sie das Thema anschneiden?
»Und, kommt ihr gut mit dem Haus voran?«, fragte Marie, während David jetzt an den Kühlschrank ging und für sich und Noa ein Glas mit Sprudelwasser füllte.
»Es geht ganz gut, danke.« Noa nahm einen Schluck Wasser, sah Marie an und fragte so unvermittelt, dass es sie selbst überraschte: »Eliza Steinberg, das Mädchen aus der Stadt, das früher in unserem Haus gewohnt hat. Was wissen Sie über sie? Warum möchte niemand im Dorf über sie sprechen?«
Marie, die ihren Löffel gerade wieder auf Krümels Mund zubewegte, hielt inne, bis Davids Bruder ungeduldig auf den Tisch schlug und die Kaffeetasse darauf zum Beben brachte. Während Marie ihm den Löffel in den Mund schob, wechselte sie einen Blick mit David. Es lag kein Vorwurf darin, eher etwas Gehetztes wie bei einem Tier, das man in die Enge gedrängt hatte.
»Ich habe David schon gesagt, ich weiß nicht viel über sie. Sie waren Mieter des Ferienhauses, so wie ihr es jetzt seid. Sie kamen im Sommer her, verbrachten ihre Zeit hier. Und eines Tages reisten sie ab.«
»Aber in der Zeitung stand, dass Eliza verschwunden ist«, beharrte Noa, ohne zu erwähnen, woher sie den Ausschnitt erhalten hatte. »Ich habe einen Artikel gelesen, einen alten Artikel, darin stand, dass das Mädchen im August vor dreißig Jah-

ren in Düsseldorf verschwand. War es derselbe Sommer, in dem sie mit ihrer Familie von hier weggereist ist?«
Marie, die bis jetzt neben Krümel gestanden hatte, setzte sich, als hätte ihr jemand eine schwere Last auf die Schultern gedrückt. Als sie Noa ansah, glitzerten Tränen in ihren Augen. David, der an der geschlossenen Kühlschranktür lehnte, machte ein erschrockenes Gesicht.
Noa, die nicht wusste, woher sie den Mut zu ihrer Befragung genommen hatte, kam sich plötzlich grausam vor. Ich dringe hier ein in die Wohnung einer fremden Frau und quäle sie mit Fragen wie ein Inspektor. Ich habe kein Recht dazu. Noa sah David an. Ich habe kein Recht dazu, wiederholte sie in Gedanken, und David nickte, kaum merklich, während Marie den letzten Löffel Püree vom Teller kratzte und ihn Krümel in den Mund schob.
»Eliza«, sagte Marie so leise, dass Noa sie kaum verstehen konnte. »Eliza war das schönste Mädchen, das ich je gesehen habe. Aber sie hatte auch etwas Kaltes – was sie fast noch schöner machte. Sie hatte etwas von einer Statue, einer perfekten Statue, aus Glas . . . oder aus Eis.« Marie lächelte, ein warmes, schmerzerfülltes Lächeln. Dann legte sie den Löffel weg und presste ihre Finger vor die Augen, als wollte sie eine quälende Erinnerung wegdrängen. »Bitte Noa, stell mir diese Fragen nicht. Auch ich habe den Artikel in der Zeitung gelesen – damals, als ihr zwei noch nicht mal auf der Welt wart. Ich weiß nicht, was mit Eliza geschehen ist – und ich glaube inzwischen auch nicht mehr, dass ich es wissen möchte.«
Vielleicht war es der Blick auf Maries Gesicht, vielleicht war es auch die Spannung, die in der Küche lag. Jedenfalls fegte Krümel den Teller vom Tisch, der klirrend zu Boden fiel, und stieß wieder dieselben lauten und schrillen Töne aus wie an jenem Nachmittag vor dem Dachboden im Haus.

Mit einem Satz war David bei ihm, zog ihn vom Rollstuhl hoch und hielt ihn fest. »Ist gut, Krümel. Niemand tut Mama was. Ist gut. Ist gut.«

Noa war aufgestanden, aber David gab ihr ein Zeichen, zu warten. In seiner Umarmung wurde Krümel augenblicklich ruhiger. »Ahii guuu, Ahii guu, Maaaa ruuu«, brabbelte er leise vor sich hin.

Noa krampfte die Finger ineinander. Es war nicht richtig gewesen, Marie auszufragen – nicht hier, nicht jetzt. »Es tut mir Leid, Frau Schumacher«, brachte Noa hervor.

Maries Lächeln hatte etwas Tapferes. »Es ist schon gut. Ich weiß, dass du es nicht böse meinst. Sicher würde auch ich diese Fragen stellen, wenn ich das Haus gemietet hätte. Aber glaube mir, ich kann dir keine Antworten geben. Niemand hier im Dorf kann das. Es hat keinen Zweck, Dinge aufzurühren, die schon vor Jahren nicht geklärt werden konnten. Lasst die Dinge ruhen, ich bitte euch.«

Draußen vor dem Küchenfenster ertönte das Geräusch des anspringenden VW-Busses.

»Ich fahr dann mal in die Stadt«, sagte David und löste sich sanft von seinem Bruder.

Noa folgte ihm hastig aus der Küche und im Hausflur nahm David sie in den Arm. Er drückte sie an sich, so fest, dass es ihr beinahe den Atem nahm. Dann schob er sie von sich und nahm ihr Gesicht zwischen seine Hände. Er flüsterte ihren Namen, der fremd in ihren Ohren klang, fremd und wunderbar wie ein Zauberwort. Als seine Lippen die ihren berührten, schloss Noa die Augen, scheu und gleichzeitig voller Verlangen nach ihm. Sie vergaß, wer sie war und wo, sie fühlte nur noch seinen Herzschlag an ihrer Brust, ein wilder, elektrisierter Rhythmus, während seine Zunge zwischen ihre Lippen glitt, erst sanft und fragend, als koste sie ein fremdes Getränk, aber im nächsten Augenblick fordernd und entschlossen, als wolle er nie damit aufhören, sie zu küssen, zu küssen, zu küssen ...

Aus der Küche drang Krümels Gebrabbel, es klang glücklich.

»Ich zeige dir einen See, morgen Nachmittag«, rief David ihr im Wegfahren durch das offene Fenster seines VW-Busses zu. Seine hellen Haare flatterten im Wind, Noa stand am Bordstein, neben Esther und Gustaf, dessen weißes Hemd jetzt voller Wagenschmiere war, und wusste nicht, ob sie lachen oder weinen sollte.

SIEBZEHN

Einen Menschen so zu lieben, wie er ist,
das ist leicht.
Schwer ist, einen Menschen so zu lieben,
wie er nicht ist.
In einem Menschen all das zu sehen, was
er sein könnte, aber noch nicht sein kann.
Das hat Jonathan einmal zu mir gesagt
und heute am See fallen mir seine Worte
wieder ein.

Eliza, 3. August 1975

Sie waren zu Fuß gelaufen, Noa und David, gleich nach dem Tapezieren des Zimmers. Eliza hatten sie zurückgelassen, im wortlosen Einvernehmen, nicht über sie zu sprechen, wenigstens für eine Weile die dunkle Vergangenheit ruhen zu lassen. Auch über Robert und Kat, die den gestrigen Nachmittag miteinander verbracht hatten, verlor Noa kein Wort. Der Tag war einfach zu schön dafür und das, was zwischen ihr und David begonnen hatte, zu wunderbar.

Der See lag gleich hinter dem Wald. Er war leicht zu finden gewesen und doch wie von der Welt abgeschnitten – geschützt von Fichten und am Ufer umsäumt von Lupinen, Sumpfdotterblumen und sattlila Blut-Weiderich, dessen herzförmige Blätter Noa gerade vorsichtig abgezupft und um Davids Bauchnabel herumgruppiert hatte, um ein Foto davon zu machen. In ihre Mitte, in die winzige Mulde von Davids Bauchnabel, hatte sie eine Sumpfdotterblüte gelegt. Wie eine kleine Sonne hüpfte die Blüte auf und ab, bewegt von den Bauchmuskeln, weil David sich vor Lachen kaum beherrschen konnte. »Nun mach endlich«, flehte er Noa an, »das Zeug kitzelt wie die Hölle!«

»Sei nicht so zimperlich«, rügte Noa ihn streng, während sie vor ihm kniete, in ihrem olivgrünen Bikini mit dem schmalen schwarzen Gürtelstreifen, den Oberkörper vorgebeugt und diesmal mit ihrer eigenen Kamera in der Hand. Davids Körper, seine samtige, gebräunte Haut, die schlanke Statur mit den sehnigen Muskeln und der länglichen Narbe am Schlüsselbein, hatte sie ebenso verstohlen gemustert, wie sie den ihren preisgegeben hatte: die hervorstechenden Beckenknochen, die schmalen Hüften, den spärlichen Busen unter dem olivfarbenen Bikinioberteil. Aber jetzt war alle Scheu verschwunden. Es fühlte sich an, als wären sie schon immer hier, schon immer zusammen gewesen.

Kichernd zögerte Noa das Scharfstellen des Teleobjektivs hinaus, spielte daran, drehte es ein Stück nach rechts, dann wieder nach links, bis David ihr in die Seite zwickte. »Schieß jetzt oder ich sterbe!«

Noa musste lachen, es war ein mächtiges, mitreißendes Gefühl, das tief aus ihrem Inneren kam und das sie beinahe vergessen hatte. Erstaunt stellte sie fest, wie kraftvoll Freude sein konnte. Die Kamera wackelte in ihren Händen, weil sie so lachen musste, die Bilder wurden unscharf, aber das machte nichts. Nichts machte etwas, alles war herrlich, die Welt duftete, strahlte, blühte und sie war weit, unendlich weit und wunderbar.

Noa ließ die Kamera sinken, hockte sich neben David ins Gras und kitzelte ihn, bis die Herzblätter von seinem Bauch auf die Erde hüpften.

»Du willst Ärger, stimmt's?« David packte ihre Hand und ignorierte ihr Kreischen, das weit über den menschenleeren See hallte. Er zog sie mit sich hoch, nahm sie auf den Arm und trug sie wie eine strampelnde Puppe zum Ufer und weiter, in den See hinein, der köstlich kalt war.

Auf dem glitschigen Boden rutschte er aus und im nächsten Moment lagen sie beide im Wasser. Noa tauchte unter, kam prustend wieder an die Oberfläche, spritzte David nass, schimpfte und lachte in einem Atemzug. Tropfen flogen schillernd in die Luft und in Davids gespielte Hilferufe mischte sich das *Gröck-Gröck-Orrr* eines Haubentauchers, der am anderen Ende des Sees aus dem Wasser emporkam.

»Ich hab was im Auge«, stöhnte David. »Hilf mir, ich hab was im Auge, es tut weh!«

Erschrocken schwamm Noa zu ihm, untersuchte sein Auge, da schossen seine Hände hervor. Grinsend umfasste er ihre Schultern, zog sie mit sich unter Wasser, wo er sie küsste, eine kleine Ewigkeit lang, bis sie keine Luft mehr bekam und sich freistrampeln musste.

»Du mieser Schuft«, japste sie, zurück an der Oberfläche. »Was fällt dir ein?«

»Was mir einfällt?« David tauchte unter und glitt an ihrem Körper wieder zu ihr auf, wobei seine Haut die ihre berührte. Glatt und kühl war sie jetzt und Noa fühlte wieder dieses leichte, elektrisierte Beben in ihrem Körper.

»Wenn ich dich sehe, fällt mir etwas sehr Wichtiges ein.«

»Und was?«

»Das willst du wirklich wissen?«

Noa nickte, aber ihr Herz schlug plötzlich schnell und hart, als hätte sie sich auf ein zu hohes Sprungbrett gewagt.

»Wenn ich dich sehe, fällt mir ein, dass das Leben ein Geschenk ist«, sagte David. Er sagte es leise und sein Gesicht wur-

de ernst. Neben seiner Schulter tauchte eine Libelle auf, ein schlankes, blau schillerndes Wesen, das seinen Kopf umschwirrte und gleich darauf wieder entschwand.
Noa wollte etwas antworten, aber David verschloss ihren Mund mit seinem Finger. Dann löste er sich von ihr und kraulte mit kräftigen Zügen dem anderen Ufer entgegen.
Als er wiederkam, lag Noa auf ihrem Handtuch. Die Sonne hatte ihre Haut innerhalb von Minuten getrocknet und Davids kühle, nasse Hand ließ sie zusammenzucken. Tropfen perlten aus seinem Haar auf ihre Schultern und hingen in seinen Wimpern, aber als seine Fingerspitzen den Strang ihres Bikinis berührten, machte sich etwas in Noa starr.
Sofort hielt David inne. »Ich lass dir Zeit«, flüsterte er in ihr Ohr. »Hab keine Angst, ich lass dir so viel Zeit, wie du brauchst.«
Noa nickte und hielt sich fest an Davids Hand. Die Tropfen, die jetzt an ihren Wangen herabliefen, waren salzig und warm.
»Wie ist Berlin?«, fragte David, nachdem sie eine ganze Weile geschwiegen hatten. Er lag jetzt neben Noa auf dem Rücken und hatte sich eine Zigarette angezündet.
»Groß«, erwiderte sie. »Berlin ist ein großes, stinkendes Monster. Aber es kann auch sehr schön sein.« Die Papiere fielen ihr ein, die Information über Universitäten, die sich David aus dem Internet ausgedruckt hatte. »Du willst studieren, stimmt's? Die Berliner Uni ist gut, ich könnte mir vorstellen –«
»Du kannst dir gar nichts vorstellen.«
Davids Stimme klang jetzt hart, so hart, als wäre das, was er vorhin im See gesagt hatte, aus einem anderen Mund, von einem anderen Menschen gekommen.
»Doch«, sagte sie sanft. »Doch, ich kann mir etwas vorstellen. Ich kann mir vorstellen, dass du glaubst, du kannst hier nicht weg. Weil du deine Mutter und deinen Bruder nicht alleine las-

sen kannst. Ich lebe dein Leben nicht, ich fühle nicht, was du fühlst, ich trage deine Verantwortung nicht. Aber das heißt nicht, dass ich mir nicht vorstellen kann, was dich daran hindert, deine Träume zu verwirklichen. Ich finde dich sehr tapfer, David. Ich denke nur, du solltest aufpassen, dass du nicht zu tapfer bist.«

»Oh vielen Dank«, sagte David ironisch. »Und was sind deine Träume? Willst du Seelenklempner werden?«

»Nein«, sagte Noa schlicht. »Ich möchte Fotografin werden. Ich möchte Fotografie studieren.«

»Herzlichen Glückwunsch. Und das Geld dazu kommt sicher von Mutti frisch auf den Tisch.«

»Ja«, sagte Noa. »Kat wird mich zum Glück unterstützen. Aber ich würde auch studieren, wenn sie das nicht täte.«

»Das freut mich für dich. Könnten wir jetzt bitte das Thema wechseln?«

Noa schwieg. Wie konnte es möglich sein, dass David auf der einen Seite so feinfühlig und zärtlich, so verständnisvoll war und auf der anderen so bitter, zynisch und verschlossen? Davids Vorschlag, das Thema zu wechseln, hatte sie beide verstummen lassen und die Stille am See war Noa plötzlich unangenehm. Sie wandte sich ab und ließ den Blick über das Ufer schweifen. Einer der Bäume, ein langer, dünner, der dicht am See stand, hatte einen ganz sonderbaren Ast. Eine schmale blutrote Linie musterte ihn. Wie eine Schlange wand sie sich um das dunkle Holz, und als Noa die Augen zusammenkniff, erkannte sie, dass die Schlangenlinie aus Blüten bestand. Dunkelrote Blüten, dicht an dicht. Noa fragte sich gerade, ob Robert auch hier am Werk gewesen war, als ein Geräusch sie auffahren ließ. Es war von hinten gekommen, David hatte es scheinbar auch gehört, aber als sie sich umdrehten, stoben nur ein paar Krähen in die Höhe und verschwanden im Himmels-

blau. Während David eine Zigarette nach der anderen rauchte, dachte Noa an Kat, an ihre Worte, wenn Gilbert sie auf ihre Affären ansprach, seine Fragen, warum sie feste Beziehungen so scheute. »Männer und Frauen passen aufeinander, nicht zueinander«, sagte Kat dann immer. »Mit einer Beziehung kauft man nur Probleme und davon hab ich allein schon genug.«
Irgendwann stand Noa auf und nahm ihre Kamera. »Ich mache einen Spaziergang«, sagte sie.
Sie fühlte, dass David ihr nachsah, und wünschte plötzlich, sie hätte ihr Handtuch mitgenommen.

Als Noa wiederkam, war David weg, mit all seinen Sachen. Auf ihrem Handtuch, beschwert mit einem herzförmigen Stein, lag ein beschriebenes Blatt Papier.
»Es tut mir Leid, Noa. Auch du musst Geduld mit mir haben. Kommst du heute Abend wieder mit ins Freiluftkino? Wir könnten ein Picknick machen. Dein David.«
Dein David, dachte Noa. Er hat »Dein David« geschrieben.
Sie presste den Zettel an ihre Brust und schloss die Augen. Für eine Weile lag sie da, schaute in den wolkenlosen tiefblauen Himmel, lauschte dem *Gröck-Gröck-Orrr* des Haubentauchers und beschloss vor dem Rückweg noch einmal im See zu baden. Sie fühlte sich wie der einzige Mensch auf der Welt, aber glücklich dabei – und als sie wiederkam und gegen das Sonnenlicht auf ihr Handtuch schaute, dachte sie im ersten Moment, David sei zurückgekehrt.
Aber der Junge, der auf ihrem Handtuch saß, war nicht David. Es war Dennis Kord, der Feuermelder.

ACHTZEHN

Thomas winselt, als Robert ihm das Taschenmesser an die Brust setzt. Sein Bruder strahlt wie ein Honigkuchenpferd. Obwohl er nur zwei Jahre jünger als Robert ist, sieht er noch aus wie ein Kind. »Wer meinem Bruder was antut, den mach ich fertig«, sagt Robert. Das glaube ich ihm. Aufs Wort.

Eliza, 5. August 1975

Ja, wen haben wir denn da?«

Der Feuermelder war aufgestanden, er trug Cordhosen und Springerstiefel, die er jetzt auf Noas sonnengelbem Handtuch abtrat, als sei es eine Fußmatte. Seine Nase war blau geschwollen, ein sicheres Zeichen der Prügel, die er von David bezogen hatte. Sein rotes Haar glänzte fettig im Sonnenlicht, er hatte es mit Gel zurückgeschmiert und ebenso schmierig war sein Blick, der jetzt an Noa herabglitt, langsam und abschätzend, als mustere er ein Stück Fleisch. In der einen Hand hielt er eine Dose Bier, in der anderen Noas Kamera.

»Hey Jungs, kommt mal kucken, dann könnt ihr die kleine Petze von nahem sehen. Ganz schön mager das Hühnchen, wenn ihr mich fragt.«

Hinter den Fichten tauchten die drei anderen Jungs auf, Dennis' Meute, die Noa nur als bedrohliche Hintergrundstatisten wahrnahm. Das war also das Geräusch von vorhin gewesen.

Von vorhin? Wie viel Zeit war vergangen? Wie lange hatten sie in ihrem Versteck gelauert und sie beobachtet?
Dumpf grinsend, standen die drei da, breitbeinig, alle in Springerstiefeln, die Hände in den Hosentaschen und die Blicke auf ihren Anführer gerichtet wie dressierte Kampfhunde, die auf das Zeichen ihres Herrchens warteten.
Aber der Feuermelder ließ sich Zeit. Er setzte die Dose Bier an die Lippen, leerte sie in einem Zug und zerquetschte sie in seiner Hand, bevor er sie auf Noas Handtuch warf. Dann rülpste er, laut und lange.
Zwei der Jungs grinsten, einer lachte.
Und der Feuermelder kam auf Noa zu. In seiner Hand schwenkte er die Kamera, hin und her. Noa stand wie festgenagelt am Boden, Füße und Hände kalt und klamm, ihr ganzer Körper ein einziges stummes Zittern.
»Ach je. Das magere Hühnchen kriegt Gänsehaut, Jungs, seht ihr das?« Der Feuermelder drehte sich zu den anderen um, wandte sich dann aber gleich wieder Noa zu, den Kopf in den bulligen Nacken werfend. »Hey, du Huhn, steh nicht so blöd da rum, mach mal 'ne Pose und sag *Cheese* für den lieben Onkel. Holla, die Waldfee, bin ich mal gespannt, was dein kleiner Prinz zu den Fotos sagen wird. Tz, tz, tz . . .«, der Feuermelder nahm die Kamera vom Gesicht, schürzte die blassen Lippen und fixierte Noa mit seinen fast wimpernlosen Augen. Der blaulila Bluterguss zog sich von der Nase bis zum linken Auge hinauf. »Da soll er man sehen, was er davon hat, wenn er sein kleines Prinzesschen ganz allein in der freien Wildbahn zurücklässt.«
Der Feuermelder kam noch ein paar Schritte näher und setzte die Kamera wieder ans Auge. »Na los, Püppchen, sag *Cheese*, wird's bald.«
Nichts wurde. Noa öffnete den Mund, um zu schreien, aber al-

les, was herauskam, war ein heiseres Krächzen, und während ihre Füße immer mehr mit dem Boden zu verwachsen schienen, zitterten ihre Beine, als wollten sie wegbrechen. Sie schwankte.

Die Kamera klackte, einmal, zweimal, dreimal, dann hielt Dennis sie nach hinten, ohne den Blick dabei von Noa abzuwenden. »So wird das nichts. Ich glaube, wir machen das anders. Mücke, du darfst knipsen, ich bring das Hühnchen mal ein bisschen zum Flattern.«

Der Junge, den der Feuermelder Mücke genannt hatte, löste sich aus der Reihe und griff nach der Kamera. Er sah nicht aus wie eine Mücke, er war groß und schlaksig und hatte mit seinen viel zu langen Armen eher etwas Affenartiges.

Weglaufen, dachte Noa, als der Junge die Kamera ans Gesicht setzte und der Feuermelder immer näher auf sie zukam. Ich muss weglaufen. Aber sie konnte nicht. Sie stand nur da, bis der Feuermelder so dicht vor ihr war, dass sie seinen Bieratem riechen konnte. Da schob sich plötzlich ein anderes Gesicht vor das seine und in Noa stieg eine wilde, verzweifelte Wut auf. Ohne zu denken und mit aller Kraft, trat sie ihm zwischen die Beine.

Der Feuermelder fiel zu Boden, stöhnend und schreiend lag er da, aber als Noa endlich loslaufen konnte, packte er sie bei den Fesseln und zerrte sie zu sich herab. Mit einem Satz war er über ihr. Seine klobigen Knie pressten sich auf ihre Oberarme, während seine Hände ihre Gelenke umschlossen. Wie Schraubstöcke zog sich sein Griff zusammen. Noa spürte, wie alles Blut aus ihren Händen wich, wie ihre Finger starr und taub wurden.

Was die anderen Jungs taten, konnte sie nicht sehen, aber sie spürte, dass jetzt von hinten jemand an sie herantrat. Dennis' Mund klappte auf.

»Lass sie los!«

Die leisen Worte, schneidend scharf wie eine Rasierklinge, drangen in Noas Ohr, während der Feuermelder noch immer mit aufgeklapptem Mund nach oben glotzte, ohne sich zu rühren und ohne den Griff zu lockern.

»Lass sie los!«

Es war Robert. Er kam um Noa herum, ließ den mit roten Blüten gefüllten Korb in seiner Hand fallen, packte den Feuermelder an den Haaren und zerrte ihn von ihr weg. »Mach, dass du verschwindest, bevor ich mich vergesse.«

»Ach ja?« Dennis' Stimme klang trotzig, aber dahinter schwang die Angst. »Und was passiert, wenn du dich vergisst? Zückst du dann dein Messer so wie bei meinem Vater damals oder bringst du mich um wie ...«

Weiter kam er nicht. Robert holte zu einem Schlag aus, aber der Feuermelder riss sich von ihm los, schreiend, weil ein Büschel seiner Haare in Roberts Hand geblieben war. Mit einem Satz war er auf den Beinen, stürzte zu den anderen, die ebenfalls im Begriff waren, wegzulaufen, und schrie ihm zu: »Ich sag's meinem Vater, der bringt dich in den Knast, wo du hingehörst.«

Dann lief er weg, gefolgt von den anderen.

Noa hatte sich aufgesetzt. Als sich Robert über sie beugte, wurde das Zittern in ihr so stark, dass sie die Zähne aufeinander schlug. Die Schritte hörte sie gar nicht. Nur Davids Stimme, kein Wort, eher ein Fauchen. Er wollte auf Robert losgehen, aber Noa schrie ihn an: »Er war's nicht. Lass ihn los, er war's nicht. Dennis, es war Dennis. Robert hat mir geholfen.«

David ließ die Hände sinken und Robert stand auf. Das Lächeln auf seinem Gesicht hatte etwas unendlich Trauriges. »Also dann, vielleicht bis heute Abend«, sagte er zu Noa. Dann hob er seinen Korb vom Boden auf und ging. Die roten Blüten

ließ er liegen, einige hatte bereits der Wind in verschiedene Richtungen geweht.
Noa war viel zu aufgelöst, um seine Worte richtig einzuordnen. David drückte sie an sich. »Ich bin zu spät gekommen«, flüsterte er. »Ich hatte dieses Gefühl, deshalb bin ich umgekehrt. Aber ich bin zu spät gekommen. Was hat er dir getan, Noa? Was hat das Schwein dir angetan?«
Da waren sie wieder, die Bilder. Nicht die von eben, nicht der Feuermelder trat vor ihr inneres Auge. Heiko war es. Wie vorhin tauchte sein Gesicht auf, erst verschwommen und dann immer schärfer, wie ein Bild, das sich langsam entwickelt, und Noa hatte ein Gefühl, als ob in ihr eine Schranke aufbrach, die einen lange aufgestauten Strom freigab. Heute Vormittag im See mit David war es die Freude gewesen, die aus ihr herausgeschossen war, und nun war es das Gegenteil. Noa schlug die Hände vors Gesicht, wie um sich zu schützen, aber der Film lief wieder in ihr ab und sie sank nach unten, David mit sich ziehend.
»Es war mein fünfzehnter Geburtstag«, hörte sie sich sagen. »Svenja und Nadine hatten mir die Party aufgeschwatzt, obwohl ich eigentlich nicht feiern wollte. Aber Kat bot mir sofort die Garage an, nur ins Haus sollte ich niemanden lassen. Sie selbst war an dem Abend weg, auf irgendeiner Preisverleihung. Ich hatte zwanzig Leute eingeladen, aber irgendwann waren wir fünfzig und viele, die kamen, kannte ich nicht mal. Sie brachten Alkohol mit, jede Menge. Svenja und Nadine waren schon um neun total betrunken, auch Heiko, auch ich, wenn auch am wenigsten von allen. Wir haben getanzt, stundenlang, die Tanzfläche war winzig, ich stand in der Mitte, umringt von den anderen, Nadine hatte Rotlicht angebracht, es flackerte mir wie blöd in den Augen und irgendwann kam Heiko immer näher auf mich zu, nahm mich in den Arm, küsste mich und zog

mich dann nach oben, in mein Zimmer. Wir waren schon seit ein paar Monaten zusammen, ich war furchtbar in ihn verliebt, aber ich wollte nicht mit ihm schlafen, ich war einfach noch nicht bereit dazu. Heiko war älter als ich, achtzehn, und jedes Mal, wenn ich ihn abwehrte, wirkte er genervt. Ich hatte furchtbare Angst, ihn zu verlieren, jedes Mal. An diesem Abend war es am schlimmsten. Am liebsten hätte ich ihn nur geküsst, mich von ihm streicheln lassen, aber seine Hände wurde immer ungeduldiger, sein ganzer Körper wurde fordernder, grober. Er flüsterte mir ins Ohr, er sei mein Geburtstagsgeschenk, heute würde er sich nicht abweisen lassen – und als er mich ansah, machte mir plötzlich etwas ganz anderes Angst. Da war etwas in seinen Augen, er kam mir vor wie ein Tier auf Jagd. Natürlich, ich hätte mich wehren können, wahrscheinlich hätte schon ein lautes *Nein* genügt. Schließlich war er ja kein Tier, er war Heiko – aber ich war plötzlich nicht mehr ich. Innerlich habe ich geschrien, aber äußerlich war ich wie eine Puppe, still und stumm. Ich glaube, das ist immer noch das Schlimmste, dass ich stumm geblieben bin. Dafür habe ich mich so geschämt. Ich hab ihn einfach machen lassen, als sei ich nicht dabei. Es hat zwei Minuten und dreizehn Sekunden gedauert. Ich weiß es, weil ich den Kopf zur Seite gedreht und die ganze Zeit auf meinen Wecker gestarrt habe. Es war ein Mickymauswecker, auf dem Sekundenzeiger saß Mini, die Maus mit dem rot gepunkteten Kleid. Ich bin ihrem Ritt über die Zahlen gefolgt und dabei hab ich gedacht, wie schön es sein muss, fliegen zu können.
Als Heiko fertig war, ist er aufgestanden und hat »Herzlichen Glückwunsch« gesagt. Dann ist er runtergegangen. Ich habe die Tür abgeschlossen und mich unter meiner Decke verkrochen. Svenja kam, bollerte an die Tür, dann kam Nadine, aber ich habe mich tot gestellt, bis sie wieder gingen. Dann habe ich Kat angerufen, ich habe ihr nicht gesagt, was passiert war, ich

wollte einfach nur, dass sie kommt. Aber sie sagte, sie könne jetzt nicht weg, ich solle Gilbert anrufen. Er kam sofort, hat alle rausgeschmissen und sich an mein Bett gesetzt, bis ich einschlief. Zwei Monate später war Heiko mit meiner Freundin Nadine zusammen. Ich habe ihr nie erzählt, was passiert war, sie dachte, ich hätte mit Heiko Schluss gemacht, weil ich nicht mehr in ihn verliebt war. Was im Grunde ja auch stimmte. Ich habe nicht mal Gilbert davon erzählt. Ich dachte, es verschwindet, wenn man nicht darüber spricht. Ich weiß jetzt, dass das nicht so ist. Dass man nichts totschweigen kann.«

Als Noa zu sprechen aufhörte, war alles in ihr still. Es fühlte sich an, als sei der Strom in ihr in einen See gemündet, der so ruhig und spiegelglatt war wie der See, an dem sie saßen.

David hielt sie im Arm. Mehr tat er nicht, er hielt sie einfach nur im Arm und war da.

Als die Sonne hinter den Fichten verschwand, machten sie sich auf den Heimweg, und erst als sich Noa vor ihrem Haus von David verabschiedete, fielen ihr Roberts Worte wieder ein.

NEUNZEHN

Robert zeigt mir seine Bilder, sie sind anders. Sie sind aggressiv. Er fragt mich, was ich darin sehe, und ich sage: »Dich.« Da küsst er mich, heftig, fast verzweifelt, er hält sich an mir fest, als wäre sein Leben ein Sumpf und ich der Strohhalm.
Eliza, 7. August 1975

Kat stieg gerade aus dem Komposthaufen, als Noa in den Garten kam. Ihr Vorhaben, sich bis zum Grund durchzuarbeiten, schien Kat tatsächlich wörtlich gemeint zu haben. Der Erdhügel neben dem Kompost war beachtlich gewachsen, auch wenn die Erde von Wurzeln und uraltem Abfall durchsetzt war. Es musste eine Heidenarbeit sein, aber was Kat sich vornahm, das führte sie zu Ende, ganz egal, wie sinnlos es anderen oft erschien. Kats Fingernägel starrten vor Schmutz, ihre Hände waren schwielig von der Arbeit, aber ihr Gesicht glühte. »Na endlich, ich dachte schon, du kommst nicht mehr. Wir sind zum Essen verabredet, ich habe ganz vergessen dir Bescheid zu sagen.«

»*Wir* sind zum Essen verabredet? Mit wem denn das?« Noa runzelte die Stirn.

»Mit Robert.« Kat rieb sich die Hände an ihrer Latzhose ab. »Ich habe ihn doch gestern getroffen, da hat er uns eingeladen – oder vielmehr . . .« Kat lachte. »Ich habe uns bei ihm eingeladen, nachdem er mir erzählt hat, dass er gerne kocht. Um acht sollen wir da sein, Gilbert kommt auch mit, also sei ein Schatz und mach dich fertig.«

Noa starrte Kat an und wusste nicht, was sie sagen sollte. Sie hasste es, so überfallartig von ihrer Mutter verplant zu werden, und sie hatte nicht die geringste Lust, ihren Abend mit diesem Mann zu verbringen – auch wenn er sie heute am See gerettet hatte.

Vielleicht bis heute Abend. So hatte Robert seine Worte vorhin also gemeint.

Kat sah sie abwartend an und Noa gab seufzend nach. Wenigstens war diese Einladung eine Möglichkeit, etwas mehr über Eliza herauszufinden – und über Roberts Verhältnis zu ihr.

Das Schlimme war, dass Robert ihr sympathisch war.

Schon als Noa ihn das erste Mal gesehen hatte, im Baumarkt mit David, hatte etwas an ihm sie angezogen. Es war seine schweigsame Art, die tiefe Ruhe, die er ausstrahlte. Aber was verbarg sich dahinter? Etwas Dunkles, Gefährliches? Etwas Liebevolles? Auf jeden Fall etwas Tiefgründiges.

Noa suchte seinen Blick, als Robert ihr, Kat und Gilbert die Tür zu seinem Mühlenhaus öffnete. Danke, sagte sie im Stillen und Robert verstand es, das spürte sie. Sein Gesicht erschien ihr pötzlich fremd und vertraut zugleich. Zu seinen verwaschenen Jeans trug er ein olivfarbenes Cordhemd, dessen obere Knöpfe offen standen und schwarze Brusthaare zum Vorschein kommen ließen. Er wirkte groß, obwohl er klein war, kaum größer als Kat, die Noa plötzlich ungewohnt nervös vorkam.

Ihre roten Haare hatte sie mit einem afrikanischen Tuch hochgebunden, sie trug weite weiße Leinenhosen, ein zu enges Trägerhemd, darüber eine grüne Samtweste und in ihren Händen hielt sie einen Sommerstrauß, den sie am Nachmittag auf der Wiese gepflückt hatte.

»Hier«, sagte sie. »Hier, für dich, ich hoffe, du magst frisches Wiesenunkraut. Können wir reinkommen? Noa, meine Tochter, kennst du ja, und das ist Gilbert, mein schwuler Freund.«
»Danke für die Klärung der Verhältnisse«, knurrte Gilbert beleidigt und schüttelte Robert die Hand. »Es freut mich sehr, Sie kennen zu lernen. Kat hat Ihnen sicher schon erzählt, dass ich Ihren Bildband einen ganzen Monat lang im Fenster meiner Buchhandlung stehen hatte?«
Wenn Kats unverblümte Bemerkung über Gilbert Robert irritiert hatte, zeigte er es nicht. Er beantwortete Gilberts Frage mit einem Kopfnicken und ließ sie eintreten.
Das untere Geschoss, ein einziger, riesiger Raum mit einem Erker am hinteren Ende, schien Atelier und Wohnraum in einem zu sein.
In seiner Mitte stand ein gut vier Meter langer Esstisch aus dunkelbraunem Holz, gedeckt mit weißen Tellern, schlicht, aber teuer, wie man sie in einem guten Restaurant finden würde. In einer Ecke gab es eine Matratze mit großen Kissen und dicken weißen Kerzen auf abgeschlagenen Baumstümpfen, und das Atelier im Erker war ein wüstes Durcheinander aus Leinwänden, Farbtiegeln, Pinseln und Werkzeugen. Überall an den Wänden lehnten Bilder, die meisten waren abstrakte Zeichnungen in aggressiven Farben, aber es gab auch Fotos von Arbeiten, die Robert in der Natur gemacht hatte. Skulpturen aus Blättern, Zweigen, Steinen und Erde. Auch die Fotos von dem umgerissenen Baum im Wald und dem mit Blüten verzierten Ast vom Seeufer entdeckte Noa und fing Roberts Lächeln auf, als sie ihren Blick von den Fotos löste.
Am Fuß der Holztreppe, die vom Erdgeschoss aus nach oben führte, stand ein Klavier und aus den in die Wand eingebauten Boxen drang Musik von Chopin.

»Setzt euch«, sagte Robert. »Ich verschwinde noch mal kurz in die Küche.«

Es gab Reh.

Noa bekam keinen Bissen herunter. Immerzu musste sie an das Tier denken, das Kat an ihrem ersten Abend überfahren hatte, an die schmale Blutspur, die aus seinen Hinterkopf auf das Pflaster geronnen war. In Gilberts Augen las sie, dass er an dasselbe dachte und nur zu höflich war, um das Essen abzulehnen.

Kat aß für drei, ließ sich von Robert gerade das vierte Glas Rotwein einschenken und war dabei unaufhörlich in Bewegung mit ihren Händen, die mit dem Besteck klapperten, sich das afrikanische Wolltuch aus der Stirn rückten, über Gilberts Edelhemd fuhren, das Glas zum Mund führten oder beim – ebenfalls unaufhörlichen – Reden in der Luft gestikulierten. Es war wie immer kein Raum für irgendetwas anderes außer für Kat. Gerade war sie bei ihrer Lieblingsgeschichte angelangt, der Geschichte mit dem Achseltoupet. Noa konnte sie nachbeten, so oft hatte Kat sie schon erzählt, aber sie tat es immer wieder mit demselben Eifer, wie eine Theaterschauspielerin, die Abend für Abend dieselbe Rolle spielt, nur vor neuem Publikum.

»Vor Drehbeginn«, sagte sie gerade, »rief mich jedenfalls die Visagistin an und fragte mich nach der Farbe meiner Achselhaare. Rot sagte ich, wenn ich Achselhaare hätte, wären sie rot, aber ich habe keine, ich trage Glatze unterm Arm, ich bin ja nicht Julia Roberts, die laut Presse auf ihre Büschel stehen soll, ich rasiere mich. Und die Visagistin meinte, deshalb riefe sie ja an. Schließlich spiele der Film in den Siebzigern, wo sich Frauen eben nicht rasierten, und da in der nächsten Woche die Dreharbeiten begännen, müsste sie mir eine Perücke besorgen, damit ich eine authentische Leiche abgebe. Ich wurde in einem Whirlpool ermordet und musste eine Weile drin liegen, bis mich jemand fand. So weit, so gut: Das Toupet passte, die Szene war nach drei Anläufen im Kasten, aber dann beim Schnitt fragte der Cutter plötzlich: Was schwimmt denn da für ein Haarbüschel im Whirlpool rum? Dreimal dürft ihr raten – mein Achseltoupet! Das Teil hatte sich von meiner linken Achsel gelöst und schipperte auf der Whirlpool-Oberfläche.«

Kat kicherte, nippte an ihrem Rotwein und blickte zu Robert auf, der sein Glas in den Händen wiegte und sie ansah, mit seinen schwarzen, eng beieinander stehenden Augen und diesem seltsamen Ausdruck darin, der alles und nichts sagte. Er lachte nicht über ihre Geschichte, lächelte nicht mal, was Kat noch nervöser machte, da Robert auf eine Weise bei ihr war, die sie nicht gewohnt zu sein schien. Es war, als ob er versuchte ihr Wesen hinter den Worten abzutasten und dabei in Gefilde drang, in denen Kat ihrer selbst nicht mehr Herr war.

Noa war gewohnt, dass Kat sich in den Mittelpunkt stellte, ungeachtet anderer Bedürfnisse, aber diese angespannte Nervosität bei ihr kannte sie nicht, sie war völlig untypisch für Kat, die Noa plötzlich vorkam wie ein Schulmädchen. War es das, was Kat an Robert faszinierte? Dass er ihr Spaßkanonengehabe an sich abprallen ließ, ihr nicht den Hof machte, wie all die anderen?

Während Roberts Blick noch immer auf ihrem Gesicht ruhte, zupfte Kat an ihrem Hemd herum, Noa sah, wie ihre Hände zitterten, und spürte, wie ihre Mutter in sich nach neuen Worten angelte, aber keine fand.

»Können Sie uns etwas über Ihre Bilder erzählen?« Wieder einmal war es Gilbert, der die Situation rettete, sicher auch aus einem eigenen Wunsch heraus, etwas über den Maler zu erfahren. »Ihr Bildband war ja geradezu überraschend wortlos. Warum gibt es keine Erläuterungen zu den Bildern, warum findet man nichts über Sie oder Ihre Arbeitsweise darin?«

Robert rückte seinen Stuhl zur Seite und gab den Blick auf ein Bild frei, das hinter ihm an der Wand lehnte. Eine zwei mal zwei Meter große, ungerahmte Leinwand, auf der eine wüste Farbschlacht zu sehen war. Es sah aus, als hätte jemand mit einem roten Tapezierpinsel die Leinwand bespritzt, in mehreren übereinander liegenden Schichten. Dazwischen zogen sich wie schmale Spuren schwarze unwillkürliche Linien und einige Stellen waren mit einem scharfen Gegenstand wieder freigekratzt worden.

»Was siehst du?«, fragte er Gilbert.

»Eine Hölle«, sagte Gilbert.

»Und du?« Robert wandte sich an Kat.

»Leidenschaft«, sagte Kat.

»Noa. Was siehst du?«

Noa sah dem Maler in die Augen. »Vielleicht einen Mord?«

Robert erwiderte ihren Blick, aber in seinem Gesicht regte sich nichts.

»Das ist das Spannende an Kunst«, entgegnete er und in seine Mundwinkel stahl sich der Hauch eines Lächelns. »Was der Betrachter darin sieht, nicht, was der Künstler damit bezweckt. Vielleicht gibst du mir darin Recht, Noa? Ich habe gesehen, dass du fotografierst. Auch das ist Kunst. Kein Foto zeigt die Welt, wie sie ist. Die Kamera ist die Verlängerung des Auges – nichts als ein Augenblick und damit immer subjektiv. Nimm einen Baum; der eine fotografiert ihn in der Gruppe, zusammen mit anderen. Der Nächste fotografiert ihn im Ausschnitt, vielleicht einen abgebrochenen Ast oder die Zweige, zwischen denen eine Spinne ihr Netz gespannt hat, der Dritte konzentriert sich auf das in die Rinde eingeschnitzte Herz, der Vierte sieht die Wurzeln, der Fünfte legt sich auf den Boden, um die

Krone zu zeigen. Und was die Betrachter anschließend darin sehen, das sind wieder neue Geschichten, oder nicht?«

Noa biss sich auf die Lippen und fixierte den Maler. Das war eine lange Rede für einen schweigsamen Menschen gewesen, aber eine wirkliche Antwort hatte Robert ihr nicht gegeben. Was ist deine Geschichte?, fragte sie Robert lautlos. Was war dein Augenblick, in dem du Eliza fotografiert hast, auf dem Dachboden unseres Hauses, in ihrem seltsamen Gewand, vor dem Abgrund stehend?

»Hast du nur abstrakte Bilder?«, kam es jetzt laut von Gilbert, der jetzt ebenfalls ins Du verfallen war. »Oder machst du auch . . .«

»Nein«, erwiderte Robert. »Ich mache nur abstrakte Kunst.«

»Und das hier?« Kat war aufgestanden und nach hinten gegangen, wo die bemalten Leinwandflächen wüst durcheinander standen. Sie hatte mehrere Bilder nach vorne geklappt und betrachtete jetzt eins, auf dem Noa nur den Umriss einer nackten Schulter sah. Eine nackte Schulter und pechschwarzes Haar.

»Das ist Privatsache. Lass die Finger davon, Kat.«

Roberts Worte klangen gefährlich scharf und Kat fuhr zusammen. Wie ein scheues Mädchen sah sie ihn an. Dann lächelte sie. »Seht ihr? Das mag ich an ihm. Du bist unberechenbar, Robert, habe ich Recht?«

Auch Noa war aufgestanden, aber Robert kam ihr zuvor. Er winkte Kat aus dem Erker heraus und zog eine Schiebetür aus der Wand, die das Atelier vom Wohnraum trennte.

»Mag jemand Dessert?«, fragte er, als er wieder vor dem Esstisch stand.

Kat nickte, lächelte und rückte ihr afrikanisches Tuch hin und her, bis es völlig schief über ihrer Stirn hing.

Gilbert schob seinen Teller zur Seite. »Gern. Für Dessert bin ich immer zu haben.«

»Ich möchte gehen«, sagte Noa.
Robert brachte sie zur Tür.
»Das Bild«, sagte Noa. »War das Eliza?«
Der Ausdruck in Roberts Gesicht nahm eine geradezu schneidende Schärfe an. »Ich habe gesagt, das Bild ist meine Privatsache. Und ich möchte dich warnen. Lass deine Finger von Geschichten, die dich nichts angehen.«
»Eliza ist in unserem Ferienhaus gestorben«, sagte Noa ruhig. »Sie wurde ermordet, auf unserem Dachboden. Ich würde sehr wohl sagen, dass mich das etwas angeht.«
Roberts Gesicht kam ganz nah, seine Augen wurden schwarz wie Tinte. »Woher weißt du das?«
Noa holte tief Luft. »Von Eliza. Sie hat es uns erzählt.«
Mit diesen Worten schob sie sich an Robert vorbei aus der Tür.

ZWANZIG

Dumbo. So nenne ich ihn – im Stillen, obwohl von den Dorftrotteln eh niemand weiß, was das bedeutet. Bis jetzt habe ich ihn ignoriert, aber seit mein Vater ihn ins Haus eingeladen hat, ist daran kein Denken mehr. Der kleine Spanner spioniert mir ständig hinterher, ich glaube, dass er in mich verliebt ist. Gestern habe ich ihn an der Truhe mit meinem Juwel erwischt. Seitdem trage ich den Schlüssel wieder um den Hals. Er soll nichts wissen von Robert und mir, niemand soll etwas wissen – so lange, bis ich es entscheide.

Eliza, 9. August 1975

Der Mond war so hell, dass man in seinem Licht hätte Zeitung lesen können. Er stand genau über der Kneipe, sein gelber Schein fiel auf David, der auf dem Dach saß, wie am ersten Abend.

Leise Musik drang nach unten.

»Wo warst du?«, raunte David zu Noa herab. »Ich dachte, wir wären verabredet.«

»Komm«, rief sie zurück und dämpfte ihre Stimme, als im oberen Stockwerk ein Licht anging. »Komm zum Haus, ich muss dir was sagen.«

»Du hast ihm von dem Spiel erzählt?« David setzte sich zu Noa an den Tisch. Sie hatten kein Licht im Zimmer gemacht, nur eine Kerze angezündet. Vor ihnen lag das Geisterspiel und durch das offene Fenster drang das Zirpen einer Grille. Hitchcock thronte auf einem der gepolsterten Sessel, die Kat vom Dachboden ins Wohnzimmer getragen hatte. Das Hirschgeweih hatte sie in ihrem Schlafzimmer neben der Tür angebracht und ihre Tücher darüber gehängt. Gilbert hatte sich den alten Sekretär nach unten geholt, um seine Buddhafiguren darauf zu platzieren, und auf dem Bücherschrank diente eine der Porzellankannen als Blumenvase.

»Nein, von dem Geisterspiel habe ich nichts erwähnt«, gab Noa David zur Antwort. »Ich habe nur gesagt, Eliza hätte uns von dem Mord erzählt. Wie, davon habe ich nichts gesagt.«

»Ich weiß nicht«, murmelte David und fuhr mit seinem Finger über die Buchstaben auf der äußeren Kreismitte. »Ich weiß nicht, ob das eine gute Idee war. Egal jetzt, wollen wir?«

Noa nickte. Sie legten ihre Fingerspitzen auf das Glas und Noa hob zu einer Frage an, als sie plötzlich innehielt. »David, hast du das gehört?«

»Was?«

Noa legte den Finger an die Lippen, neigte den Kopf, lauschte mit angehaltenem Atem. Da war es wieder, das Geräusch über ihnen. Das Geräusch von Schritten, suchenden Schritten. David hörte es scheinbar auch. Ein verstörtes Grinsen huschte über sein Gesicht und seine Stimme klang brüchig, als er die Hände hob. »Ich bin's nicht.«

»Ist uns jemand gefolgt?«, fragte Noa. »Als wir herkamen, hast du jemanden gesehen?«

David schüttelte den Kopf. Pancake schob sich durch die Tür. Schnurrend rieb sie ihren dicken, pelzigen Körper an Noas nacktem Bein.

»Bist du sicher, dass Kat und Gilbert noch bei Robert sind?«, fragte David.
»Ja, ganz sicher. Sie wollten noch Dessert essen und ich war doch kaum zwei Minuten bei dir, vor uns können sie gar nicht hergekommen sein. Und vorhin auf dem Dach? Hast du da jemanden gesehen? Jemand, der auf der Straße vorbeiging?«
»Nein. Aber ich saß auch noch nicht lange dort. Komm.« Er wollte schon aufstehen. »Komm, wir sehen nach.«
»Nein. Warte.« Noa hielt ihn zurück, griff nach seiner Hand, legte sie wieder auf das Glas und ihre Finger daneben.
»Eliza«, flüsterte sie atemlos. »Bitte, sag uns, wer es ist. Wer ist da oben? Dein Mörder?«
Erst später fiel Noa ein, dass sie zwei Fragen auf einmal gestellt hatte. Auch David schien es nicht bemerkt zu haben. Sein Blick war wie fest gesogen an dem Glas, das sich in Bewegung setzte, zu wandern begann, während über ihnen auf dem Dachboden die Schritte wanderten, langsam, suchend, auf und ab.
Das Glas glitt zum *D*. Dann zum *U*. Zum *M*, zum *B*, zum *O*.
»Dumbo?« David starrte Noa an. »Hat sie das gesagt, Dumbo?«
Aber das Glas glitt schon weiter.
ER SUCHT MEIN JUWEL
ABER ER WIRD ES NICHT FINDEN
ER HAT ES SCHON UND WEISS ES NICHT
Dann verharrte das Glas, bewegte sich nicht mehr. Pancake sprang auf Noas Schoß, maunzte leise, dann hob sie den Kopf, als lausche sie. Da waren sie wieder, die Schritte über ihnen.
»Wer ist Dumbo, David?« Noas Stimme war kaum mehr als ein Flüstern.
»Zum Teufel, ich habe keine Ahnung, aber ich werde es herausfinden. Verdammt, ich habe langsam genug von diesem Katz-und-Maus-Spiel.«

David sah sich im Zimmer um, griff nach einer vollen Rotweinflasche und stürzte in den Flur. Die Dachbodentür war verschlossen, aber David drehte den Schlüssel nicht um. Er lächelte, es war ein Lächeln, in das sich auch Angst mischte. »Wir kriegen ihn«, sagte er. »Wir gehen hinten rum, los, komm schon.«

Aber sie waren zu spät.

Als sie aus der Haustür liefen, hörten sie gerade noch, wie das Scheunentor zuschlug. Der Mond war hinter einer Wolke verschwunden. Es war zu dunkel, um die Gestalt zu erkennen, die sich in der Schwärze der Nacht auflöste. Und es war zu spät, ihr zu folgen.

»Bleib bei mir«, flüsterte Noa David zu. »Bleib bei mir heute Nacht.«

David schlief im Wohnzimmer. Er hatte sich die Sofamatratzen aus Noas Zimmer geholt und sich daraus auf dem Boden ein Bett gemacht. Einmal stand Noa auf, um an die Tür zu schleichen. Sie hörte seinen Atem, ruhig und gleichmäßig, aber sie widerstand dem Wunsch, sich zu ihm zu legen. Spät in der Nacht ging die Haustür auf. Pancake sprang vom Bett, tapste nach draußen. Noa hörte Schritte im Flur, dann das Zuschlagen von Gilberts Zimmertür.

Schritte auf der Treppe hörte sie nicht.

Kat war bei Robert geblieben.

EINUNDZWANZIG

Auf dem Dorffest sagt mein Vater zu Dumbo, einen Jungen wie ihn hätte er gerne zum Sohn. Ich stehe neben ihm, als er das sagt und dabei Dumbo diesen väterlichen Blick zuwirft, der bei Robert nicht gezogen hat. In diesem Moment hasse ich ihn bis aufs Blut. Aber Dumbo vergöttert ihn. Er sieht nicht, für wen er herhalten muss und was für einen jämmerlichen Ersatz er dabei abgibt. Mein Vater sagt, ich soll gefälligst nett zu ihm sein. Den Gefallen werde ich ihm tun – auf meine Weise.

Eliza, 12. August 1975

Kats Lachen kam von draußen.

Es kam von draußen und es klang anders. Weich und warm, ein wenig scheu und erfüllt von einem Gefühl, das Noa an ihrer Mutter fremd war.

»Komm rein«, hörte Noa sie sagen. »Komm mit rein und sieh, was wir aus dem Haus gemacht haben.«

»Nein, Kat.« Das war Roberts Stimme und sein Tonfall klang, als habe sie ihn nicht zum ersten Mal gebeten, mit ins Haus zu kommen.

Als Noa ans Fenster trat, sah sie die beiden. Sie standen vor dem Gartentor, Arm in Arm. Kats rote Haare, die ihr in wilden

Locken über die Schulter fielen, sahen im Licht der Morgensonne aus, als stünden sie unter Feuer. »Warum nicht?«, kam es bohrend von Kat. »Was ist mit dir, warum kuckst du so? Was ist das für ein Blick?«

Kat nahm Roberts Gesicht zwischen ihre Hände, fast wie David das ihre berührt hatte, als sie im Flur vor seiner Küche standen. Sie hat sich verliebt, dachte Noa. Meine Mutter hat sich in Robert verliebt.

»Ich muss gehen, Kat.« Robert befreite sich aus Kats Umarmung und Kat senkte den Kopf. »Ich bin das nicht gewöhnt, Robert. Ich bin dieses Gefühl nicht gewöhnt, es macht mir Angst. Du machst mir Angst, weißt du das? Warum ziehst du dich so zurück? Und wenn du schon nicht mit ins Haus willst, warum kommst du nicht wenigstens mit uns auf das Fest heute Abend?«

»Auf das Fest.« Roberts Stimme klang noch dunkler als sonst. »Was soll ich auf diesem Fest?«

»Mit mir tanzen, zum Beispiel.« Kat lachte wieder, dann hob sie theatralisch die Hände, als hielte sie Kastagnetten darin und machte eine kreisende Bewegung mit den Hüften. »Komm schon, ich war noch nie auf einem Dorffest, ich möchte das einfach mal erleben.«

»Dann erlebe es, aber ohne mich. Ich bin nicht der Typ für so was.«

»Und für was bist du der Typ?« Kats Stimme klang gekränkt.

An Stelle einer Antwort drehte Robert sich von ihr weg und Kat rief ihm mit einer hässlichen Stimme hinterher: »Dann hau doch ab und verkriech dich in deiner Mühle, du Idiot. Von mir aus kannst du in deiner gottverdammten Vergangenheit ersticken, um die du ein solches Riesengeheimnis machst!«

Hastig trat Noa vom Fenster weg, das Herz klopfte ihr bis zum Hals. So hatte sie Kat noch nie erlebt.

Kurz darauf kam Noas Mutter ins Haus und verschwand türeknallend in ihrem Zimmer.
David war schon am frühen Morgen gegangen, er hatte Noa einen Zettel hinterlassen, dass er mithelfen musste, das Fest vorzubereiten. Gilbert war in die Stadt gefahren, um sich die Kirche anzuschauen, und nachdem Noa die Katzen gefüttert hatte, machte sie sich auf den Weg zur Kneipe.

Sie war nicht vorbereitet auf das Blutbad. Heute war das Dorffest, das wusste Noa, aber was am Morgen davor geschehen sollte, hatte sie verdrängt. Sie hatte sich keinen Begriff davon gemacht. Wie auch?
Die Tür der Kneipe war zu, aber nicht abgeschlossen, und als niemand öffnete, trat Noa durch den Flur in die Küche. Auf dem Herd stand ein riesiger Bottich mit heißem Wasser. Die Fenster waren beschlagen, die Luft in der Küche war feucht und die Hintertür zum Hof weit geöffnet. Draußen roch es nach Schnaps und Schweiß. Gustaf, Marie und Esther, ein paar andere Frauen und Männer aus dem Dorf standen um eine einfache Holzbank herum. Auch einen Jungen erblickte Noa, sieben, vielleicht acht Jahre alt. Er trug ein Superman-T-Shirt und sein schmales Gesicht umrahmten blonde Engelslocken. »Jetzt, Mama? Kommt es jetzt?«, fragte er die Frau neben ihm und zog ihr an der Schürze. Sein quengelig aufgeregter Tonfall ließ Noa vermuten, dass er diese Frage nicht zum ersten Mal gestellt hatte.
Auch die anderen schienen so sehr mit dem beschäftigt, was kommen sollte, dass sie Noa gar nicht bemerkten. Gerade wollte sie nach David fragen, als sie Thomas Kord das Tier aus dem Stall führen sah. Es war eines der Schweine und sein panisches Quieken fuhr Noa durch Mark und Bein.
Thomas Kord trug einen weißen Kittel, in der Hand hielt er ein

Messer, groß und scharf, die silbrige Klinge blitzte in der Sonne auf. Er war der Einzige, der Noa in die Augen sah, sein Blick war hämisch und durchdrang Noa fast so sehr wie das Quieken des Tieres.

Es war zu spät, um umzukehren.

Noa sah, wie das Schwein an die Bank geführt wurde, wobei es immer lauter, immer flehender schrie, wie ein Kind, und im selben Moment ertönte von oben aus einem der Zimmer Musik. Rockmusik von Jim Carroll, Noa erkannte das Lied wieder, das David unter ihrem Fenster gesungen hatte, das Lied von dem Engel, das jetzt zum Todesmarsch wurde.

Das wie wahnsinnig zappelnde Schwein wurde von ein paar Männern auf der Bank festgebunden, ein Knüppel sauste auf seinen Kopf nieder und im nächsten Moment durchtrennte der Schlachter mit einem sauberen Schnitt seine Halsschlagader. Blut schoss hervor, in einem wilden Strom und bespritzte Kords weißen Kittel. Auch auf Esthers Hände spritzte das Blut. Sie stand neben dem Schlachter und hielt dem Schwein ein hölzernes Gefäß unter den Hals, um das Blut aufzufangen, wobei sie mit ihrer rechten, bloßen Hand in ruhigen, beinahe sinnlichen Bewegungen in der dunkelroten Flüssigkeit rührte, die in einem schier endlosen Strom aus der Kehle des sterbenden Tieres kam. Während der süße, warme Geruch sich jetzt auf dem Hof ausbreitete und sich Jim Carroll über ihnen die Seele aus dem Leib sang, schrie auch das Schwein weiter. Je mehr Blut floss, desto lauter schien es zu schreien, fast rhythmisch mischte sich sein Quieken in die Musik, in die hämmernden Bässe. Der Supermanjunge drehte sich um, er grinste und streckte Noa die Zunge heraus.

Da endlich fand Noa die Kraft, sich zu bewegen.

Sie stolperte aus dem Hof, zurück durch die Küche und wollte gerade aus der Kneipe laufen, als ihr im Flur der Feuermelder entgegentrat und ihr zur Flucht nur noch die Treppe nach oben blieb. Die Musik kam aus Davids Zimmer, Noa folgte ihr, bis sie an seiner geöffneten Tür ankam. David stand vor dem CD-Player, seine Füße wippten im Takt, er sang das Lied mit, während Krümel am Boden hockte und sich zuckend zur Musik bewegte, mit einem breiten, seligen Lachen auf dem Gesicht.

David sah Noa auf den ersten Blick an, was sie erlebt hatte, lief auf sie zu und nahm sie in den Arm.

»Shit, ich hätte dich warnen sollen«, rief er ihr ins Ohr. »Ich muss hier oben mit Krümel bleiben, er kann das nicht aushalten, das letzte Mal hat es Wochen gedauert, bis er sich von dem Schock erholt hatte.«

Ja, dachte Noa. Das wird es bei mir wohl auch.

Drei Mal drückte David auf die Wiederholungstaste, spielte das Lied neu ab, bis ein Blick aus dem Fenster ihm zeigte, dass das Schlimmste vorbei war.

»Ich muss jetzt zum Dorfplatz«, sagte er. »Helfen das Zelt aufbauen. In der Küche fangen die Frauen mit den Würsten an, ich denke mal nicht, dass du Lust hast, ihnen dabei zu helfen.«

Noa schüttelte stumm mit dem Kopf und kämpfte gegen den Ekel an, der sich in ihr breit machte. Krümel kraxelte auf Knien auf sie zu und dann, in einer plötzlichen Bewegung, umklammerte er ihre Beine, drückte seinen Kopf an ihren Bauch und lachte, lachte . . .

Noa beugte sich zu ihm herab und streichelte seine Korkenzieherlocken. Weich waren sie, ganz weich, wie der Flaum eines Kükens. Alle Angst wich von ihr und machte einem Gefühl der Zärtlichkeit Platz.

»Hey, Krümel«, sagte David lächelnd. »Schnapp mir nicht mein Mädchen weg, hörst du?«

Als David zum Dorfplatz ging, holte Noa ihre Kamera und ging spazieren. Der Geruch nach Blut schien über dem ganzen Dorf zu schweben und Noa erinnerte sich an Gustafs Worte, dass am Morgen des Dorffestes auf mehreren Höfen geschlachtet wurde. Aber auf den Feldwegen verlor sich der Geruch und eine träge Stille breitete sich aus. Als das Dorf Noa von einem hohen, mit gelben und lila Wiesenblumen bewachsenen Hügel aus zu Füßen lag, erschien es ihr so friedlich und sanft, dass eine ganz eigenartige Sehnsucht in ihr aufstieg. Sie dachte daran, dass das Schreckliche geringer wurde, wenn man es teilte, und das Schöne größer. Und sie wünschte, David wäre hier, damit sie es ihm sagen könnte.

Zum Dorffest gingen sie zu dritt. Gilbert trug Jeans und T-Shirt, Noa ein einfaches Sommerkleid aus dunkellila T-Shirt-Stoff. Kat hatte sich einen kurzen Rock aus rostrotem Leder angezogen, darüber eine Art Piratenhemd, schwarz, mit breiten Ärmeln, und ihre roten Locken hatte sie zu dicken Zöpfen geflochten. Auf ihrem Gesicht lag ein entschlossener Trotz und Noa musste an ihr Gespräch mit Robert denken. Kat hatte kein Wort darüber verloren, war aber, nachdem Noa von ihrem Spaziergang zurückgekehrt war, ungewöhnlich still gewesen.

Die Kapelle spielte schon, laute Umtata-Musik. Noa hörte Blasinstrumente, Schlagzeug, eine Gitarre und die Stimme eines jungen Sängers. Das zu den Seiten hin geöffnete Bierzelt, aus dem die Musik drang, war zum Bersten gefüllt. Ein Stück weiter stand ein Feuerwehrwagen, darum herum die Dorffeuerwehr, jüngere und ältere Männer, alle in ihren blauen Anzügen, viele sogar noch mit Helmen auf dem Kopf. Auf einem riesigen Sprungpolster, das aussah wie ein Trampolin, hüpften Kinder herum, lachten und schubsten sich.

Noa hatte nicht gewusst, dass ein so winziges Dorf eine eigene

Feuerwehr haben könnte, aber Gilbert erzählte ihr, dass er vor ein paar Tagen an der Wache im Unterdorf vorbeigegangen sei. »Soweit ich weiß, hat heutzutage so ziemlich jeder Ort eine eigene Feuerwehr«, sagte er, »und diese Sprungdinger ...« Gilbert zeigte auf das trampolinartige Gerät, auf dem einer der Jungen gerade einen Rückwärtssalto schlug. »Diese Sprungdinger sind genial. Ich habe in Berlin mal einen Selbstmörder gesehen, einen jungen Kerl, der sich vom Dach stürzen wollte. Es war grauenhaft, ich geriet in eine solche Panik, dass ich mich nicht rühren konnte. Zum Glück war jemand von den Umstehenden geistesgegenwärtiger und rief die Feuerwehr. Die stellten so ein Teil dann unter dem Haus auf. Unglaublich. Es dauert ganze fünf Sekunden, bis sich so ein Sprungpolster aufbläst, und eine Rettungshöhe hat es von 16 Metern. Das muss ein Gefühl sein, was?«

Noa schüttelte angewidert den Kopf. Sie legte nicht den geringsten Wert darauf, es auszuprobieren. »Und der Selbstmörder? Ich meine, ist er gesprungen?«

Gilbert grinste. »Das nicht, aber er hat das Sprungtuch für was anderes in Anspruch genommen. Ob du's glaubst oder nicht, der Kerl hat tatsächlich vom Dach gepinkelt. Aber da hat's mir gereicht, da bin ich weg.« Gilbert hakte sich bei Noa ein. »Mein lieber Herr Gesangsverein, hier ist ja richtig was los.«

Ja, da hatte Gilbert Recht. Vor dem Zelt standen lange Partytische mit Unmengen Würsten aus Schweinefleisch und auf den Bänken saßen die Dörfler, mit riesigen Bierhumpen und Schnapsgläsern, die sie leerten, als wäre es nichts. Kinder spielten Fangen auf der Wiese, unten am Bach verprügelte ein dicker Junge gerade einen Kleinen, dem es schließlich gelang, sich freizumachen. Wie am Spieß brüllend kam er zu seiner Mutter gelaufen, ließ sich die Nase putzen und rannte wieder fort, zu den anderen.

Obwohl es erst kurz nach acht war, schien die Hälfte der Anwesenden bereits betrunken. Noa erinnerte sich an den Geruch von Schnaps am Morgen im Hof, wahrscheinlich hatten viele schon am Morgen mit dem Trinken begonnen.

Marie bediente die Gäste an den Tischen, sie trug eine Bauerntracht, ein dunkelblaues Kleid mit roten Blumen und einer weißen Schürze. Ihr blondes Haar hatte sie zu Kränzen am Hinterkopf aufgesteckt. Angestrengt sah sie aus und die Schatten unter ihren Augen kamen Noa heute noch dunkler vor als sonst.

David und Gustaf standen im Bierzelt hinter dem Tresen, und als sich Noa mit Kat einen Weg durch die Menge bahnte, nickte David ihr zu. Im Zelt herrschte eine Affenhitze und auf Davids Stirn stand der Schweiß. Wo Krümel wohl war? Bei Oma Esther in der Kneipe? Nein, Esther war hier, sie kam gerade hinter Davids Rücken hervor, tupfte ihm mit einem Taschentuch die Stirn und ihr strenges Gesicht bekam einen ungewohnten Ausdruck. Weich und besorgt sah sie plötzlich aus. Dann wandte sich Esther Gustaf zu, aber dessen Blick war an Kat hängen geblieben, die ihm eine Kusshand zuwarf und sich von einem der Männer am Tisch einen Schnaps spendieren ließ. Sie zog die Blicke der Männer an wie ein riesiger Magnet.

»Heute geb ich mir die Kante«, verkündete sie und stürzte zur Verdeutlichung den Schnaps in einem Zug hinunter.

Von den Männern am Tisch ließ sich Kat noch einen zweiten, dann einen dritten Schnaps spendieren, stolzierte auf die Tanzfläche zu – eine Bretterbühne im hinteren Teil des Zeltes – und fing an zu tanzen, alleine, als Einzige ohne Partner.

Obwohl die Kapelle weiterspielte, schien es Noa, als stoppte plötzlich jede Bewegung im Raum. Für den Bruchteil einer Sekunde waren alle Blicke auf Kat gerichtet, die ihre roten Zöpfe durch die Luft fliegen ließ, während sie sich im Kreis drehte und dabei die Arme in dem flügelartigen Piratenhemd ausbreitete. Plötzlich sah sie aus wie ein kleines Mädchen, das sich aus einer Verkleidungstruhe auf einem Dachboden eingekleidet hat.

Der Sänger, ein langhaariger, junger Mann in einer schwarzen Lederhose, der aussah, als hätte er weit mehr auf Lager, als die auf dem Programm stehenden Volksmusikschlager, grinste seinem Gitarristen zu und drehte den Verstärker auf.

Noa hätte sich gerne irgendwo versteckt, vor allem als sie an einem der Tische Dennis sitzen sah. Er trug eine Feuerwehruniform und Noa hätte beinahe gelacht. Der Feuermelder arbeitete bei der Feuerwehr. Das passte ja wirklich wie die Faust aufs Auge. Und sein Vater war Schlachter. Auf ihre Weise stehen beide mit dem Tod im Bunde, dachte Noa und ihr Impuls, zu lachen, löste sich wieder auf. Ob die Feuerwehr hier im Dorf oft gebraucht wurde? Noa fühlte, wie sie erstarrte, als Dennis ihren Blick einfing. Den Feuerwehrhelm hatte er vor sich auf dem Tisch liegen, er war kaum röter als sein Haar und sein vom Alkohol gezeichnetes Gesicht. An Dennis' Seite saß ein Mädchen mit weiß blondierten Haaren und neonpink Lippenstift. Sie trug eine knappe Jeansweste, die unter ihren großen, darin eingezwängten Brüsten fast zu platzen drohte. Dennis hatte seinen Arm um die Schultern des Mädchens gelegt, während er Noa fixierte, die Augen zu schmalen Schlitzen zusammenkniff und sich dabei mit der Zunge über die Lippen fuhr. Angewidert wandte Noa sich ab und schob sich zum Tresen vor. Sie stellte sich an den äußersten Rand, aber David war zu beschäftigt, um sich um sie zu kümmern, wie am Fließband zapfte er ein Bier nach dem anderen und fuhr sich dabei immer wieder mit seinem Armrücken über die schweißnasse Stirn. Gustaf war noch immer an seiner Seite, aber er arbeitete nicht. Ganz steif stand er da und starrte Kat an, die nach ein paar Liedern zum Tresen ging, um sich von David einen Humpen Bier reichen zu lassen.

Die Luft im Zelt wurde immer heißer und Noa konnte den Anblick von Kat nicht ertragen. Sie ging nach draußen und hielt Ausschau nach Gilbert.

Da saß er am Rand eines Tisches und unterhielt sich mit einem Mann – dem Dorfpfarrer, wie sich der ältere, graubärtige Mann Noa freundlich vorstellte.

»Und?«, fragte er. »Wie gefällt euch das Leben auf dem Land?«

»Gut«, antwortete Noa abwesend und musterte die Dörfler, wobei sie immer wieder an Elizas Worte denken musste. Dumbo. Wer war Dumbo? Welcher dieser Menschen hier sah aus, als könnte er diesen Spitznamen tragen – oder vor dreißig Jahren getragen haben?

»Kennen Sie jemanden, der Dumbo heißt?«, fragte sie den Pfarrer unvermittelt.

»Dumbo?« Der Pfarrer machte ein verständnisloses Gesicht. »Nein, so jemanden kenne ich nicht – nicht mal aus der Bibel.«

Der Pfarrer lächelte und Gilbert sagte: »Dumbo, das ist doch der Elefant aus diesem Kinderfilm, oder nicht? Das fliegende Riesenbaby mit den Segelohren. Ich glaub, der Film ist so alt, den habe ich noch als kleiner Junge gesehen.«

Noa nickte. Ja, das stimmte, darauf hätte sie auch selbst kommen können. Dumbo, der Elefant mit den Segelohren. Verstohlen blickte sie den Pfarrer an. Seine Ohren, aus denen graue Haarbüschel quollen, lagen eng am Kopf und auch sonst erblickte sie niemanden, auf den diese Beschreibung hätte passen können – außer eins der Kinder, ein Mädchen, spindeldürr und hellhäutig wie eine Elfe. Es hockte auf dem Schoß seiner Mutter und spielte an den Knöpfen ihrer Bluse. Ja, seine Ohren standen so sehr vom Kopf ab, als hätte sie jemand nach vorne geklappt. Aber vor dreißig Jahren war das Mädchen nicht auf dieser Welt gewesen.

Der Pfarrer hatte sich wieder Gilbert zugewandt, der ihn in ein Gespräch über Phantomwesen verwickelt hatte. »Meiner Meinung nach sind Engel oder Geisterwesen durchaus nichts Übernatürliches«, sagte Gilbert, wobei seine Stimme eine halbe Oktave höher rutschte, wie so oft, wenn er die Chance witterte, dass jemand ihn ausreden lassen würde, ohne sich über seine Geschichten lustig zu machen. »In meinem Archiv wimmelt es nur so von Berichten, in denen Menschen verstorbenen Bekannten begegnet sind. Oder in denen Leute Verstorbene völlig real vor sich gesehen haben, ohne zu wissen, dass es sich dabei um Phantome gehandelt hat. Wenn Sie wissen, was ich meine. Eine Geschichte, die mich besonders fasziniert hat, ist anfangs des letzten Jahrhunderts in Paris passiert. Ein junger Maler war auf der Suche nach Motiven. Er ist durch die Stadt geschlendert und hat im Montmartre-Viertel ein junges Mädchen entdeckt. Es hat an einer Laterne gelehnt und auf dem Maler einen hilflosen, fast verwirrten Eindruck gemacht. Der Maler hat dem Mädchen seine Hilfe anbieten wollen, hat wohl gedacht, das junge Ding hätte sich verlaufen. Aber als das Mädchen zu ihm aufgesehen hat, ist der Maler richtig erschrocken. Ihr Gesicht muss perfekt gewesen sein, schön wie das Gesicht eines Engels. Tja, da hatte er also sein Motiv. Er hat das Mädchen gefragt, ob es ihm Modell stehen würde, und das Mädchen hat Ja gesagt. Ist ihm wortlos in sein Studio gefolgt. Und während der Künstler an ihrem Porträt gemalt hat, saß das Mädchen da, ganz ruhig, die ganze Nacht. Irgendwann hat er sie gefragt, woher sie käme – und eine ganz seltsame Antwort erhalten. Einst wäre sie Skandinavierin gewesen, hat das Mädchen gesagt. Der Künstler hat lachend gemeint, dass sie dann wohl mit Sicherheit auch heute noch Skandinavierin wäre. Doch die schöne Unbekannte hat nur erwidert, sie wüsste nicht mehr, wer sie eigentlich sei und woher sie käme. Tja ...«

Gilbert nahm einen Schluck aus seinem Wasserglas und warf dem Pfarrer einen kurzen Blick zu. »Jedenfalls war das Porträt im Morgengrauen fertig und der Künstler war sehr zufrieden mit seiner Arbeit. Das Mädchen verschwand ohne ein Wort des Abschieds. Der Künstler eilte ihm nach, aber als er aus der Tür stürzte, war das Mädchen fort. Es hatte sich in Luft aufgelöst.«

»Du lieber Himmel«, sagte der Pfarrer lachend. Er hatte ein intelligentes Gesicht mit einer hohen Stirn und klaren wasserblauen Augen. »Die Geschichte klingt faszinierend, damit könnten Sie glatt meine Kirche füllen. Vielleicht sollten Sie am nächsten Sonntag mal auf meine Kanzel steigen und die Predigt halten, was meinen Sie?«

Gilbert schüttelte lächelnd den Kopf. »Nein, danke. So weit ist es mit mir dann nun doch noch nicht gekommen. Diese Dinge überlasse ich lieber den Profis – wie Ihnen.«

»Glauben Sie denn an Geister?«, fragte Noa den Pfarrer.

»Ich glaube an die Seele, die zum Himmel aufsteigt«, erwiderte er. »Natürlich kenne auch ich Geschichten, wie sie Herr Sonden gerade erzählt hat. Geschichten, in denen der Geist eines Menschen zwischen den Welten steckt, weil es noch etwas zu erledigen gibt, etwas, das ihn hindert, in die Ewigkeit einzugehen. Aber wie Herr Sonden selbst gesagt hat: Es sind Geschichten. Man kann sie glauben oder nicht – und ich denke mal, der größte Teil der Menschheit entscheidet sich für das zweite, ganz nach dem Motto des ungläubigen Thomas, der nur glaubte, was er mit eigenen Augen sehen konnte. Wirklich wissen tut man es wohl nur, wenn man es selbst erlebt – und ich weiß nicht genau, ob ich das möchte.«

Noa nickte langsam. Das Foto von Eliza fiel ihr wieder ein. Wie sie auf dem Dachboden stand, die Arme zum Flug ausgebreitet. Damals war sie noch hier gewesen, auf dieser Welt, in die-

sem Dorf. Wo war sie jetzt? Was würde Gilbert, was würde der Pfarrer zu ihrer Geschichte sagen – einer Geschichte, die Noa erlebte und die so viele Fragen, so viele Rätsel aufwarf?
»Kannten Sie Eliza Steinberg?«, fragte Noa leise.
»Eliza Steinberg?« Der Pfarrer runzelte die Stirn und wollte gerade zu einer Antwort ansetzen, als im Zelt die Musik aufhörte.
»Unser Ehrengast Katharina Thalis«, dröhnte die Stimme des Sängers aus dem Mikrofon, »wünscht sich ein langsames Lied zur Damenwahl. Dann greift also zu, meine Damen, schnappt euch euren Herzbuben und legt los! Katharina Thalis zu Ehren spielen wir jetzt den englischen Hit *Tears in Heaven*.
Gilbert seufzte. »Oje, Kat, was tust du da?«, flüsterte er mehr zu sich selbst. Dem Pfarrer nickte er höflich zu, dann wandte er sich an Noa. »Ich glaube, ich geh mal nachsehen. Kat kommt mir schon seit heute Nachmittag etwas seltsam vor.«
Noa folgte Gilbert ins Zelt. Nur der Gitarist spielte jetzt und der Sänger sang in erstaunlich gutem Englisch die Zeilen, die Eric Clapton damals nach dem Tod seines Sohnes geschrieben und zu einem Lied komponiert hatte.
Would you know my name if I saw you in heaven?
Would you feel the same if I saw you in heaven?
I must be strong and carry on
Cause I know I don't belong
Here in heaven.
Es tanzten nur wenige Paare, die meisten standen am Rand, die Blicke jetzt offen auf Kat gerichtet. Mit einem triumphierenden Gesichtsausdruck zog sie Gustaf auf die Tanzfläche. Sie schlang ihre Arme um ihn und setzte sich langsam zum Takt der Musik in Bewegung. Der Wirt geriet ins Taumeln, aber Kat hielt ihn fest im Griff, schmiegte ihren Kopf an seine Schulter und drehte ihn langsam mit sich im Kreis.

Einige der Zuschauer johlten und David hielt beim Zapfen des Bieres inne. Noa konnte sehen, wie er durch die Zähne pfiff, wobei sein Gesichtsausdruck erst dann wütend wurde. Die Falte auf seiner Stirn verwandelte sich in eine tiefe Furche. Neben ihm stand Esther und auch Marie kam jetzt an den Tresen, mit ihrem leeren Tablett. Einer der Männer packte sie grob an der Schulter. Er hatte Noa den Rücken zugedreht, aber als er sich Marie zuwandte, erkannte Noa, dass es Thomas Kord war. Er begann auf Davids Mutter einzureden, sein Mund war dicht an ihrem Ohr. Noa konnte natürlich nicht verstehen, was er sagte, aber es schien nichts Gutes zu sein, denn Maries Gesicht sah wie versteinert aus. Als Kord innehielt, drückte Marie ihm etwas in die Hand, irgendein Papier, einen Zettel oder vielleicht auch einen Geldschein, Noa konnte es nicht genau erkennen. Sie sah nur, wie der Schlachter sich mit einem verächtlichen Gesicht von Marie abwandte – und dann glitt sein Blick wie magisch angezogen zum Zelteingang. Robert war ins Zelt gekommen. Er ging geradewegs auf die Tanzfläche zu und ein Raunen ging durch die Menge der Dörfler, die jetzt wie Zuschauer einer Privatvorstellung vor der Bretterbühne standen. Ohne ein Wort zu sagen, packte Robert Kat am Arm, zog sie grob von Gustaf weg und zerrte sie mit sich nach draußen.

Der Sänger verstummte, im Zelt war es totenstill und auf dem Gesicht von Gustaf, das feuerrot geworden war, lag glühender Hass.

ZWEIUNDZWANZIG

Nackt ausgestreckt, liege ich vor ihm auf dem Sofa. Das Kerzenlicht malt flackernde Schatten auf sein Gesicht, auf seine Augen, die vor Verlangen glühen. Es fällt mir nicht schwer, stillzuliegen. Ich schaue ihn an, während ich vor seinen Augen neu entstehe, Faser für Faser, Pinselstrich für Pinselstrich.

Eliza, 13. August 1975

Kat war nicht wiedergekommen.

Es war Mittag, Noa saß mit Gilbert unter dem Walnussbaum im Garten und frühstückte, beide waren schweigsam, noch immer betroffen von dem, was gestern Abend geschehen war. Sie waren gegangen, gleich nach Kat und Robert, geduckt unter den Blicken, die ihnen folgten. Noa hatte sich nicht mehr getraut auf David zuzugehen. Seine starre, fassungslose Miene hatte sie auf Abstand gehalten. Auch dafür verabscheute sie Kat. Und dann dieser hasserfüllte Ausdruck auf Gustafs Gesicht. Diese Totenstille, als Robert in das Zelt gekommen war. Immer wieder spielte Noa mit dem Gedanken, ihr Herz bei Gilbert auszuschütten, ihm zu erzählen, was sie wusste – und was sie nicht wusste, aber sie wagte es nicht.

Auch über Kat sprachen sie nicht.

Am Nachmittag kam David. Er sah blass aus und seine Augen waren dunkel vor Müdigkeit. Er schien erleichtert zu sein,

dass Kat nicht da war, und Gilbert machte ein Gesicht, als wollte er sich für Kats Verhalten entschuldigen.
Gemeinsam machten sie sich daran, Gilberts Zimmer zu streichen, räumten die Bücher in die Küche, rückten das Bett zur Seite und arbeiteten bis zum Abend, froh, etwas tun zu können, das zu einem Ergebnis führen würde. Nur einmal, als Gilbert sich einen Yogitee kochte, sprach Noa David auf den gestrigen Abend an, auf den Ausdruck auf Gustafs Gesicht, auf die Stille im Festzelt, die auf Robert gerichteten Blicke. Aber David konnte sich ebenso wenig einen Reim darauf machen wie Noa. Es habe Gemurmel gegeben, sagte er, aber bald darauf hatte die Band wieder zu spielen begonnen, und außer dass Gustaf und Marie seltsam verstört geblieben waren, hatte er nichts aus ihnen herausbekommen.
Pancake und Hitchcock waren im Garten. Der Kater hatte sich das ausgegrabene Erdloch beim Kompost vorgenommen, neben dem immer noch der Spaten lag. Schon seit Stunden hockte er unter der Erde und stieß alle paar Minuten ein aufgeregtes Maunzen aus. Einmal stand Pancake am Rand und lugte ängstlich zu ihm herunter, als wolle sie fragen: »Was treibst du da eigentlich die ganze Zeit?«
Oben in Kats Schlafzimmer klingelte das Handy – schon zum dritten Mal in den letzten zwei Stunden.
»Ich geh mal ran«, sagte Gilbert. »Vielleicht ist es ja was Wichtiges.«
Als er wiederkam, war sein Gesicht rot vor Aufregung. »Kat bekommt einen Bambi, ihr Assi war dran, er hat gerade die Post geöffnet! Einen Bambi für die beste Darstellerin in *Bis aufs Blut*, sie haben es gerade in der Presse bekannt gegeben und wollen jetzt ein Interview mit Kat machen. Sie würden auch herkommen, wenn das für Kat okay wäre. Was meinst du, Noa, soll ich zur Mühle gehen und ihr Bescheid sagen? Sie wird doch dort sein?«

Seine Stimme klang plötzlich unsicher und Noa wechselte einen raschen Blick mit David. Sie war wütend auf Kat, furchtbar wütend, aber im Innersten war sie besorgt. Was wusste Kat über Robert, über sein Leben, über die Zeit vor dreißig Jahren? So, wie sie ihn gestern Morgen am Gartentor angeschrieen hatte, offensichtlich nicht besonders viel. Und doch genug, um von einer gottverdammten Vergangenheit zu sprechen. Und wie hatte er diese unmögliche Situation von gestern Abend aufgeklärt? All diese Fragen überschatteten den Stolz, den Noa natürlich auch empfand. Einen Bambi zu bekommen, das war so ziemlich das Größte, was man sich als deutsche Schauspielerin vorstellen konnte.
»Ich gehe«, sagte Noa. »Ich gehe hin und frage sie.«

Kat kam ihr zuvor. Als Noa aus dem Haus gehen wollten, trat sie ihr auf der Terrasse entgegen. Ihre Augen waren verquollen, aber sie lächelte, ein sanftes, unsicheres Lächeln. Kat, dachte Noa, ich erkenne dich nicht wieder.
»Robert und ich wollen zum Essen in die Stadt fahren«, sagte Kat. »Ich wollte nur kurz nach Hause, mich umziehen, dann holt er mich ab. Ist bei euch alles okay?«
»Du hattest einen Anruf, Kat. Du –« Noa lächelte. Ein warmes Gefühl stieg in ihr auf. »Du kriegst einen Bambi für die beste Darstellerin in *Bis aufs Blut*.«
»Was?« Kat starrte Noa an und plötzlich fing sie an zu weinen. Sie lehnte sich ans Treppengeländer, presste die Hände vor ihr Gesicht und schluchzte, es schüttelte sie richtig. »Das ist alles zu viel für mich!«
Gilbert kam in den Flur, er sah erschrocken aus und wollte Kat in den Arm nehmen, aber Noa hielt ihn zurück. »Kann ich dich einen Augenblick sprechen, Kat?«
Kat nickte, straffte die Schultern und ging mit Noa in ihr Zimmer.

»Was hatte das gestern Abend zu bedeuten?«, fragte Noa. »Diese Stille im Zelt, als Robert dich holen kam. Dieser Ausdruck auf Gustafs Gesicht. Was hat Robert dir darüber erzählt – und was hast du mit seiner Vergangenheit gemeint, von der du gestern Morgen gesprochen hast?« Noa forschte in Kats Gesicht, das jetzt irritiert aussah. »Ich habe euch gestern Morgen vor dem Haus gehört, Kat«, erklärte Noa und hielt ihre Mutter bei den Handgelenken. »Hat Robert dir irgendwas erzählt? Etwas über Eliza Steinberg?«

»Eliza Steinberg?« Kat sah jetzt völlig verwirrt aus. »Den Namen hab ich schon mal gehört ... Steinberg, waren das nicht die Leute, die in unserem Haus gewohnt haben? Was meinst du denn damit? Warum soll mir Robert etwas über sie erzählt haben?«

Noa zögerte. »Nur so«, sagte sie ausweichend.

Kat seufzte und knöpfte sich das Piratenhemd auf. Zerknittert und verschwitzt sah es aus. »Nein, Noa. Er hat mir nichts erzählt. Ich habe ihn nach seiner Familie gefragt, aber er sagt, er will darüber nicht sprechen, und wir ...« Kat zog die Nase hoch. »Wir haben gestern Nacht eigentlich mehr über mich gesprochen. Noa, ich ... ich weiß nicht, was mit mir los ist. Ich habe zum ersten Mal das Gefühl, dass jemand mich meint, *mich*, nicht Katharina Thalis, die Schauspielerin. Robert wühlt Gefühle in mir auf, von denen ich gar nicht wusste, dass ich sie hatte. Meine Filme, all das, das interessiert Robert überhaupt nicht. Er ... ach Scheiße, Noa! Was soll ich bloß machen?«

»Das fragst du mich?«

»Ja.« Kat holte tief Luft. »Das frage ich dich. Manchmal glaube ich, dass du mir in vielem voraus bist. Ich weiß, dass ich keine gute Mutter für dich war, Noa, glaub mir, ich weiß das. Aber ich liebe dich und ich ... ich bin verdammt stolz auf dich. Das habe ich Robert gestern gesagt und er hat mich gefragt, ob du das eigentlich weißt.«

Noa sah ihre Mutter an. Der winzige Moment, in dem sie sich hätten in den Arm nehmen müssen, war schon verstrichen, vorbeigefahren wie ein Zug, der nur kurz gehalten hatte. Noa fror, es war eine Kälte, die aus ihrem Herzen kam und es zusammenkrampfte zu einer kleinen, harten Kugel.
»Pass auf dich auf, Kat«, sagte sie tonlos. »Und herzlichen Glückwunsch wegen des Bambis. Das ist großartig.«
Kat sah Noa in die Augen und nickte, ganz leicht. Es lag unendlich viel Zärtlichkeit in dieser Bewegung und unendlich viel Schmerz.

»Ich werde das Interview machen«, sagte Kat, als sie in Gilberts Zimmer kam, um sich zu verabschieden. Gilbert und Noa waren gerade dabei, die Bücher wieder in die Regale zu räumen, und David blätterte in dem Wälzer über Geisterbeschwörungen, den Gilbert an ihren ersten Tagen hier gelesen hatte.
»Hey, die neue Farbe sieht klasse aus. Das Haus wird wie neu sein, wenn wir hier wegfahren. Danke – auch dir, David.« Kat legte David eine Hand auf die Schulter. »Und das mit gestern Abend tut mir Leid. Ich werde mich bei Gustaf für mein idiotisches Verhalten entschuldigen.«
David sah Kat kühl an. »Damit solltest du vielleicht noch eine Weile warten. Gustaf war ziemlich verstört nach deinem Auftritt gestern. Ich glaube nicht, dass er damit klarkommt, wenn du dich jetzt in der Kneipe blicken lässt.«
»Gut«, sagte Kat. »Gut. Wie du meinst. Ich will euch wirklich keinen Ärger machen.«

Gilbert legte sich früh schlafen an diesem Abend, aber Noa und David fanden keine Ruhe, nicht mal, um sich zu küssen. Als im Haus alles still war, nahm David Noa bei der Hand.
»Komm mit«, sagte er. »Wir gehen zur Mühle.«

»Was?« Noa starrte ihn an, aber David umschloss ihre Hand nur noch fester. »Mir reicht's«, sagte er. »Ich will jetzt endlich etwas finden, das uns weiterhilft.«

Im Dorf leuchteten noch die Laternen, doch der Mond schien nicht an diesem Abend, und unten bei der Mühle, die sich wie ein schwarzer Schatten von der Umgebung abhob, war es so dunkel, dass Noa kaum die Hand vor Augen sehen konnte. Der Wald schien zu atmen, ein großes, rauschendes Atmen. Die Tür zur Mühle war verschlossen, aber an der Seite über dem Mühlrad stand ein Fenster offen.

»Ich klettere hoch«, flüsterte David Noa zu, »und mache dir dann von innen die Tür auf, okay?«

Er lockerte seinen Griff, aber jetzt war es Noa, die seine Hand festkrallte. »David, das . . . was du da vorhast, ist Einbruch, und zwar noch eine Runde heftiger als dein Besuch auf unserem Dachboden neulich nachts. Für so was hier können wir im Knast landen, ist dir das klar?«

David lachte leise. »Und was ist mit Mord?«, zischte er. »Dafür sollte man doch eigentlich auch im Knast landen oder nicht? Verdammt Noa, in diesem Dorf läuft ein Mörder frei herum – und es kann sogar sein, dass deine Mutter gerade ihre Pizza mit ihm teilt. Wenn du Angst hast, mit mir in die Mühle zu kommen, dann geh zurück. Ich will jetzt jedenfalls da rein, bevor es zu spät ist. Also . . . entscheide dich.«

Noa ließ seine Hand los.

»Okay«, sagte sie fast lautlos. »Geh vor, aber beeil dich, hörst du? Ich warte bei der Tür auf dich.«

Sie drehte David den Rücken zu, sie wollte nicht sehen, wie er das Mühlrad hochkletterte, und sie wollte nicht darüber nachdenken, was geschehen würde, wenn Robert sie in seinem Haus erwischte. Ein leises Knarren ertönte in ihrem Rücken, dann ein Knacksen, es schien aus dem Wald zu kommen. Dann war wieder alles still. »Komm schon, David«, flüsterte Noa verzweifelt. »Komm schon, mach auf.« Sie drückte sich an die Haustür – und stieß einen leisen Schrei aus, als die Tür mit einem Ruck nachgab. David fing Noa gerade noch auf, sonst wäre sie ins Haus gestolpert.

Der Duft von Kat lag noch im Raum, als Noa und David die beiden Kerzen anzündeten, die sie von zu Hause mitgenommen hatten.

Der Raum kam Noa noch größer vor als bei ihrem ersten Besuch, was nicht nur am flackernden Lichtschein der Kerzen lag, sondern auch an ihrem Gefühl, in etwas Verbotenes, Unbestimmtes einzudringen. Würden sie hier etwas finden, lohnte sich das alles überhaupt? Jetzt ließen sich ihre quälenden Gedanken nicht länger zurückdrängen. Was, wenn Robert früher zurückkam? Selbst Kat hatte vorgestern Abend gesagt, dieser Mann hatte etwas Unberechenbares, und der tintenschwarze Blick, den Robert Noa zum Abschied an der Haustür zugeworfen hatte, war fast unheimlich gewesen. Als Noa die Schiebetür zum Erker aufschob, lag ihr die Angst wie Blei im Magen.

Die bemalten Leinwände lehnten noch immer übereinander an der Wand, das flackernde Kerzenlicht ließ die abstrakten Zeichnungen noch wilder erscheinen, wüst und beängstigend in ihren aggressiven Farben und ineinander verschachtelten Formen.

Auch das Bild, das Kat aufgeklappt hatte, war noch an seinem Platz: das einzige von allen Bildern, das nicht abstrakt war.

Es zeigte eine junge Frau in Noas Alter, mit langem, glattem und pechschwarzem Haar. Sie lag nackt auf einem Sofa – einer dunkelroten Chaiselongue. Es war das Mädchen von dem Foto, da gab es keinen Zweifel. Und das Sofa war die Chaise-

longue auf dem Dachboden ihres Hauses. Sie stand an derselben Stelle, an der sie sich bis heute befand.
Der Hintergrund war düster, fast schwarz, nur durch die schmale Dachluke drang ein milchig weißer Schein und tauchte den Körper des Mädchens in ein überirdisch wirkendes Licht.
Auch die Haut des Mädchens war weiß, und zwar auf eine Weise, wie es Noa nie zuvor gesehen hatte: weder bleich noch blass, sondern im reinsten Wortsinn weiß wie Schnee, wie unberührter und von Mondlicht beschienener Schnee. Ja, es schien sogar, als ströme das Bild Kälte aus. Noas Hand zitterte, als sie die Kerze näher an das Bild hielt. Hinter ihr hockte David und sein Atem, der ihr warm in den Nacken fuhr, verriet seine Erregung – eine Erregung, die übrigens auch Noa empfand. Die junge Frau – dieses Mädchen . . . Eliza, sie war in all ihrer Kälte so anbetungswürdig schön, dass es einem den Atem nahm.
Ihr Körper war vollkommen, zierlich, beinahe zerbrechlich, aber gleichzeitig waren ihre Formen rund und weiblich, die Hüften unter der Wespentaille geschwungen, die Brüste schwer und voll.
Auch das Gesicht war vollkommen. Es war ein altmodisches, ovales Gesicht mit einer zierlichen, ebenmäßigen Nase, ausgeprägten Wangenknochen und vollen Lippen, die in den Mundwinkeln ganz leicht nach oben geschwungen waren. Die Augen waren groß und standen weit auseinander, was dem Gesicht etwas Antikes verlieh, als käme es aus einer ganz frühen Zeit oder aus der Zeit der Madonnen auf den Tizianbildern. Die Farbe der Augen war von einem tiefen Graublau, der gelassene Blick hatte etwas nach innen Gerichtetes.
Das Intensivste war jedoch das Lächeln – das keines war. Es war die Ahnung eines Lächelns und David, der jetzt flüsternd das Schweigen brach, sagte etwas, das Noa ins Herz fuhr wie

eine spitze, lange Nadel. »Man sehnt sich danach, dass es wirklich wird, ihr Lächeln. Man sehnt sich so sehr danach, dass man alles dafür tun würde, um es nur einmal zu sehen.«
Noa erwiderte nichts.
Ihr Blick blieb an den Händen des Mädchens hängen. Die Hände lagen auf dem Bauch, das Mädchen trug keinen Schmuck, weder am Hals noch an den Fingern, aber ihre Hände hielten etwas umschlossen. Es war ein Buch, rot wie dunkles Blut, nur eine Nuance heller als die Chaiselongue, auf der das Mädchen lag. Unwillkürlich dachte Noa an den Bücherschrank, der jetzt im Wohnzimmer ihres Hauses stand, aber an ein rotes Buch konnte sie sich nicht erinnern. Sie versuchte einen Titel zu entziffern, ebenfalls erfolglos, da die Hände des Mädchens die Vorderseite verdeckten.
Noa wandte sich zu David, aber dessen Blick war plötzlich von etwas anderem angezogen, von etwas, das von außen kam. Einem Schatten – am Fenster. Jetzt sah Noa ihn auch.
»Lösch das Licht! Schnell, Noa, lösch die Kerze!«
David hatte seine Kerze bereits ausgepustet, Noa tat es ihm nach, aber es war zu spät. Wer immer dort vor dem Fenster stand, musste bemerkt haben, dass jemand in der Mühle war. Ein Kratzen am Fenster, verdammt!
David hatte es offen gelassen. Dann ertönte die Stimme. Ein Flüstern, leise, kehlig.
»Robert? Bist du da? Robert? Ich bin es, Marie.«
Noa hielt den Atem an, das Herz schlug ihr bis zum Hals, immer schneller, immer lauter, bis sie meinte, man müsse es von außen hören können. In der Dunkelheit spürte sie auch Davids Anspannung. Sie hockten am Boden, bewegungslos, den Blick zum Fenster gerichtet.
»Er hat mich wieder erpresst, Robert. Antworte mir! Robert! Bist du da? Bist du . . . allein?«

Angst schwang in der Stimme von Davids Mutter mit, als habe sie erst jetzt begriffen, dass Robert möglicherweise nicht allein war, dass jemand – Kat? – bei ihm sein mochte, dass es gefährlich war, hier zu stehen und nach ihm zu rufen, sich zu verraten. Gefährlich und dumm.

Der Schatten verschwand. Es wurde wieder still.

Es dauerte lange, bis Noa und David die Kraft fanden, sich zu lösen, bis sie die Kerzen wieder anzündeten und weiter durch den Raum gingen, ohne zu wissen, wonach sie noch suchten. Und dennoch fanden sie etwas, oben in Roberts Schlafzimmer, in dem einzigen Möbelstück neben dem noch zerwühlten Bett – dem kleinen Nachttisch. In seiner Schublade lag ein Foto von zwei Jungen. Alt und zerknickt war es und sah aus, als hätte man es aus einem Album herausgerissen. Auf der Rückseite klebten noch Fetzen des Papiers, auf dem es einst geklebt hatte, und auf der Vorderseite verrieten die Fingerabdrücke auf dem noch immer matt glänzenden Bild, dass jemand das Foto oft in die Hand genommen hatte. Es hat etwas Zerliebtes, dachte Noa.

Die beiden Jungen standen dicht nebeneinander, der größere, vielleicht siebzehn- oder achtzehnjährige, war eindeutig Robert. Schwarzhaarig, mit dunklen, eng beieinander stehenden Augen und seinem schwarzen Muttermal. Er hatte sich kaum verändert. Sein Arm lag schützend auf den Schultern des kleineren, etwa fünfzehnjährigen Jungen; einem prallen, rundgesichtigen Burschen, der in die Kamera grinste, während Robert ernst und verschlossen aussah. Die Augen des kleineren strahlten und waren rund, so rund wie Murmeln. Ja, es war die Form der Augen, die Gustaf verriet – aber das war es nicht, was Noa aus der Fassung brachte. Es war die Form seiner Ohren. Sie standen vom Kopf ab.

Es waren Segelohren.

Der Junge auf dem Bild, der zweifellos Gustaf war, war Dumbo.

DREIUNDZWANZIG

Mein Vater gibt ihm das Geld, ich kann es nicht fassen! Er gibt ihm das Geld und begleitet ihn, als WÄRE Dumbo sein Sohn. Für mich bleibt er Dumbo – und mein Vater würde sich wundern, wenn er wüsste, wie nett ich sein kann! Ich öffne meine Bluse, bis zu der Stelle, an der mein Schlüssel hängt. Ich flüstere: »Hier ist der Schlüssel zu meinem Juwel. Willst du ihn berühren?« Dumbo wird feuerrot und ich frage mich, wen er jetzt mehr vergöttert: den lieben Onkel Doktor oder seine böse Tochter?

Eliza, 15. August 1975

Über dem Friedhof ging die Sonne auf, ein glutroter Feuerball, der den Himmel in Flammen setzte. Bizarre Streifen durchzogen das kühle Morgenblau und die Luft war so klar, dass man sie hätte trinken mögen.

Noa machte Bilder, eins nach dem anderen. Es war eine schlaflose Nacht gewesen, wieder einmal. Zwischendurch war Noa immer wieder in einen Schwebezustand hinübergeglitten, in dem sie nicht mehr wusste, was Wirklichkeit und was Traum war; ein Zustand, in dem sie auch die Schritte, die über ihr auf dem Boden ertönten, nicht mehr bewusst wahrnahm.

Als am Saum des Himmels ein weißer Streifen aufgetaucht

war, hatte sich Noa aus dem Bett gequält, ihre Kamera geschnappt und war nach draußen gegangen, den Feldweg hinauf zum Friedhof, allein mit sich und ihren Gedanken.
Nachdem David und Noa gestern Nacht aus der Mühle geschlichen waren, hatte David sie noch bis zum Haus begleitet und sich dann von ihr verabschiedet, ohne Kuss und seltsam distanziert. Noa hatte hinter ihm hergesehen, bis er mit der Dunkelheit verschmolzen war. Längst waren im Dorf die Laternen ausgegangen und Noa hatte sich genauso gefühlt. Als wäre in ihr selbst ein Licht ausgegangen. Dabei verstand sie David nur allzu gut, wusste, wie ihm zu Mute war, ohne dass er etwas dazu hätte sagen müssen. Gustaf war ein Stück Familie für ihn, gewissermaßen sogar ein Vaterersatz, und jetzt rückte er in den Mittelpunkt eines Verbrechens. Eines Mordes – in den vielleicht auch Marie, Davids eigene Mutter, verwickelt war. Ihr Schatten am Fenster, die Angst in ihrer Stimme, ihre leisen Worte. *Er hat mich erpresst.*
Was hatte Marie damit gemeint? Wen hatte sie damit gemeint? Thomas Kord, den Schlachter? Noa musste daran denken, wie er sie auf dem Dorffest an der Schulter gepackt hatte. Das Stück Papier, das Marie ihm in die Hand gedrückt hatte, war es wirklich Geld gewesen? Blutgeld? Aber warum hatte der Schlachter sie erpresst? Warum sie, wenn doch Dumbo der Mörder war? Aber *war* Dumbo der Mörder?
Erst jetzt wurde Noa bewusst, dass sie Eliza beim letzten Geisterspiel zwei Fragen gestellt hatte, auf die das Glas mit *Dumbo* geantwortet hatte. Noa hatte gefragt, wer dort oben auf dem Dachboden war, und sie hatte gefragt, ob es der Mörder sei. Somit blieb Elizas Antwort *ES IST DUMBO* zweideutig. Alles, was sie wussten, war, dass er da oben nach dem Juwel gesucht hatte. Was genau Eliza damit meinte – und vor allem warum das Juwel angeblich bereits in Gustafs Besitz

war, ohne dass er davon wusste – das war noch immer das große Rätsel.
Wie sehr sich Noa wünschte mit David zu sprechen! Wie sehr sie sich gestern Nacht gewünscht hatte, dass er sie nicht alleine lassen würde. Es war ein fast körperlicher Schmerz gewesen, als er sie zurückließ und sie allein ins Haus ging, in dem Gilbert schon schlief und in dem Eliza herumgeisterte – unsichtbar für ihre Augen und zwischen den Welten, wie der Pfarrer auf dem Fest gesagt hatte.
Aber noch mehr schmerzte Noa das, was David über Eliza gesagt hatte. *Man sehnt sich danach, dass es wirklich wird, ihr Lächeln. Man sehnt sich so sehr danach, dass man alles dafür tun würde, um es nur einmal zu sehen.*
Wie ein Stachel saß Noa die Eifersucht im Herzen, auch jetzt am Morgen noch.
Sie ging an den Gräbern entlang, den schlichten, schmucklosen Quadraten, auf denen Nelken oder Chrysanthemen standen. Fast alle, die hier gestorben waren, hatten ein langes Leben geführt, was Noa an den Geburts- und Todesdaten ablesen konnte. Über eines der Gräber stand eine Frau gebeugt und zupfte Unkraut. Sie musste Noas Schritte gehört haben und drehte sich um.
Noa zuckte zusammen. Es war Esther, Gustafs Mutter, und in Noa stieg ein schreckliches Gefühl der Scham auf. Vielleicht war Esther die Mutter eines Mörders und wusste es nicht einmal. Am liebsten wäre Noa mit gesenktem Kopf an ihr vorbeigelaufen, aber dann zwang sie sich zu einem Gruß und warf einen verstohlenen Blick auf die Grabinschrift. *Peter Gustaf Kropp, 1924–1960.*
»Er starb kurz nach Gustafs Geburt«, sagte Esther leise. »Es ist nicht leicht, ein Leben ohne Mann, das wird deine Mutter sicher wissen. Aber mein Gustaf war immer für mich da. Er ist ein guter Junge, ist es immer gewesen. Genau wie David.«

Noa schluckte, sie wusste nicht, was sie sagen sollte, aber offensichtlich erwartete Esther auch keine Antwort.
»Wie gefällt euch das Haus?«, fragte sie Noa mit ihrem dünnen Lächeln. »Macht unser David seine Arbeit gut?«
»Danke, ja. Er hat uns viel geholfen, ohne ihn wären wir jetzt bestimmt noch nicht so weit.«
»Braucht ihr vielleicht auch Hilfe mit dem Graben?«
»Mit dem Graben?« Noa runzelte die Stirn. Meinte Esther das Erdloch im Garten, den Kompost? »Ich denke nicht«, entgegnete Noa vorsichtig. »Kat, meine Mutter, hat beschlossen einen neuen Kompost anzulegen, aber so was macht sie am liebsten allein. Meine Großeltern hatten eine Gärtnerei, Kat kennt sich aus und Gartenarbeit entspannt sie.«
»Ich könnte Gustaf schicken«, bot Esther an. »Es macht keinen schönen Eindruck, wenn die Erde dort so offen im Garten herumliegt. Er könnte neue Erde bringen.«
»Nein, danke, das ist nicht nötig«, wehrte Noa erschrocken ab. Esthers Angebot in allen Ehren, aber die Vorstellung, dass Gustaf jetzt auch noch in ihrem Garten herumgrub, war undenkbar – zumal Noa nicht glaubte, dass er nach Kats Auftritt auf dem Dorffest das Angebot seiner Mutter einlösen würde, guter Junge hin oder her.
»Ich werde meiner Mutter Bescheid sagen, sie wird das bestimmt in den nächsten Tagen in Ordnung bringen. Also dann, auf Wiedersehen.«
Als Noa auf dem schmalen Friedhofsweg zurück ins Dorf ging und an der Kneipe vorbeikam, beschleunigte sie ihre Schritte, ja, sie lief fast. Es wäre ihr unerträglich gewesen, Gustaf jetzt zu begegnen, und sie war froh darüber, dass die Vorhänge vor der Wirtschaft zugezogen waren.
Es war still im Dorf, nur aus den Ställen kam das leise Muhen der Kühe, die bald auf die Weide geführt werden würden, und

in der Scheune des Bauern war der anspringende Motor eines Traktors zu hören

Noa erschrak, als sie David erblickte. Er saß hinten auf dem Anhänger des Traktors, einen Vorschlaghammer in der Hand, und schien nicht gerade glücklich darüber zu sein, sie zu sehen. Es war, als hätte sich eine unsichtbare Wand zwischen sie geschoben.

»Kann ich mit?«

Die Frage kam aus Noas Mund, ohne dass sie darüber nachgedacht hatte. David machte ein abweisendes Gesicht, aber der Bauer nickte ihr zu. »Dann steig mal auf, Mädchen«, brummte er und lächelte Noa zu. Sie setzte sich neben David, der sich schweigend eine Zigarette anzündete, und Hallscheit steuerte den Traktor die Straße zum Bahnhof hinauf, bis er in einen Feldweg einbog, der zu einer Kuhweide führte. Einer der Zäune war kaputt, umgerissen vom Wind, und David und Hallscheit machten sich daran, die aus der Erde gerissenen Pfähle neu in den Boden zu rammen, wobei Hallscheit die Pfähle hielt und David die eigentliche Arbeit verrichtete. Er hatte sein T-Shirt ausgezogen und seine Muskeln spannten sich mit jedem Hammerschlag. Wütende, verbissene Schläge waren es, jeder einzelne begleitet von einem Keuchen.

Noa konnte sich nicht zurückhalten. Wenn David sich jetzt in sein Schweigen zurückzog, dann würde eben sie die Fragen stellen, und da ihr nicht einfiel, wie sie das Thema auf den Wirt lenken sollte, beschloss sie direkt mit der Tür ins Haus zu fallen. »Herr Hallscheit, Sie . . . kennen Sie Gustaf schon von früher? Ich meine, als Kind? Als er noch ein Junge war?«

»Gustaf? Was soll ich den nicht gekannt haben. Wir sind hier keine Großstadt, Mädchen.«

David hielt beim Schlagen inne und warf Noa einen wütenden Blick zu, aber sie fragte weiter, trotzig und entschlossen.

»War Gustaf mit dem Maler unten an der Mühle, mit Robert ... waren die beiden befreundet?«
»Befreundet?« Der Bauer stutzte, dann lachte er. »Die beiden sind Brüder, Mädchen, unzertrennlich waren se. Auch wenn der Robert ein Bastard war. So haben se ihn genannt, wegen dem Kerl, der seine Mutter hat sitzen lassen.«
Was? Noa schüttelte den Kopf, sie verstand nicht ganz. Was hatte der Bauer gesagt? Völlig verstört sah sie zu David, aber dem stand der Schock regelrecht ins Gesicht geschrieben. Fassungslos starrte er den Bauern an, dann platzten die Worte aus ihm heraus. »Gustaf und Robert sind *Brüder?* Und Sie *wussten* das?«
»Junge.« Der Bauer sah plötzlich peinlich berührt aus. Er schüttelte den Kopf, als wäre er selbst erstaunt darüber, was ihm da gerade herausgekommen war. »Junge. Jeder weiß das. Dachte, du auch. Keiner spricht davon, aber dachte nicht ... Himmel, ich hab doch nichts mit den Leuten im Dorf zu schaffen, ich ...« Der Bauer hielt inne, als schien sein Wortschatz nicht auszureichen, um das auszudrücken, was ihm jetzt durch den Kopf ging, aber David ließ den Hammer fallen und trat auf den Bauern zu.
»Los, erzählen Sie's mir. Raus mit der Sprache, los!« Davids Stimme klang bedrohlich, seine Augen waren dunkel vor Zorn.
Der Bauer bückte sich nach dem Hammer, schwerfällig, er ächzte, als er wieder hochkam. Er sah von Noa zu David, schien sich zu winden, aber schien auch zu merken, dass es zu spät war, dass er jetzt weiterreden musste.
»Roberts Vater war einer aus dem Nachbardorf. Hat der Esther schöne Augen gemacht. Aber dann hat er se sitzen lassen, noch bevor der Junge kam. Hat sich davon gemacht, ist weg aus dem Dorf. Keiner wollte se mehr haben, die Esther, nur der Pe-

ter, der hat se geliebt. Hat se geheiratet und mit ihr die Wirtschaft gemacht. Als Gustaf kam, ist er gestorben, da war se wieder allein. Hat's nicht einfach gehabt, eure Esther, weiß Gott nicht. Aber tapfer ist se gewesen und ihre Söhne waren immer für se da, auch der Bastard, und der Gustaf sowieso. Kennst ihn doch, David. Kennst ihn doch, den braven Kerl.«
Der Bauer kaute auf seiner Unterlippe, den Kopf noch immer halb gesenkt, während sich David an einen der eingerammten Pfähle gelehnt hatte. Sein Brustkorb hob und senkte sich in schnellem Tempo, während sein Gesicht wie versteinert war.
Noa schloss die Augen. Das Foto, dachte sie. Die beiden Jungen, Arm in Arm, mit ihren so verschiedenen Gesichtern. Sie waren Brüder. Alle wussten es, nur David, der mit Gustaf lebte, der hier in diesem winzigen Dorf, wo jeder jeden kannte, aufgewachsen war, hatte keine Ahnung. Gustaf, Esther, seine Mutter Marie, niemand hatte ihm davon erzählt.
»Aber warum?«, bohrte Noa jetzt weiter. »Warum haben die zwei nichts mehr miteinander zu tun, wenn sie früher unzertrennlich waren? Was ist passiert und warum spricht niemand darüber? Hat es . . . hat es was mit Eliza zu tun? Hat Robert etwas mit ihr gehabt?«
Der Bauer starrte auf den Hammer in seinen Händen und strich mit der Handfläche über das helle Holz. »Jeder hätte se gern gehabt, die Eliza. Schön war se wie 'ne Puppe aus Glas. Und lächeln konnt se, da wurde einem schwer ums Herz. Traurig war se, das hab ich immer gesagt.« Ein dünnes Lächeln erschien auf den Lippen des Bauern, sein Ton klang leicht ironisch, als er weitersprach. »Bin ja nur vom Land, aber was ich seh, das seh ich. Auch dass was nicht gestimmt hat mit den Eltern. Die Mutter hat man kaum gesehen, die war immer im Haus, der Vater draußen, im Garten, in der Wirtschaft, immer am Lachen, geschwätzt hat er mit allen im Dorf. Aber die Eliza,

die hat er nicht beachtet. Wie se manchmal neben ihm stand, als wär se gar nicht da. Ich hab's immer gesagt, damals, zu meiner Schwiegermutter. Hab gesagt, der Vater mag sein eigenes Mädchen nicht. Den Gustaf, den mochte er. Der Robert hat im Haus gearbeitet, aber den Gustaf, den hat der Steinberg eingeladen. Hat ihn behandelt wie einen eigenen Sohn. Hat ihm alles bezahlt, auch die Ohren.«

»Die Ohren?« Noa stieg das Blut zu Kopf, als sie wieder an das Foto aus der Mühle dachte. »Was meinen Sie damit, er hat ihm die Ohren bezahlt?«

»Geld gegeben hat er ihm«, schnaubte der Bauer. »Dass der Junge sich die Ohren machen lässt. Gelacht haben se, das ganze Dorf hat gelacht. Selbst ich hab schmunzeln müssen. Aber Gustaf hat's gemacht. Ging mit dem Doktor ins Krankenhaus und kam zurück mit neuen Ohren.«

Die Segelohren, dachte Noa. Gustaf hat sich operieren lassen. Und Elizas Vater hat es ihm bezahlt. Jetzt ergab zumindest das Sinn.

Aber das war noch immer keine Antwort, warum die beiden Brüder sich entzweit hatten. Wohl bestimmt nicht wegen einer Ohrenoperation.

»Eines Tages ist se dann weg«, fuhr der Bauer jetzt fort. »Zurück in die Stadt, mit den Eltern. Hat sich noch von uns verabschiedet. Wollten am nächsten Wochenende wieder kommen, aber kamen nicht.

Dafür kam die Polizei. Wollten wissen, wer se gekannt hat, die Eliza. Pah. Jeder hat se gekannt, wir sind hier keine Großstadt. Und jeder hat se gemocht, der Gustaf, der Robert, der Thomas, alle. Mit wem se was hatte, das wusst ich nicht, das geht mich nichts an. Das hab ich auch der Polizei gesagt. Ich steck meine Nase nicht in andrer Leute Dinge. Bei der Wirtschaft sind se auch gewesen, die Polizisten, aber dann sind se gefahren und dann ist auch der Robert weg. Nach unten in die Mühle. Die hat seinem Vater gehört, da is er rein. Hat sich im Dorf kaum blicken lassen, bis heute nicht. Was es mit dem Mädchen zu tun gehabt hat, das hab ich mich doch auch gefragt. Wo se doch in der Stadt verschwunden ist, das Mädchen, nicht hier. So hat's doch in der Zeitung gestanden. Keiner hat gewusst, was das soll. Nur meine Schwiegermutter faselt, hat auch gefaselt, als die Polizei gekommen ist. Von Schneewittchen und dem schwarzen Prinzen, hat se gesprochen, was soll man davon halten. Die arme Frau ist krank im Kopf, das war se immer schon.«

Der Bauer sah Noa an, dann David. Er sah erschöpft aus, als hätte er eine harte, lange Arbeit verrichtet.

David spuckte auf den Boden. Dann drehte er sich um und ging.

Noa blieb zunächst wie angewurzelt stehen. Dann gab sie sich einen Ruck und rannte hinter ihm her.

»Warte! Bitte, David, warte!«

Noa blieb stehen, mitten auf der Straße, vor dem Haus des Bauern, wo jetzt die Alte saß, aber Noa beachtete sie gar nicht, sie hatte nur Augen für ihn.

Sie schrie jetzt seinen Namen, und da blieb auch David stehen, drehte sich zu ihr um, seine Faust so fest um das T-Shirt gekrallt, dass die Knöchel weiß hervortraten.

»Was?« Es klang wie ein Pistolenschuss.

Noa ging auf ihn zu, in einem Meter Abstand blieb sie stehen.

Ich liebe dich, David.

Das war alles, was Noa denken konnte. Ihr ganzer Kopf, ihr Körper, ihr Herz waren voll von diesem Gefühl. Sie atmete es ein und aus, ein und aus. Es war das Einzige, was zählte, aber sie konnte es nicht rauslassen. Sie stand nur da und sah David

an. Und David sah sie an, ohne dass etwas geschah. Nichts. Äußerlich geschah einfach nichts.
Schließlich drehte sich Noa um und bog in die Straße zu ihrem Haus.
Kat war zurück, sie stand im Flur und kramte in den Jackentaschen herum.
»Ich hab meinen Assi angerufen«, rief sie Noa zu. »Ich fahre morgen früh nach Düsseldorf, die wollen ein Interview mit mir machen, wegen des Bambis. Gilbert kommt auch mit. Jetzt muss ich nur noch die verdammten Autoschlüssel finden, du hast sie nicht zufällig gesehen?«
Noa schüttelte den Kopf. Wahrscheinlich steckten sie im Auto, dort vergaß Kat sie meistens.
»He«, fragte Kat und musterte Noa besorgt. »Was ist mit dir? Wenn du Lust hast, könnten wir eine Nacht dort bleiben, irgendwo im Hotel, nur wir drei. Gilbert ist zur Kneipe gegangen, er will Marie fragen, ob sie die Katzen füttert, dann brauchen wir uns darum keine Sorgen zu machen.«
Kat sah Noa an. »Ich fände es schön, wenn du dabei wärst.«
Noa brauchte nicht lange zu überlegen. »Ich komme mit.«

In dieser Nacht kamen die Schritte aus dem Garten. Leise, fast lautlose Schritte waren es, die im feuchten Gras versanken. Aber Noa war auch heute wieder halb im Traum und die Schritte mischten sich in ihn hinein, genau wie die Geräusche, dumpf und vage. Das leise Rattern, das metallische Klappern, ein Ratschen.
Noa wollte aufstehen, aber der Schlaf war schwerer, er zog an ihr und hielt sie fest. Sie seufzte und drehte sich um, und dann träumte sie von David, einen langen, intensiven Traum, von dem sie sich am Morgen nur mit Mühe zu lösen vermochte.

VIERUNDZWANZIG

Wir fahren zurück in die Stadt, aber es ist kein Zuhause. Es ist nur ein anderer Ort, an dem ich nicht existiere. Im Haus auf dem Dorf werde ich existieren. Habe ich nicht gesagt, ich möchte eine Geschichte haben? Jetzt habe ich eine. Mein Vater hat sie mit erfunden, ohne es zu wissen. Ich war nett zu Dumbo und nun liebt er mich. Er liebt mich, während Robert mich begehrt. Das ist ein gewaltiger Unterschied.

Eliza, 19. August 1975

Die Schlüssel waren tatsächlich im Auto, Gilbert hatte sie gefunden und entschuldigte sich bei Kat. Er selbst hatte sie stecken lassen, gab er zerknirscht zu und fing sich von Kat eine Kopfnuss.

Die Katzen hatten sie im Haus zurückgelassen, Marie hatte eingewilligt sie zu füttern, aber Kat war es zu gefährlich, ein Fenster offen zu lassen. Die Luft war drückend, der blaue Himmel der letzten Tage hatte sich grau gefärbt, eine graue Decke, durch die eine blasse Sonne schien. Erst als Kat auf die Autobahn fuhr, wurde es klarer. Obwohl Samstag war, herrschte nicht viel Betrieb, die Autobahn war streckenweise fast leer, nur der Wagen geriet ein paar Mal ins Stottern, weil der Motor seltsame Geräusche machte.

»Was hast du mit Alfred veranstaltet, Gil?«, fragte Kat. Sie gab allen ihren Autos Namen, das letzte hatte sie Frau Müller-Lüdenscheid getauft, ihr erstes, ein blauer VW, hatte Tante Friedchen geheißen. »Falsch getankt?«
Gilbert schüttelte den Kopf, er sah beunruhigt aus. *»Normal«*, sagte er. »Ich hab *Normal* getankt, das schluckt er doch immer, oder nicht?«
Kat schüttelte den Kopf. »Eigentlich trinkt Alfred *Super*. Wenn's nicht besser wird, lassen wir ihn an der nächsten Tankstelle mal durchchecken. Aber jetzt sind wir ja gleich da.«

Als Kat zwei Stunden später den Landrover in einem Parkhaus der Düsseldorfer Altstadt parkte, schien die Sonne.
Die kleinen, kopfsteingepflasterten Gässchen waren überfüllt und es herrschte eine ganz eigenartige Stimmung – zumindest kam es Noa so vor. Als wäre die Welt von Slowmotion plötzlich auf Fastforward umgeschlagen. Die Leute wirkten fast ausnahmslos hektisch, trotz des gemütlichen Sommerwetters schienen alle wie von einer inneren Uhr angetrieben. Es war laut, alle möglichen Geräusche mischten sich durcheinander, streitende Pärchen, schimpfende Mütter, Hundegebell, Jazzmusik, die aus geöffneten Cafés oder Kneipen drang, und das Geschrei eines Mannes, der vor Woolworth auf einem Plastikeimer stand. Er trug einen Nadelstreifenanzug und auf dem Kopf einen pinkfarbenen Hut und er predigte lauthals von der Wiederauferstehung Jesu.
»Hey Gilbert, da kannst du dich doch dazustellen, was meinst du?«, scherzte Kat und diesmal war sie es, die sich von Gilbert eine Kopfnuss gefallen lassen musste.
Noa grinste.
Kats Interview war um zwei, Gilbert würde sie begleiten, aber Noa beschloss spazieren zu gehen. Sie wollte weg von diesem

Ameisenhaufen an Menschen und versprach Kat sie und Gilbert um fünf im Museum zu treffen. Kat wollte sich dort eine Ausstellung abstrakter Kunst ansehen, in der auch Robert mit seinen Bildern vertreten war.

Die Altstadt liegt am Rhein, an dessen langer Uferpromenade Noa entlangging, keinem Ziel folgend, bis sie an einer Telefonzelle vorbeikam. Die ganze Zeit über hatte der Gedanke an den Zeitungsausschnitt über Elizas Verschwinden irgendwo in ihrem Hinterkopf gelauert, jetzt trat er nach vorn, und als Noa in die von Graffiti beschmierte Zelle trat, zitterte sie plötzlich vor Aufregung.

Der Name Steinberg war in den abgegriffenen Telefonbüchern dreimal vertreten. Ein Doktor war auch darunter, die Adresse lautete Markgrafenstraße 4 und von einer älteren Dame erfuhr Noa, dass es bis dorthin gar nicht weit war. Die Straße lag in einem Viertel namens Oberkassel, gleich auf der anderen Rheinseite, einem der schönsten Viertel der Stadt, wie die alte Dame Noa vorschwärmte. Oben auf der Brücke gab es eine Straßenbahn, die direkt dorthin fuhr.

Als Noa aus der Bahn stieg, erfasste sie ein eigenartiges Gefühl. Zum ersten Mal, seit ihr Eliza auf diese unheimliche Weise erschienen war, wurde ihr klar, dass sie mit dem Mädchen etwas gemeinsam hatte. Sie beide kamen aus einer Großstadt und sie beide hatte es in das Dorf verschlagen, in dasselbe Dorf, dasselbe Haus.

Hatte auch Eliza sich dort verliebt? Hatte sie Robert geliebt, so wie Noa David liebte? Hatte Robert ihre Liebe erwidert? Erwiderte David ihre, Noas Liebe?

Und was für ein Verhältnis hatte Eliza zu ihren Eltern gehabt? Den Worten des Bauern nach zu urteilen, ein tragisches. Noa musste lächeln, als sie an den ironischen Tonfall dachte, in dem Hallscheit gesagt hatte, er sei vom Land, aber was er sehe, das sehe er. Wie musste das bloß sein, von dem eigenen Vater nicht einmal wahrgenommen zu werden? *Wie se manchmal neben ihm stand, als wär se gar nicht da.* Als wäre sie auch damals schon ein Geist gewesen, dachte Noa, zumindest in den Augen ihres Vaters. Was war mit der Mutter? Hallscheit hatte gesagt, sie wäre immer im Haus geblieben. Trauerte sie um Jonathan, Elizas Bruder? In der Zeitung hatte gestanden, er sei bei einem Motorradunfall ums Leben gekommen, und plötzlich fiel Noa seine Widmung wieder ein, seine Worte in dem Buch *Die Brüder Löwenherz*. Jonathan hatte geschrieben, dass er immer für sie da sein würde. Jetzt waren sie tot, alle beide. Und Noa war in der Stadt, in der Eliza gelebt hatte.

Die Markgrafenstraße war leicht zu finden, Noa brauchte nur zweimal fragen, dann war sie da. Eine schmale, ebenfalls kopfsteingepflasterte Seitenstraße mit vornehmen, repräsentativen Einfamilienhäusern, viele noch im Jugendstil, in verschiedenen Farben gestrichen, Lila, Hellgrün, Gelb.

Das Haus Nummer 4 war rot.

Ein dunkles, zurückhaltendes Rot, nur die Eingangstür, aus schwerem, glänzend poliertem Holz war dunkelblau gestrichen. In ihrer Mitte hing ein alter Türklopfer, ein Löwenkopf aus Messing.

Als Noa auf das Haus zutrat, ging die Haustür auf, so abrupt, dass Noa zurückstolperte. Ein Mann stand vor ihr, ein älterer Herr mit grauem, fast silbrigem Haar. Es war zurückgekämmt, seine kantigen Gesichtszüge hatten etwas Scharfes und seine Augen standen weit auseinander, genau wie die Augen von Eliza auf dem Aktbild, das Robert von ihr gemalt hatte.

»Kann ich Ihnen helfen?«, fragte der Mann freundlich irritiert.

Noa wusste nicht, was sie erwartet hatte. Sicher nicht, Elizas Vater so plötzlich und vor allem so nah gegenüberzustehen. Er trug eine Anzughose, ein helles Polohemd, darüber einen dunkelgrünen Pulli mit V-Ausschnitt, Marke teures Krokodil. Er roch nach Aftershave und wirkte frisch rasiert, aber an einer Stelle hatte er sich geschnitten, das Blut dort war noch feucht. Ein glänzender, plastischer Tropfen. Noa suchte in dem Gesicht des Mannes nach einem Ausdruck, einem Gefühl vielleicht, aber da war nur diese freundliche Distanz und eine unbestimmte Form von Kälte.

Noa schüttelte den Kopf, murmelte eine Entschuldigung und floh zurück in die Altstadt, froh jetzt um die Masse der Menschen, froh auch um Kat und Gilbert, die in der Eingangshalle des Museums schon auf sie warteten.

Das Interview war gut gelaufen, Kat hatte glänzende Laune, und nachdem sie die Ausstellung, in der tatsächlich zwei Werke von Robert vertreten waren, besichtigt hatten, lud Kat sie bei einem überteuerten Japaner zum Essen ein. Zweimal kamen Leute an ihren Tisch, einmal ein Ehepaar, einmal eine junge Frau. Sie baten Kat um ein Autogramm und musterten Noa und Gilbert mit neugierigen Seitenblicken. Beim Dessert fragte Kat etwas verschämt, ob es für Noa und Gilbert in Ordnung wäre, doch schon heute zurückzufahren, sie habe solche Sehnsucht nach Robert.

Noa sah Davids VW-Bus schon von weitem. Sie erkannte ihn im Dunkeln, ja vielleicht fühlte sie ihn sogar. Er bog gerade von der Zufahrtstraße des Dorfes auf die Landstraße, als Kat, die wie immer zu schnell fuhr, kreischte, dass die Bremsen nicht funktionierten, wie wahnsinnig an der Handbremse hantierte und im nächsten Moment mit voller Wucht in die Seite des VW-Busses schoss. Es waren Bruchteile von Sekunden, aber Noa sah alles ganz scharf und die Zeit war kein Fluss mehr, sondern eine rasende, abgehackte Abfolge von Bildern, jede Nanosekunde eine festgefrorene Einheit. Der VW-Bus kam näher – näher – näher, wie ein durch die Kamera angezoomtes Objekt. Davids Gesicht, es strahlte hell im Scheinwerferlicht, ein erstaunter Ausdruck, der Mund heruntergeklappt, die Augen offen, ganz weit offen. Der Aufprall, Noas Körper flog nach vorn, dann wieder zurück, der Gurt schnitt ihr in die Brust. Es krachte, klirrte, Glas flog durch die Luft, Splitter, unzählige Splitter, wie schön sie waren, wie unterschiedlich, geradezu perfekt in ihren Formationen, ein Kristallregen. In Noas Mund ein metallischer Geschmack, in ihrem rechten Handgelenk ein stechender Schmerz. Ein Schrei aus Kats Mund, ein Keuchen vom Beifahrersitz.

Dann Blut, überall Blut.

Davids Gesicht über Noa, blutüberströmt, irgendwo aus der Nähe und doch wie aus weiter Ferne Musik. Jim Carroll, der von den Sternen sang.

Aber da wurde es schon schwarz vor Noas Augen.

FÜNFUNDZWANZIG

Es gibt diese Geschichten von den blinden Weisen, die um einen Elefanten stehen. Der erste betastet den Rüssel und spricht: »Ein Elefant ist wie ein langer Arm.« Der zweite ertastet das Ohr und behauptet: »Ein Elefant ist wie ein großer Fächer.« Der dritte berührt den Schwanz und meint: »Der Elefant ist wie ein kleiner Strick mit borstigem Ende.«
Genauso ist es mit der Beschaffenheit meiner Geschichte. Robert, Dumbo, Marie, sie alle kennen einen Teil der Wahrheit, den sie für das Ganze halten.

Eliza, 20. August 1975

Noa war als Kind einmal im Krankenhaus gewesen, wegen einer Mandeloperation. Sie konnte sich noch daran erinnern, dass es jede Menge Eiscreme gegeben hatte, Kat hatte sie mitgebracht, Noas Lieblingssorte, Vanilleeis von Mövenpick. Becherweise hatte Noa das Zeug in sich hineingeschaufelt und das dicke Mädchen neben ihr, das am Blinddarm operiert und zu Schonkost verdonnert worden war, hatte geheult, weil sie auch Eis essen wollte, nicht diesen scheußlichen Krankenhausfraß.

Jetzt lag Noa in einem Vierbettzimmer, zusammen mit zwei hüftoperierten, älteren Damen und einer jungen Frau, die ei-

nen Verband um den Kopf trug. Sie schien nicht viel älter als Noa zu sein und lag im Bett gegenüber, gleich neben dem Fenster. Abwesend, ja beinahe apathisch sah sie aus, als stünde sie unter starken Beruhigungsmitteln, aber mitten in der Nacht begann sie plötzlich zu schreien, schrill und hoch wie ein Tier in Todesangst, bis die Pflegerin ins Zimmer kam, sich zu der jungen Frau aufs Bett setzte und beruhigend auf sie einredete. Dann gab sie ihr eine Spritze, und nachdem die Pflegerin den Raum wieder verlassen hatte, begann die Frau zu schluchzen, haltlos, ohne Unterlass und ungeachtet der anderen Patientinnen, die sich beschwerten, weil sie ihre Ruhe haben wollten.
Noa wäre gerne zu ihr gegangen, aber sie brachte es nicht fertig. Sie lag in ihrem Bett und starrte aus dem Fenster. Mondlicht sickerte durch die Zweige einer Birke und warf einen feinen, milchigen Strahl auf den kalten Linoleumboden des Krankenzimmers. Die Milchstraße, dachte Noa und an diesem Wort hielt sie sich fest, sagte es lautlos, immer wieder und wieder, bis es keinen Sinn mehr ergab. Aber das sollte es ja auch nicht, es sollte keinen Sinn ergeben, es sollte nur die Bilder fern halten, die in ihrem Kopf lauerten, geduckt, bereit zum Sprung, zur Attacke, Hirnattacke, alle Mann auf Noa, eins, zwei, drei und *los*.
Davids blutüberströmtes Gesicht, Kat eingepfercht zwischen Sitz und Lenkrad, Kats ausgerenkter Arm, Kats Hand auf der Suche nach dem Handy, Gilbert, stumm, reglos, den Kopf vornüber gebeugt, als schliefe er, die Sanitäter, der Krankenwagen, Polizeisirenen. Fragen, viel zu laute Fragen, die Worte wie Hammerschläge, die Fahrt zum Krankenhaus, Gilbert, immer noch reglos auf der Liege, Kat mit dem abgebrochenen Zahn, ihr panisches Gesicht, wo bringen Sie Gilbert hin, was ist mit ihm, wird er . . .
Sie hatten es nicht sagen können. Gilberts Beine waren gebro-

chen, beide Beine, er hatte Prellungen am Schulterbereich, sein Gesicht war zerschnitten von Splittern, der Kiefer war ausgerenkt. Aber das war nicht das Schlimmste gewesen. Das Schlimmste war der Blutdruckabfall, deswegen hatten sie ihn auf die Intensivstation bringen müssen. Verdacht auf Gehirnblutung. Das war die Information, mit der Noa dalag, die ganze, lange Nacht.

Nur Gilberts Handy war unversehrt geblieben, Kat hatte es aus der Tasche seiner Jeanshose gezogen, mit ihrem ausgerenkten Arm. Jetzt lag sie in einem Einzelzimmer für Privatpatienten, außer dem abgebrochenen Zahn und dem Arm war sie unversehrt, stand aber unter Schock und würde noch ein paar Tage bleiben müssen, während Noa am Morgen entlassen werden würde – mit einem verstauchten Handgelenk und einer Schnittwunde auf der Stirn. Ein Splitter, ein einziger Splitter hatte sie getroffen, genau auf die Stelle zwischen ihren Augenbrauen.

Auch David war in guter Verfassung, so hatte es der Krankenpfleger ausgedrückt, es wäre ein Wunder, dass niemand ums Leben gekommen sei, selbst den VW-Bus würde man wieder hinbekommen, das habe die Polizei gesagt, nur Kats Wagen nicht, der hatte einen Totalschaden und stand jetzt in der Polizeiwerkstatt, wo die Ursache für den Unfall festgestellt werden würde.

Kat schlief, als Noa am nächsten Morgen in ihr Zimmer kam und Gilbert – ja, Gilbert war außer Gefahr. Er hatte keine Gehirnblutung und lag nicht mehr auf der Intensivstation, sondern in einem Dreibettzimmer mit zwei älteren Herren, die auf ihren Betten saßen und Schach spielten. Gilbert war wach. Er hob einen Finger und zwinkerte Noa mit einem blutverkrusteten Auge unter seinem frischen Kopfverband zu. Er flüsterte etwas von einem Engel, mehr verstand Noa nicht, sie presste sich die Hand auf den Mund, um das Schluchzen zurückzudrängen, das ihr in der Kehle saß, und lief nach draußen in die Eingangshalle, wo David auf sie wartete. Er war genäht worden, das viele Blut war aus einem tiefen Schnitt über dem Wangenknochen gekommen, ansonsten war ihm nichts passiert.

Wie zwei Kinder fassten sich die beiden an den Händen.

Marie kam, um sie zu holen, und als sie draußen vor dem Krankenhaus aus dem Auto stieg, trug sie ihr blondes Haar offen über einem weißen Kleid und sah aus wie Gilberts geflüsterter Engel.

Krümel lag in seinem Zimmer und schlief. Marie hatte den Arzt gerufen und ihm eine Spritze geben lassen, weil er die ganze Nacht nach seinem Bruder geschrien hatte, bis ihm die Stimme wegbrach. »Außerdem hat er in der Stube randaliert«, sagte sie mit belegter Stimme. »Das ganze Bücherregal hat er umgeworfen, aber zum Glück konnte ich alles wieder in Ordnung bringen, bevor Esther und Gustaf aus dem Garten kamen. Um Gustaf mache ich mir keine Sorgen, aber Esther, du weißt ja, wie sie ist. Unordnung bringt sie völlig aus der Fassung. Mein Gott, David, was rede ich da eigentlich. Ich ... ich bin selbst völlig durcheinander. Du hättest tot sein können. Du musst einen Engel gehabt haben, einen Schutzengel, ich bin so dankbar. So dankbar.«

Marie legte die Hand auf Davids Bein, aber David erwiderte nichts. Er saß nur stumm da und starrte aus dem Fenster, bis sie vor der Kneipe hielten.

Esther stand schon an der Tür. Sie war leichenblass, stürzte auf David zu, warf sich ihm in die Arme, weinte und presste immer wieder »mein Junge« hervor. »Mein lieber, lieber, guter Junge.«

Gustaf stand in der Küche und kochte Suppe. Er versuchte zu lächeln, aber sein Gesicht war wie eine Maske, die roten Flecken krochen ihm bis zu den Ohren hoch, den flach anliegenden Ohren, die ihm Elizas Vater vor dreißig Jahren bezahlt hatte.
»Leute von der Zeitung waren hier«, sagte Esther und ihr Ton klang so vorwurfsvoll, als wäre Noa der Urheber des Ganzen. »Zweimal schon, wir haben sie weggeschickt, wohl hoffentlich mit eurem Einverständnis. Es wird nicht im Sinne deiner Mutter sein, dass man sie öffentlich für diesen Unfall anklagt.«
»Es war nicht Kats Schuld«, rief Noa empört über diese Äußerung aus. »Die Bremsen haben nicht funktioniert. Es lag nicht an Kat.«
Esther nickte, kniff die schmalen Lippen zusammen und ließ den Blick nicht von David, der jetzt aus der Küche ging, um nach seinem Bruder zu sehen.
Noa würde hier bleiben, bis Kat aus dem Krankenhaus kam, das sei eine Selbstverständlichkeit, beeilte sich Gustaf zu sagen und Noa wusste nicht, ob sie dankbar oder erschrocken über dieses Angebot sein sollte. Aber sie würde es natürlich annehmen. Es war undenkbar, die Nacht allein im Haus zu verbringen. Wir müssen Robert Bescheid sagen, dachte Noa, aber sie war so müde, so furchtbar müde. Marie bot ihr an sich in Davids Bett zu legen, David würde diese Nacht in ihrem Bett bei Krümel schlafen und sie auf dem Sofa in der guten Stube.
Die gute Stube war das Wohnzimmer, ein kleiner Raum gleich neben der Küche. Ein altes grünbraunes Sofa, ein Couchtisch mit Spitzendeckchen und kitschigen Glasfiguren, geblümte Tapeten, ein Bücherschrank aus dunkler Eiche. Von Krümels Randale war nichts mehr zu bemerken, alles war peinlich geordnet, die Bücher im Schrank, die Glasfiguren auf dem Tisch, die Kissen auf dem Sofa mit ihrem Knick in der Mitte. Der

Raum sah aus, als würde er nie betreten. Er roch auch so. Nach Möbelpolitur und nach Einsamkeit.
Noa hatte einen Blick hineingeworfen, bevor sie die Treppen nach oben ging. Im Flur vor Krümels und Maries Zimmer stand David. Sein Gesicht war starr vor Schreck, seine Stimme war kaum mehr ein Flüstern.
»Sieh dir das an«, brachte er hervor. »Komm mit und sieh dir das an.« Er warf einen angsterfüllten Blick über Noas Schulter, als befürchte er, jemand könnte hinter ihr nach oben kommen, dann riss er sie am Arm und zog sie in das kleine Zimmer, das Marie und Krümel teilten. Er zerrte sie zum Bett seines Bruders, der unter der Bettdecke lag und schnarchte. Speichel floss ihm aus dem Mundwinkel. David schlug die Decke zurück, vorsichtig.
Krümel hielt etwas im Arm.
Es war ein Buchschuber, ein dunkelbrauner, abgegriffener Karton, auf dem zwei matt schimmernde, betende Hände abgebildet waren. Maries Worte fielen Noa ein, dass Krümel unten in der Stube das Bücherregal umgeworfen und Marie alles wieder in Ordnung gebracht hatte. Ob Davids Mutter entgangen war, dass Krümel eins der Bücher mitgenommen hatte? Aber warum versetzte das Buch David in eine solche Aufregung? Noa runzelte irritiert die Stirn. Was sollte das?
Krümel schlief so tief, dass David seinen Arm hochheben konnte. In dem Schuber steckte ein Buch, aber es war nicht die Bibel.
Es war ein in blutrote Seide eingefasstes Tagebuch. David zog es heraus, während sein Blick immer wieder zur Tür huschte. Noa erstarrte.
Es war das Buch auf Roberts Bild in der Mühle. Eliza hatte es in den Händen gehalten. Ihre eine Hand hatte die Vorderseite verdeckt, doch jetzt war das Buch ganz zu sehen. Es hatte kei-

nen Titel, aber auf der Vorderseite saß ein winziger, rot schimmernder Stein. Ein Strassstein, in der Farbe eines Rubins.
Elizas Juwel.
Sie hatten es gefunden.

SECHSUNDZWANZIG

Das ist der Plan, das ist meine Geschichte.
Jetzt muss sie nur noch geschehen.
Eliza, 21. August 1975, 17 Uhr

Ich hasse, hasse, hasse ihn! Er nimmt mich mit in dieses Haus wie etwas, das ins Gepäck gehört, nicht, weil es schön ist, sondern, weil es mitmuss, ein notwendiges Übel, wie ein sperriger Regenschirm. Notwendig bin ich nicht, aber ein Übel werde ich sein, darauf kann er Gift nehmen.

Das war der erste Eintrag.

Der erste Eintrag in Elizas Juwel, ihrem Tagebuch. Er war vom 3. Juli 1975. Sie hatte mit roter Tinte geschrieben, die filigrane, leicht geschwungene Handschrift schimmerte, als sei sie noch ganz frisch. Auch der Duft war frisch, der Duft nach Elizas Parfüm. Die Seiten rochen nach ihm, süß und schwer.

Sie saßen auf dem Boden, Noa und David, direkt unter der Dachluke in Davids Zimmer. Die Türe war verriegelt. Sie saßen nebeneinander, das Buch lag zwischen ihnen, jeder hielt einen Teil in der Hand und in seiner anderen Hand hielt David eine Kerze. Sie hatten warten müssen, bis jetzt, bis alle schliefen.

Noa hielt die rechte Buchseite, ihre Hand zitterte, als sie umblätterte, und als Davids Hand die Seite entgegennahm, war sie kalt.

Die Einträge waren kurz, manche lasen sich wie ein Gedicht, andere wie Momentaufnahmen oder Bilder, aber sie hatten ei-

ne Reihenfolge, fügten sich zu einem Ganzen, einer Geschichte. Und wie in einem echten Buch, auf dessen Ausgang man hinfiebert, juckte es Noa in den Fingern, vorzublättern, auf die letzte Seite, auf das Ende.
Aber sie tat es nicht. Gemeinsam mit David sog sie Elizas Geschichte ein.
Wie Eliza an einem ihrer ersten Abende neben ihrem Vater in der Kneipe saß und sich wünschte, jemand würde sich an ihrem Gesicht schneiden.
Wie sie die *Brüder Löwenherz* auf dem Nachttisch der Mutter fand und sich an Jonathan, ihrem toten Bruder, festhalten wollte. Wie sie Robert kennen lernte, den Jungen mit dem Muttermal und den dunklen Augen. Er half beim Renovieren und Elizas Vater versuchte vergeblich seine Zuneigung zu gewinnen. *Er sucht Ersatz für Jonathan, als wäre ich nicht vorhanden. Dafür hasse ich ihn einmal mehr!*
Aber auch Eliza beschloss Robert zu mögen. Den Satz las Noa mehrere Male. *Ich glaube, ich werde beschließen ihn zu mögen.*
Eliza besuchte Marie, das Mädchen mit den blonden Zöpfen und dem kratzigen Rock. Davids Mutter. Für Eliza war sie eine Sechzehnjährige, die an Geister glaubte, wie ein kleines Kind. Eliza machte sich lustig darüber, doch dann, in der Stille der Nacht fragte sich Eliza, was geschähe, wenn sie selbst ein Geist wäre. Ob ihr Vater dann mit ihr sprechen würde, im Traum nach ihr riefe, so wie Eliza nach Jonathan rief.
Den Dachboden erklärte Eliza zu ihrem Reich, dort wollte sie eine Geschichte haben, eine Geschichte, die sie selbst bestimmte.
Im Dorf wurde über Robert geredet, angeblich war er vorbestraft, angeblich war da etwas mit einem Mädchen. Eliza aber fand ihn schön, wie eine Nacht ohne Sterne. Er schenkte ihr die Truhe. Die Truhe mit den Vögeln, die Noa auf dem Dachboden

gefunden hatte, hinter dem Balken, eingewickelt in Elizas Kimono. Sie war das Versteck für die Leica von Elizas Vater. Und sie war wie geschaffen für Elizas Juwel.

Eliza glaubte, dass die Angst vor einem Abgrund in Wahrheit eine Sehnsucht sei. Eine Sehnsucht, sich fallen zu lassen – oder die Arme auszubreiten und zu fliegen.

Sie vertraute niemandem, aber Marie vertraute Eliza an, dass sie Robert liebte. Bei diesem Eintrag zuckte David zusammen, als sei er geschlagen worden. Noa wollte weiterblättern, aber David hob abwehrend seine Hand. Noa sah die Bewegungen seines Kiefers, so heftig biss er beim Lesen die Zähne zusammen.

Ich habe gedacht, es wäre schön, unschuldig zu sein. Dumm und unschuldig, so wie Marie. Ich sehe das Leuchten in ihren Augen, aber ich sehe auch, dass es verschwinden wird. Es wird schwächer und schwächer werden, wie ein Feuer, das erst zu Glut und dann zu Asche wird.

Am See dachte Eliza an Jonathans Worte. Worte über die Liebe, wunderschöne Worte, die Noa Tränen in die Augen trieben, weil sie wie ein Spiegel ihrer Gefühle zu David waren. Worte, die ihr aber auch ein Bild von Jonathan gaben, Elizas Bruder – vielleicht der einzige Mensch, den Eliza je geliebt hatte.

Es gab einen Kampf zwischen Robert und Thomas Kord. Robert griff Kord mit dem Messer an und Roberts Bruder stand dabei und strahlte. *Wer meinen Bruder was antut, den mach ich fertig.* Das waren Roberts Worte.

Dumbo. Wie spät sein Name auftauchte, weit nach der Mitte des Buches. Elizas Vater lud ihn ins Haus ein und Dumbo spionierte Eliza nach. Sie glaubte, dass er in sie verliebt war. Sie erwischte ihn an der Truhe mit ihrem Juwel, danach trug sie den Schlüssel wieder um den Hals. *Er soll nichts wissen von Robert und mir, niemand soll etwas wissen – so lange, bis ich es entscheide.*

Der Vater wünschte sich einen Jungen wie Dumbo zum Sohn.

Im Gegensatz zu Robert hatte er mit ihm ein leichtes Spiel, Dumbo vergötterte ihn und Noa konnte Elizas Hass auf den Vater fühlen, als spränge er aus den Zeilen heraus.
Robert malte Eliza. Er malte sie nackt auf dem Sofa, glühend vor Verlangen war er dabei, aber Eliza lag ganz still.
Ihr Vater bezahlte Dumbo die Ohrenoperation, begleitete ihn sogar. Eliza sollte nett zu dem Jungen sein, und das war sie. Auf ihre Weise. Auf eine Weise, die Noa brennende Röte in die Wangen trieb.
Robert begehrte Eliza, während Dumbo sie liebte. *Das ist ein gewaltiger Unterschied.*
Am 19. August, zwei Tage vor ihrem Tod, verließ Eliza mit ihren Eltern das Dorf. Sie hatte jetzt ihre Geschichte – aber Robert, Marie, Dumbo, sie alle kannten nur einen Teil davon, einen Teil, den jeder von ihnen für die Wahrheit hielt.

Noa atmete heftig, sie wollte umblättern, aber David legte den Finger an die Lippen und blies hastig die Kerze aus.
Auf der Treppe war ein Geräusch. Schritte auf dem Flur, vor Davids Tür hielten sie an. Die Klinke wurde heruntergedrückt, lautlos. Sie blieb so, blieb nach unten gedrückt, endlose Sekunden lang, dann, ebenso lautlos, bewegte sie sich wieder nach oben. Die Schritte entfernten sich. Wie leise sie waren. Davids Hand fuhr über den Fußboden, auf der Suche nach den Streichhölzern, und als er die Kerze wieder anzünden wollte, zitterte seine Hand so sehr, dass Noa ihm helfen musste.
Der nächste Eintrag war länger. Es war der einzige Eintrag, der länger war.

Heute ist mein Geburtstag.
Marie wird mich abholen, wie wir es verabredet haben. Um 23:05 Uhr kommt mein Zug am Bahnhof an. Marie wird mit dem Fahrrad

kommen, zu Fuß wäre es zu weit. Mit dem Fahrrad, bergab, wird es gehen. Marie wird wissen, dass ich es zu Hause nicht aushalten kann, dass ich ins Dorf will, ins Haus, auf den Dachboden, in mein Reich. Marie wird nicht mit mir kommen, auch das weiß sie. Wer kommen wird, das weiß sie nicht. Sie wird denken, ich feiere für mich, sie ist dumm genug mir zu glauben und ich muss ja nicht einmal lügen dafür. Ich muss ihr nur sagen, dass sie mit niemandem sprechen soll, muss sie bitten ein Geheimnis zu hüten. Sie wird es für mich tun, sie würde alles für mich tun, das sehe ich an ihren Augen.

Dumbo ist mein Ehrengast. Das Nettsein hat sich gelohnt. Es ist kaum zu glauben, wie schnell man einen Menschen zum Lieben bringen kann. Pfeilschnell. Zielen, schießen, treffen. Voll ins Herz.
Ich liebe dich, Eliza. Ich liebe dich unsterblich.
Dumbo hat es gesagt, immer wieder, am Abend vor unserer Rückfahrt in die Stadt. Ich habe gelächelt und ich habe gesagt, dass ich wieder kommen werde, schon bald und ohne meine Eltern. Nur ich allein werde kommen und auf dem Dachboden werde ich auf ihn warten. Am 21. August, um Mitternacht. Punkt Mitternacht soll er hier oben sein, keine Minute früher. Keine Minute später.
Es wird mein Geburtstag sein und ich werde für Dumbo ein Geschenk vorbereiten. Ich habe ihm genau beschrieben, wo er stehen soll. Bei der Flügeltür, hinter dem rechten Fenster, mit Blick auf das Sofa. Dort werde ich sein. Und ich werde ihm die Liebe zeigen. Das habe ich ihm gesagt, das ist Dumbos Wahrheit.

Robert ist mein zweiter Gast – und Dumbo weiß nichts von uns, nichts, nichts, nichts. Es ist genau, wie ich es haben wollte. Er sollte nichts wissen, bis ich es entscheide.
Und Robert weiß nichts von Dumbo! Heute Abend wird Robert in der Kneipe arbeiten – bis Mitternacht. Um diese Zeit wird Dumbo

schon hier oben auf dem Dachboden sein, hinter dem rechten Fenster, während ich mich ausziehe . . . langsam, lächelnd . . .
Und dann wird Robert kommen. Nicht über die Treppe vom Haus wie Dumbo – sondern von hinten durch die Scheune und von dort über die Leiter. Um zehn nach zwölf soll er hier sein. Keine Minute früher. Keine Minute später. Das hat Robert mir schwören müssen.
Um das Sofa herum werden Kerzen leuchten. Viele Kerzen. Wie ein Feuerkreis werden sie um das Sofa stehen, es wird strahlen, während das Fenster im Dunklen bleibt.
Robert wird Dumbo nicht sehen. Seinen dummen Dumm-bo-Bruder, den er so liebt. Aber in dieser Nacht wird Robert mich lieben. Und sein Bruder wird uns dabei zusehen.
Das ist der Plan. Das ist meine Geschichte. Jetzt muss sie nur noch geschehen.
Eliza, 21. August 1975, 17 Uhr

SIEBENUNDZWANZIG

Die Luft ist drückend und schwer. Draußen steigt Nebel auf, er geistert über die Wiesen. Als ich das Zugfenster öffne, riecht es nach Regen. Kein Mond, keine Sterne, nur Nebel und der Geruch nach Regen. Vielleicht wird sogar ein Sturm daraus.

Eliza, 21. August 1975, 22:30 Uhr

Die Einträge im Tagebuch waren mit Elizas Namen und dem Datum unterschrieben, nur die letzten vermerkten auch noch eine Uhrzeit. Sie waren am 21. August 1975 geschrieben worden. An Elizas Todestag.

David und Noa saßen da und fanden keine Worte. Noa dachte an das Bild von Eliza, an ihre Schönheit, ihr kaltes, gläsernes Gesicht, das Lächeln, das kein Lächeln war, und an all die Einsamkeit, die sich dahinter verbarg. Nicht einmal ihrem Tagebuch hatte Eliza diese Einsamkeit anvertraut, als sei auch das Buch ein Gegner. Aber die Einsamkeit schwang mit, schwebte zwischen den Zeilen, tanzte darin umher wie ein Geist, gebannt in rote Tinte, eingesperrt zwischen den Seiten.

»Und wenn es doch Robert war?«, flüsterte David irgendwann in die Stille hinein. »Wer seinem Bruder etwas antut, den macht er fertig, hat er zu Eliza gesagt. Eliza hat seinem Bruder etwas angetan. Wir kennen die Geschichte, aber wie sie geschehen ist, das wissen wir nicht, und das Ende kennen wir

auch nicht. Was, wenn Robert ihn gesehen hat? Was, wenn Robert gemerkt hat, wozu Eliza ihn benutzen wollte?«
Noa stand auf. »Das fragen wir sie jetzt selbst.«
Leise schlichen sie nach draußen.

Die Katzen waren immer noch im Haus. Noa hatte sie völlig vergessen, zum Glück hatte Marie ihnen zu fressen gegeben, aber die beiden waren es nicht gewohnt, so lange allein zu sein. Pancake maunzte herzergreifend, während Hitchcock beleidigt war und mit hocherhobenem Schwanz an Noa vorbei in den Garten lief. Es roch nach Gewitter. Ein leiser Wind war aufgezogen. Er strich durch die Blätter der Bäume und über dem dunklen Gras bildeten sich feine Nebelschleier.
Aber da war noch etwas. Etwas war noch anders im Garten, Noa konnte zunächst nicht erkennen, was, aber dann sah sie es. Der Komposthaufen. Er war zugeschüttet. Frische Erde lag über dem eingemauerten Beet und die von Kat ausgegrabene, alte Erde war verschwunden. Einen Augenblick lang stand Noa sprachlos davor. Eine Ahnung stieg in ihr auf, eine furchtbare Ahnung, aber sie unterdrückte sie und folgte David nach oben ins Wohnzimmer.

»Wir haben es«, flüsterte Noa, die Finger auf dem Glas. »Wir haben dein Juwel gefunden und wir haben es gelesen. Aber warum hat Gustaf es bei uns auf dem Boden gesucht, wenn es schon in seinem Haus war? Hast du . . .«
»Noa, das ist jetzt nicht das Wichtigste!«, unterbrach sie David hastig. »Du hast die Schritte vor meinem Zimmer gehört, wenn Gustaf rauskriegt, dass wir das Buch haben, kann es uns an den Kragen gehen. Es geht darum, ob er es war. Sag es uns, Eliza. Sag es uns! War es Gustaf, der, den du Dumbo nennst? Roberts Bruder? Hat Dumbo dich umgebracht?«

Es blieb still, unendlich lange blieb es still, bis sich das Glas in Bewegung setzte.
Und dann verkehrte Eliza Davids Frage in eine Antwort.
ES WAR DUMB
David sprang auf. »Okay. Das reicht. Lass uns zu Robert gehen.«

Mittlerweile war es tiefe Nacht, aber in der Mühle brannte noch Licht, und als David und Noa klopften, öffnete der Maler sofort. Er sah aus, als hätte er nicht geschlafen.
»Kat hat mich angerufen«, sagte er. »Heute Mittag, nachdem ihr entlassen wart. Ich war schon bei ihr. Mein Gott. Mein Gott, ihr hattet solches Glück. Wie geht es euch? Seid ihr okay?«
Statt eine Antwort zu geben, zog Noa das Juwel hinter ihrem Rücken hervor und hielt es dem Maler hin. Sein Gesicht wurde bleich.
»Wo habt ihr das her?«
»Lies es einfach«, sagte David.
Während Robert las, saßen Noa und David am Tisch. Dort standen noch Essensreste, Oliven, Käse, frisches Brot, getrocknete Tomaten und Feldsalat, daneben eine fast leere Flasche Rotwein.
Noa hatte von Gustafs Suppe kaum etwas herunterbekommen und beim Anblick des Essens knurrte ihr der Magen, aber sie konnte nichts essen, jeder Bissen wäre ihr im Hals stecken geblieben.
David schien es nicht anders zu gehen. Er rauchte eine Zigarette nach der anderen, sah aus dem Fenster, zum Wald hin, wo der Nebel immer dichter, die Luft immer schwerer wurde, aber Noa hielt den Blick auf Robert geheftet. Sein Gesicht war starr, ohne jeglichen Ausdruck und das einzige Geräusch im Raum war das Umblättern der Seiten.

Das Telefon klingelte, mehrere Male, bis der Anrufbeantworter ansprang, und dann wurde jedes Mal aufgelegt.
Als Robert das Buch zuklappte, hob er den Kopf und starrte ins Leere. Da war noch immer keine Regung in seinem Gesicht. Wie betäubt sah er aus.
Er hat es nicht gewusst, dachte Noa. Er hat mit Eliza geschlafen, aber er hat nicht gewusst, dass sein Bruder dabei zusah.
»Das Mädchen«, sagte David plötzlich scharf. »Das Mädchen, mit dem etwas war, wie Eliza es in ihrem Buch geschrieben hat. Mit dem du etwas hattest, wie sie im Dorf sagten. War es meine Mutter?«
Robert schüttelte den Kopf. »Nein. Es war eine andere. Sie war schwanger, von mir, und ihre Eltern sind mit ihr weggezogen, in ein anderes Dorf. Ich weiß nicht, ob sie das Kind bekommen hat, ich habe nie wieder etwas von ihr gehört. Deine Mutter und ich, wir ... wir waren Freunde. Ich wusste nicht mal, dass sie mich geliebt hat. Eliza hat ihr Geheimnis gut gehütet.«
»Und das mit der Körperverletzung?«
Robert lachte bitter. »Das war Thomas Kord. Er hat Gustaf im Wald an einen Baum gefesselt. Die halbe Nacht habe ich nach ihm gesucht. Als ich ihn fand, bin ich ausgeflippt. Aber ich denke mal, es gibt jetzt wichtigere Dinge, als meine Vergangenheit zu klären. Was wisst ihr sonst noch? Was weiß mein Bruder? Was weiß Marie? Und woher habt ihr das verdammte Buch?«
»Aus meiner Mutter und Gustaf haben wir nichts rausbekommen«, sagte David und ließ damit die Frage nach Elizas Juwel unbeantwortet. »Aber wir wissen, dass Gustaf nach dem Tagebuch gesucht hat. Wir haben seine Schritte gehört, nachts auf dem Dachboden von Noas Haus. Und wir wissen, dass jemand versucht hat Marie zu erpressen.«
»Thomas Kord«, fügte Noa hinzu. »Wir glauben, dass er Marie erpressen wollte.«

Robert nickte. »Ja, der Mistkerl hat Marie in dieser verfluchten Nacht gesehen, auf dem Fahrrad mit Eliza. Es war ein furchtbarer Sturm, es war nebelig, kein Mensch war auf der Straße, aber ausgerechnet Kord hat sich draußen rumgetrieben, weiß der Himmel, warum, und er hat sie erkannt. Als eine Woche später die Polizei da war, hat Kord nichts gegen Marie ausgesagt, aber danach fing er an sie zu belästigen, bis ich ihm einen kleinen Besuch abgestattet habe.« Robert steckte sich eine Olive in den Mund. Sein Gesicht war dunkel, in seinen Augen blitzte der Zorn und Noa musste an Elizas Tagebuch denken, an das, was sie über den Maler geschrieben hatte, dass sie das Gefährliche mochte, das von ihm ausging, und dass sie ihn seltsam schön fand, wie eine Nacht ohne Sterne. Robert spuckte den Olivenkern in seine Handfläche und warf ihn auf seinen Teller. »Danach hat Kord sie jedenfalls in Ruhe gelassen, aber vor kurzem hat er wieder angefangen. Auf dem Dorffest, um genau zu sein.« Robert wechselte einen kurzen Blick mit Noa. »Marie war gestern bei mir und hat es mir erzählt. Sie sagte, sie sei schon einmal hier gewesen, in der Nacht nach dem Dorffest. Sie sagte, sie hätte Licht im Haus gesehen, aber ich wäre nicht da gewesen. Ihr wart hier, nicht wahr?«
»Ja. Das waren wir. Wir haben das Bild von Eliza gesehen«, sagte Noa. »Ein Foto gab es auch. Ein Foto von Eliza, auf dem Dachboden. Sie trug einen hellen Kimono und stand vor dem Abgrund. Sie hatte die Arme ausgebreitet und du – du hast das Foto gemacht.«
Noa hatte die letzten Worte nicht als Frage formuliert und Robert schien nicht erstaunt darüber zu sein. Seine Hände strichen über das Buch, das noch immer auf seinen Knien lag. Es war eine leichte, fast zärtliche Bewegung, während sein Gesichtsausdruck noch immer dunkel war.
»Eliza sprach oft davon, zu fliegen. Irgendwo herunterzu-

springen und zu fliegen. Sie lachte dann immer, als sei es ein Spaß, ein Spiel. Aber ihr Lachen ...« Robert schloss die Augen, als wollte er die Erinnerung verdrängen. »Ihr Lachen war eigentlich ein Weinen. Ein Schreien. Ja, ich habe ein Foto von ihr gemacht. Sie hat mich darum gebeten. Sie hatte ihrem Vater die Kamera geklaut und oben auf dem Boden versteckt. Sie sagte immer wieder, wie sehr sie ihren Vater hasste. Aber wenn sie ihn ansah, wenn sie manchmal in eins der Zimmer kam, in denen wir gearbeitet haben, dann war da kein Hass in ihren Augen. Da war nur Schmerz.«

»Und die Mutter?«, fragte Noa. »Was war mit Elizas Mutter?«

Robert zuckte mit den Schultern. »Sie war depressiv. Ich habe sie nie zu Gesicht bekommen, ich glaube, sie lag nur im Bett. Eliza sagte mir einmal, sie hätte den Tod ihres Bruders nicht überwunden. Er ist mit dem Motorrad verunglückt, als Eliza zwölf war. Jonathan, er hieß Jonathan. Eliza sagte, er war der Liebling ihres Vaters, aber ich glaube, sie liebte ihn auch. Manchmal hatte ich das Gefühl, sie wollte ihm folgen.«

Robert hob den Kopf. »Das Foto vom Dachboden. Wo habt ihr es?«

»Ich habe es entwickelt«, sagte Noa leise. »Es war noch in der Kamera, ich ... es, es war doppelt belichtet. Ich kann es dir zeigen, wenn du willst.«

Robert schüttelte den Kopf und legte Elizas Juwel auf den Tisch.

»Wir haben noch ein Foto gefunden«, sagte David und drückte seine Zigarette auf dem weißen Unterteller aus, den Robert ihm hingeschoben hatte. »Hier in deinem Haus. Das Foto von dir und Gustaf. In deinem Nachttisch. Ihr seid Brüder. Ihr zwei seid Brüder und ich hatte keine Ahnung. Ich habe fast mein ganzes Leben mit Gustaf verbracht und ich hatte keine Ahnung, dass ihr Brüder seid. Dass Esther ... dass sie deine Mut-

ter ist. Verdammt, Robert, was ist passiert? Was ist in dieser Nacht passiert?«
Robert ging in die Küche und kam mit einer Flasche Whiskey und drei Gläsern zurück. Noa und David winkten ab, aber Robert goss sein Glas halb voll und trank es leer, in einem Zug.
»Was passiert ist, habt ihr gelesen«, sagte er bitter. »Meinen Teil der Geschichte habe ich erfüllt. Danach bin ich gegangen. Eliza hat mich weggeschickt und ich bin gegangen, die Leiter zurück nach unten. Davongeschlichen habe ich mich, wie ein Dieb mit leeren Händen. Am nächsten Morgen war Eliza fort. Eine Woche später kam die Polizei. Das ist alles, was ich weiß.«
»Und Gustaf?« David griff Robert am Arm, aber Robert schüttelte ihn ab. »Verdammt, spreche ich undeutlich? Ich weiß nicht, was mit Gustaf war. Ich habe ihn nicht gesehen. Ich habe nichts gesehen, nur Eliza. Nur Eliza habe ich gesehen, was wollt ihr sonst noch von mir hören? Ich weiß nicht mal, ob Gustaf überhaupt auf dem Dachboden gewesen ist! Ich weiß nur, dass er am nächsten Tag sein Zimmer nicht verlassen hat. Dass ich stundenlang an seine Zimmertür trommeln musste, bis er mir endlich aufgemacht hat – um mir ins Gesicht zu spucken. Dass er seit diesem Tag kein einziges Wort mehr mit mir gesprochen hat. Dass meine Mutter mich gebeten hat das Haus zu verlassen und mich niemals wieder blicken zu lassen.«
»Gut«, sagte David kalt. »Oder nicht gut, wie auch immer. Wir haben einen Beweis, wir haben das Buch. Wir gehen zur Polizei. Wir haben jetzt endlich etwas in der Hand, womit wir diese Geschichte zu Ende bringen können. Was ist, kommst du mit?«
Das Klingeln des Telefons kam Robert zuvor. Diesmal ging er dran.
»Ja«, hörte Noa ihn sagen. »Ja, sie sind hier, beide. Willst du Noa – was? ... WAS?« Robert hielt inne, Noa konnte Kats Stim-

me durch das Telefon hören, ohne ihre Worte zu verstehen. Kat klang hysterisch, völlig außer sich, so wie Noa sie nie gehört hatte – nie im wirklichen Leben jedenfalls. Im Fernsehen hatte Kat oft Frauen gespielt, denen schreckliche Dinge geschahen – und ihre Stimme hatte dann genauso geklungen wie jetzt. Gilbert, um Himmels willen, war etwas mit Gilbert? War er vielleicht doch ... Noa wollte aufspringen und zum Telefon stürzen, aber Robert hob abwehrend seine Hand und David legte die seine auf Noas Schulter, aber er konnte sie nicht beruhigen, Noa fing am ganzen Körper an zu zittern, während sie wie gebannt auf Robert starrte.

»Oh, mein Gott«, kam es von ihm. »Nein, bleib. Bitte bleib, mach dir keine Sorgen, ich kann dir jetzt nicht alles erzählen, das ist eine lange Geschichte, ich . . . vertrau mir. Ich ruf dich wieder an. Pass auf dich auf, beruhige dich jetzt und bleib, wo du bist, okay? Es ist alles in Ordnung, es ist alles okay. Kat? Hörst du mich? Kannst du mich hören? Hey! Kat. Ich liebe dich.«

Als Robert den Hörer auflegte und sich zu Noa und David umdrehte, stand der Schock ihm ins Gesicht geschrieben, aber das Versteinerte war weg. Seine Gesichtszüge waren weich, als hätte das Aussprechen der letzten drei Worte ihn von etwas erlöst. Noa wusste plötzlich, dass es nichts mit Gilbert war, dass es irgendetwas anderes sein musste, das Kat so aus der Fassung gebracht hatte. »Was?«, fragte sie. »Was ist los?«

»Die Polizei hat Kats Wagen untersucht«, entgegnete Robert tonlos. »Kurz nachdem ich weg war, kam die Kripo zu ihr. Danach haben diese idiotischen Krankenschwestern Kat erst mal so voll gepumpt mit Beruhigungsmitteln, dass sie nicht mehr Piep sagen konnte. Jedenfalls«, Robert senkte seine Stimme, als fürchtete er belauscht zu werden. »Jedenfalls war die Ursache für den Unfall nicht der Motor. Die Geräusche, die ihr auf der

Autobahn gehört habt, das waren die Zündkabel. Da ist euch wohl ein Marder in den Motor geschlüpft und hat die Kabel angefressen, so was gibt es oft, vor allem hier, auf dem Land. Deshalb auch das stotternde Geräusch beim Beschleunigen. Aber der Unfall kam durch die Bremsen, genau, wie Kat es gesagt hat.« Robert schwieg einen Moment, dann sah er Noa in die Augen. »Eure Bremsen sind manipuliert worden. Jemand muss in eurem Auto gewesen sein. Jemand muss am Bremsgestänge unter dem Lenkrad rumgefummelt haben. Dadurch passiert eine Weile lang erst mal nichts, aber wenn das Ding dann irgendwann rausfliegt, ist es aus mit Bremsen. Jedenfalls haben die von der Polizei das gesagt, ich kenn mich mit so was nicht aus.«

Robert geriet ins Wanken, er musste sich an der Wand festhalten und Noa schnappte nach Luft. Die Geräusche gestern Nacht im Garten, schoss es ihr in den Kopf. Die leisen Schritte, das metallische Klappern, das sie noch halb für einen Traum gehalten hatte. Aber es war kein Traum gewesen.

Und plötzlich sah Noa noch ein Bild vor ihrem inneren Auge, ein gestochen scharfes Bild. Gustaf, der Hobbymechaniker, vor Davids VW-Bus, in seinem blütenweißen Hemd. Es war der Tag gewesen, an dem Noa und David sich zum ersten Mal geküsst hatten.

»Geht ihr jungen Leute mal, ich krieg das schon alleine hin«, hatte Gustaf gesagt. Offensichtlich hat er noch ganz andere Dinge alleine hinbekommen, dachte Noa. Er hat versucht uns umzubringen.

ACHTUNDZWANZIG

Der Sturm hat sich gelegt, er kam und ging so schnell, dass ich mich frage, ob alles nur ein Traum war.
Es ist sehr still hier oben.
Zum ersten Mal fällt mir auf, wie still es hier oben ist.
Eliza, 21. August 1975, 23:30 Uhr

Sie gingen nicht zur Polizei.
Sie blieben bei Robert und Robert rief in der Kneipe an. Es schien, als hätte Gustaf neben dem Apparat gestanden, so schnell ging er dran. Noa und David hörten, wie Robert seinem Bruder sagte, dass er Bescheid wusste. Dass er hätte, wonach Gustaf gesucht hatte. Dass er mit ihm sprechen wolle. Nein, nicht hier. Auf dem Dachboden, im Haus. Jetzt gleich. Doch. Jetzt gleich. Sonst würde er sofort zur Polizei gehen.
Robert machte sich auf den Weg, Noa und David blieben in der Mühle, hier sollten sie auf ihn warten, das versprachen sie, das mussten sie ihm versprechen.
Der Sturm brach los, er kam ganz plötzlich. Er rüttelte an den Fensterläden, riss an den Ästen der Bäume, jagte Blitz und Donner über den schwarzen Himmel und ließ den Regen los. Tropfen groß wie Kirschkerne trommelten ans Fenster, prasselten zu Boden und der Wind riss Robert mit sich, als er die Mühle verließ. Noa und David sahen ihm nach. Als die Nacht

ihn verschluckt hatte, folgten sie ihm, liefen zum Haus und waren in Sekunden bis auf die Haut durchnässt.
Aber so plötzlich, wie der Sturm losgebrochen war, legte er sich auch wieder. Die Wolken verschwanden, als zöge eine eilige Hand sie vom dunklen Himmel fort.
Es war still, alles war still, als hätte das Dorf noch einmal tief Atem geholt, um sich jetzt zur Ruhe zu legen.
Als Noa und David den Dachboden betraten, auf nackten Füßen, um kein Geräusch zu machen, waren die schweren dunklen Seiten der Flügeltür zwischen dem vorderen und dem hinteren Raum noch immer geöffnet. Scheinbar hatte Robert ihnen vertraut, dass sie wirklich in der Mühle bleiben würden, dass ihn und seinen Bruder hier oben niemand belauschen würde. So leise sie konnten schlichen Noa und David an das linke Fenster. Seine glaslose Öffnung bot ihnen einen Einblick, gleichzeitig war der Dachboden dunkel genug, um sie beide zu verbergen. Noa warf einen Blick nach rechts, um zum anderen Fenster zu sehen, aber die aufgeklappte Flügeltür versperrte ihr die Sicht – und wie ein Blitz durchfuhr Noa wieder ihr Gedanke von damals: diese seltsame visionsartige Vorstellung, die sie gehabt hatte. Zwei Menschen hinter den Fenstern, der eine rechts, der andere links, beide verdeckt von den Seiten der Flügeltür und beide den Blick auf die rote Chaiselongue gerichtet wie auf ein Bühnenstück. Noa presste die Hand vor den Mund. Ja, Gustaf war es gewesen, der damals wirklich hier gestanden hatte, hier oben, hinter einem dieser Fenster, seinen Blick auf das Mädchen gerichtet, das nur ein paar Tage gebraucht hatte, um sein Herz zu erobern, und wenige Minuten, um es zu brechen.
Und jetzt, dreißig Jahre später, standen sie hier, Noa und David, und sahen auf die beiden Brüder.
Robert saß auf dem Sofa. Aus seinen dunklen Haaren tropfte

der Regen, das nasse Hemd klebte ihm am Oberkörper und Elizas Buch lag wieder auf seinen Knien. Gustaf stand vor ihm, ebenfalls tropfnass, mit hängenden Schultern. Er hatte Noa und David den Rücken zugewandt, der Regen rann aus seinen Ärmeln.

»Woher hast du das Buch?« Gustafs Stimme bebte.

»Noa und David haben es mir gebracht. Ich weiß nicht, woher sie es haben. Aber sie sagten, auch du hättest danach gesucht. Sie haben Schritte gehört, auf dem Dachboden. Deine Schritte.«

»Und was geht dich das an?« Gustafs Körper straffte sich, er machte einen Schritt auf Robert zu und für einen Moment hatte Noa furchtbare Angst, er würde ihm an die Kehle gehen.

»Gustaf, ich weiß nicht, ob dir klar ist, was das hier bedeutet.« Robert hielt das Buch hoch. »Noa und David wissen Bescheid – und jeder, der dieses Buch in die Hände bekommt, wird ebenfalls Bescheid wissen. Wer in diesem Buch liest, wird nicht den leisesten Zweifel mehr daran haben, wer Elizas Mörder ist. Ich schlage vor, du rückst jetzt langsam mit der Sprache raus.«

Gustafs Schultern sackten wieder herab. »Ja«, sagte er und seine Stimme klang unendlich erschöpft. »Ja, ich habe nach dem Buch gesucht. Ein paar Mal war ich hier oben, nachdem Noas Mutter von den alten Möbeln gesprochen hatte. Ich dachte, sie wären weg. Ich dachte, alles wäre weg. Ich dachte, es wäre vorbei. Aber nichts ist vorbei. Wie sagt man doch so schön: ›Man kann niemanden totschweigen‹?« Gustaf lachte, ein hässliches, sperriges Lachen, und Noa sah, wie sich seine Fäuste ballten. »Du Schwein«, zischte er. »Du Schwein, was hast du mir angetan?«

»Ich wusste es nicht, Gustaf. Ich hatte keine Ahnung, du kannst es selbst nachlesen, Eliza hat alles aufgeschrieben. Wir waren Figuren für sie, nichts weiter. Figuren in einer Geschichte, die sie sich selbst zurechtgelegt hat. Und wir haben unsere Rolle gut gespielt. So wie du nichts von uns wusstest, hatte ich keine Ahnung von euch beiden. Ich wusste ja nicht mal, dass du in sie verliebt warst.«

»Verliebt?« Gustafs Stimme klang, als spucke er das Wort auf den Boden. »Ich habe sie angebetet, vom ersten Augenblick an, als ich sie sah – als sie mich noch gar nicht beachtet hat, als ich wahrscheinlich nur dein kleiner Bruder für sie war. Aber sie war alles für mich. Selbst mit ihrem Vater habe ich mich nur wegen ihr abgegeben, habe lieb Kind bei ihm gemacht, den guten Jungen für ihn gespielt, den braven, lustigen Kerl, den Steinberg in mir gesehen hat. Habe mir sein Gerede, seine endlosen Geschichten angehört, habe über seine Witze gelacht. Aber gedacht habe ich immer nur an sie. Selbst das mit der Operation habe ich für sie gemacht, und als ich aus dem Krankenhaus kam, war sie plötzlich engelssüß zu mir, verteufelt süß, mein Gott, was war ich nur für ein Idiot. Wenn ich sie sah, setzte alles in mir aus, ich ... ach, verdammt noch mal, was hat das alles noch für einen Zweck?

Sie hat mich ausgenutzt, hat mit mir gespielt wie mit einem Springball und ich bin gehüpft. Ich war hier, Punkt Mitternacht, wie sie es mir aufgetragen hatte. Ich war wie von Sinnen, nachdem sie mir damals ihren Plan erzählt hatte. Sie war bei uns, kurz vor ihrer Abfahrt, kam hoch auf mein Zimmer, hat die Tür abgeschlossen, hat mich geküsst, hat mir gesagt, wann ich zum Dachboden kommen soll und was sie mir dort zeigen würde, wo ich stehen, was ich tun und was ich lassen sollte. Und ich bin darauf reingefallen, ich habe alles genau so gemacht, wie sie es haben wollte! Ich habe hinter diesem verdammten Fenster gestanden und sie angestarrt. Angelächelt hat sie mich von ihrem Sofa aus, als sie anfing sich auszuziehen. Aus ihren nassen Haaren tropfte noch der Regen, ihre weiße Haut strahlte wie die eines Engels und mit ihrem Blick hat sie mich gleichzeitig auf Distanz gehalten, bis . . . bis du über die Leiter gekommen bist. Dich hätte ich umbringen können, dich! Aber ich habe nichts getan. Ich habe nur dagestanden, als hätte mir jemand die Füße in den Boden genagelt. Und ich muss sagen, ihr habt eure Sache gut gemacht. Eliza hat mich nicht belogen, sie hat mir die Liebe gezeigt, und wie sie das getan hat! Mit dir, mit meinem großen Bruder, der immer für mich da war, der mich beschützt hat, vor allem, vor jedem, der immer zu mir gehalten hat. Ich habe auch dich geliebt, du Schwein.«

Robert vergrub sein Gesicht in den Händen. Elizas Juwel rutschte ihm von den Knien, fiel auf den staubigen Boden und Gustaf trat darauf, immer wieder, als wollte er es in den Boden stampfen. Dabei fing er an zu schluchzen. Er schluchzte und schluchzte, als bräche ein Damm in ihm. Wie ein verzweifeltes Kind hörte er sich an und Noa hielt David am Arm, der jetzt auch zu zittern anfing.

»Ich war es nicht, Robert«, sagte Gustaf schließlich erschöpft. »Ich dachte, du seist es gewesen, ich dachte, mein Gott, ich weiß nicht, was ich dachte. Irgendwann bin ich weggelaufen, weg, nur weg. Ich habe mich in meinem Zimmer eingeschlossen und wollte nie wieder rauskommen, nie wieder.«

Robert erhob sich vom Sofa. Langsam, wie in Zeitlupe, ging er auf seinen Bruder zu, fasste ihn bei den Schultern. Gustaf wehrte sich nicht, er stand da, als hätte ihn alle Kraft verlassen, den Kopf gesenkt, schwankend wie ein Baum im Sturm. Robert schüttelte ihn, sanft, ganz sanft, und Noa presste sich die Hand vor den Mund, um nicht aufzuschluchzen. David hielt ihre andere Hand, ganz fest drückte er sie zwischen seinen Fingern zusammen.

»Gustaf«, sagte Robert. »Ich habe Eliza nicht getötet, verstehst du? Ich war es nicht. Und wenn du es auch nicht warst – wer dann? Wer war es dann? Und wer war an Kats Wagen, wer hat sich an den Bremsen zu schaffen gemacht, wer wollte sie und Noa und Gilbert umbringen, wenn nicht du? Der Einzige, der sich mit so was auskennt, bist du, Gustaf, verstehst du – und David vielleicht, aber sonst . . .«

Aber sonst . . .

Noa ließ Davids Hand los, der erschrocken einen Schritt zur Seite trat. Der Laut, der helle, überraschte Laut, der jetzt über den Dachboden hallte, war aus Noas Mund gekommen. Sie hatte es gar nicht gemerkt, er war zusammen mit dem Gedanken gekommen, der wie ein Blitz in sie hineingefahren war. Wieder sah sie das Bild vor sich. Gustaf vor dem VW-Bus, sein Lächeln, sein liebes Gesicht. Aber da war noch jemand gewesen, außer ihm und David. Noch jemand hatte dagestanden, ihm über die Schulter geschaut, ihm die Werkzeuge gereicht. Und dann vorhin, beim letzten Geisterspiel . . . da hatte David Eliza unterbrochen, als sie ihre letzte Karte ausspielte. Nein, sie hatte nicht *DUMBO* buchstabieren wollen. *ES WAR DUMBOS MUTTER*. Das hatte Eliza sagen wollen.

Und die Hexe, Hallscheits Schwiegermutter – was hatte sie zu Noa gesagt? *Hab ihn gesehen, den schwarzen Prinzen. Er kam in jener Nacht. Er kam, um sich zu holen, was er für das Seine hielt. Aber andere folgten ihm, und als er zurückkam, hatte er zerstört, der dumme, dumme Prinz.*

Andere folgten ihm.

Und Gustaf wusste nicht, dass das Juwel in seinem eigenen Haus war, weil es ein anderer dort aufbewahrt hatte.

Esther.

Robert und Gustafs Köpfe flogen herum, aber sie sahen nicht zu Noa, sie sahen an ihr vorbei in die Dunkelheit. Auch David fuhr herum, keuchte und stand da wie festgefroren.

Schritte auf dem Holz, Schritte in der Stille, schrecklich leise, schrecklich schnelle Schritte. Noa hatte nicht einmal mehr die Zeit, sich zu rühren.
Es war eine Klinge, die ihr an die Kehle gelegt wurde. Eine messerscharfe Klinge, schwer, kühl und glatt.

NEUNUNDZWANZIG

Der Himmel ist wieder ganz klar.
Es scheint kein Mond, aber da ist ein Stern.
Ein großer heller Stern. Er strahlt direkt durch die Dachluke.
Sterne sind niemals zum Greifen nah. Sie sind unendlich weit weg, das macht den Schmerz aus, den man empfindet, wenn man zu ihnen hochschaut. Dieses hauchzarte Ziehen tief im eigenen Herzen. Manchmal frage ich mich, ob Jonathan dort oben ist.

Eliza, 21. August 1975, 23:45 Uhr

Eine Bewegung und ich schneide ihr die Kehle durch«, sagte Esther. »Und kein Wort, von keinem von euch. Jetzt rede ich.« Mit ihrer freien Hand zerrte sie Noa von dem Fensterbalken weg, schob sie durch die Flügeltür zum Sofa und daran vorbei, bis dicht vor den Abgrund. Noa wollte schreien, aber sie brachte keinen Laut hervor. Davids Keuchen, die Blicke von Robert und Gustaf, ihre Machtlosigkeit, all das nahm sie nur verschwommen war, wie in einem Fiebertraum. Die Todesangst pochte ihr in der Kehle, auf und ab, ließ den Puls an die Klinge stoßen, und Noa dachte an das Schwein, dem Kord die Kehle durchgeschnitten hatte, und an Esthers bloße, in dem warmen Blut rührende Hand.

»Von Anfang an«, sagte Esther leise und ohne das Messer von Noas Hals zu bewegen, »von Anfang an habe ich das Spiel der kleinen Hure durchschaut. Ich habe gesehen, was Eliza mit euch getrieben hat, mit dir, Robert, und mit dir, Gustaf. Ich habe es in euren Augen gesehen, euren Gesichtern. Eine Mutter kennt ihre Kinder, ihre dummen, dummen Kinder. Ich habe gehört, was sie vor ihrer Abreise zu dir gesagt hat, Gustaf. Ich habe vor deiner Tür gestanden und alles mit angehört. Ich habe gehört, wie du ihr sagtest, dass du sie liebst, unsterblich liebst, mein Gott, was warst du für ein Narr! Und bist es immer noch. In jener Nacht, am 21. August, war ich wach, hellwach. Ich habe gehört, wie du dich weggeschlichen hast. Und ich habe gehört, wie Robert ging, wenige Minuten nach dir. Diesen Teil der Geschichte kannte ich nicht, ich hatte ja noch nicht das Buch. Das verdammte Buch. Aber ich wusste genug und ich folgte ihm.

Ja, auch ich war da, nicht eingeladen, aber pünktlich zu eurer kleinen Feier. Die Flügeltür stand offen, genau wie jetzt.« Esther kicherte, als amüsiere sie das Ganze. »Ja, im Grunde war alles genau wie jetzt. Du standest rechts am Fenster, genau wie die kleine Hure es dir vorgeschrieben hat. Aber es gab ja noch das linke Fenster und dahinter habe ich mich gestellt. Das hatte sie nicht vorgesehen, dieses kleine Miststück, dieser Teil stand nicht in ihrem Plan – und du hast mich auch nicht wahrgenommen, so gefangen warst du, bist du wegliefst, ranntest, die Hände vor deinen Mund gepresst, das Gesicht blind vor Tränen. Aber ich blieb. Ich blieb, bis Robert über die Leiter verschwunden war. Ich blieb, bis die kleine Hure sich wieder angezogen hatte. Sie hat es mir leicht gemacht, sehr leicht. Geweint hat sie, ganz leise, sie hat sich nicht mal umgedreht. Sie ging zum Abgrund, genau hierher. Genau an dieser Stelle hat sie gestanden und ihre Arme ausgebreitet. Los, Mädchen, zeig es ihnen!«

Esther drückte das Messer fester an Noas Hals. Kühl war die Klinge längst nicht mehr – es war, als hätte Noas Angst sie angewärmt.

»Komm schon«, flüsterte Esther ihr ins Ohr, wobei ihr Atem an Noas Hals entlangstrich. »Komm schon, breite deine Arme aus, denn gleich wirst du fliegen. Genau wie Eliza.«

Noa würgte, würgte an ihrer Angst und an ihrem namenlosen Entsetzen. Aber sie tat, wozu Esther sie zwang. Langsam wie in Trance hob sie ihre Arme.

»Mutter«, kam es von hinten, vom Sofa. »Mutter, du bist von Sinnen. Mutter! Das Mädchen kann doch nichts dafür, Noa hat doch nichts damit zu tun, Mutter!«

Roberts Stimme, das war Roberts Stimme, während das Schluchzen von Gustaf kam.

Aber David, wo war David? Warum sagt er nichts, dachte Noa verzweifelt, warum tut er nichts? Warum hilft er mir nicht? Um Himmels willen, warum hilft mir niemand?

Weil niemand ihr helfen konnte. Jede falsche Bewegung hätte Esther sofort dazu gebracht, sie herunterzustoßen. Noas ausgestreckte Hände suchten nach einem Halt, aber da war nichts. Da war nur der Abgrund, kaum einen Schritt war sie davon entfernt und Esther stand so dicht hinter ihr, dass Noa ihren Geruch einatmen konnte. Atmen. Wie lange würde sie noch atmen?

»Mutter, komm zu dir! Bitte.« Jetzt war es Gustaf, der sprach, seine Stimme klang erstickt vom Schluchzen, aber Noa war klar, dass das alles war, was sie tun konnten. Auf Esther einreden, Zeit schinden, auf ein Wunder warten.

»Bitte, Mutter, du willst ihr doch nichts tun, komm, lass sie los. Komm, wir kriegen das hin. Noa wird nicht zur Polizei gehen, hörst du, sie wird alles für sich behalten. Wir werden das Buch verbrennen, es wird nichts übrig bleiben. Mutter, bitte, tu ihr nichts an.«

Esther lachte. So kalt. So furchtbar kalt. »Ich tu ihr nichts an, mein Junge. Ich werde ihr nur die Kehle durchschneiden. Und dann wird sie fliegen.«

Die Klinge war so scharf, dass Noa den Schnitt gar nicht spürte, sondern nur das Blut. Warme Tropfen perlten an ihrem Hals herab und Esther lachte wieder. »Keine Angst, das war nur der Anfang. Ein Stückchen Haut, mehr hab ich nicht erwischt. Nur ein leichter Ratscher, nur ein paar erste Tropfen Blut. Den Rest erledigen wir gleich.«

Die Schwärze vor Noas Augen, die Scheune, die vor ihr, unter ihr lag, wurde in ihren Umrissen sichtbar, Mauerwerk und Balken, Spinnweben, geisterhaft und unwirklich, aber da war auch der Duft. Der Duft von Elizas Parfüm. Er war so deutlich da, dass Noa ihn einsog, Atemzug für Atemzug. Tränen rannen ihre Wangen herunter, wärmer als das Blut vorhin auf ihrem Hals, bis sie auf Esthers Hände tropften und Noa sie nicht mehr spürte.

»Dieser Hals ist nicht so hübsch wie der von Eliza«, fuhr Esther in ihrer kalten, tonlosen Stimme fort. »Aber ansonsten sind die beiden sich doch recht ähnlich, meint ihr nicht? Ist es nicht seltsam, wie sich alles wiederholt? Die kleine Stadthure, Tochter ihrer Mutter, die mit meinen Söhnen ihr Spiel treibt, die in unser Dorf eindringt und zusammen mit ihrer Tochter alles zerstört. Ich hätte Frau Thalis die Pilzpfanne neulich gründlicher vergiften sollen, dann wäre das mit dem Auto nicht mal nötig gewesen, dann hätte ich deinen endlosen Vortrag über Bremsen gar nicht hören müssen, Gustaf. Und dir David, wäre nichts zugestoßen. Weißt du, wo unser Junge hinwollte, Noa, soll ich es dir verraten? Euch nach wollte der Dummkopf, nicht wahr, mein Junge, so war es doch? Nach Düsseldorf wolltest du, ohne zu wissen, wo sie sein würden, einfach nur hinterher, ohne Sinn und Verstand, genau wie meine beiden Jungen damals, genau wie sie.

Nein, das Spiel wird ein Ende haben, auch dieses Spiel. Die kleine Hure hat uns verraten und sie würde auch dich verraten, David. Du würdest uns verlassen für sie, würdest uns alleine lassen, nicht wahr? Würdest sogar deine Mutter und deinen kranken Bruder im Stich lassen, aber das wird nicht geschehen, dafür werde ich sorgen. Im Grunde brauche ich nicht mal das Messer. Wofür habe ich meine Hände, nicht wahr, David?«

David antwortete nicht. Er antwortete einfach nicht und Esther schien in ihrem Wahn auch keine Antwort zu erwarten. Sie gab Noa einen Schubs in den Rücken, Noa stolperte, wankte. Nur ihre Fersen hatten jetzt noch festen Boden unter sich, die Fußspitzen hatten die Schwelle zum Abgrund bereits überschritten. Vor Noa war das Nichts und alles verschwamm, das Mauerwerk, die Dachbalken.

Esther ließ das Messer fallen. Es gab ein hässliches, klirrendes Geräusch, als es eine kleine Ewigkeit später unten auf dem Boden landete. Vier Meter, fünf? Was hatte David gesagt, wie tief ging es nach unten?

Esthers Hände legten sich um Noas Hals. Sie waren rau und dürr und krumm wie Vogelkrallen. Esther drückte nicht zu, aber sie hielt Noas Hals umklammert, ihre Hände passten genau herum wie ein Schraubstock. Noa spürte den Ring an Esthers Finger, glatt und kühl wie anfangs die Klinge. Sie presste die Augen zu, so fest, bis sie Sterne tanzen sah.

Ob ihr Hals noch immer blutete? Noa spürte es nicht, ihr war schwindelig, so schrecklich schwindelig. Sie wollte um sich schlagen, aber jede Bewegung, jeden Ansatz einer Bewegung würde sie mit dem Leben bezahlen. Und so stand sie einfach nur da, die ausgestreckten Arme schwer und taub, ein lähmendes Kribbeln überall, im ganzen Körper.

»Mutter.« Das war wieder Roberts Stimme und sie bewirkte

zumindest, dass Esther innehielt. »Was hast du mit Elizas Leiche gemacht? Wo hast du sie versteckt?«
»Elizas Leiche?« Esther kicherte, es klang fast, als sei sie ein kleines Mädchen, das man gefragt hatte, wo es die Schokolade versteckt hatte. »Oh, sie liegt gar nicht weit von hier, ich habe sie selbst vergraben. Die ganze lange Nacht habe ich dafür gebraucht. Es hätte nicht viel gefehlt und Frau Thalis hätte ihre Knochen wieder ausgegraben. Aber dafür habt ihr ja das Tagebuch gefunden, Glückwunsch, damit hatte ich nicht gerechnet. Ich hatte es gut verwahrt, nicht wahr? Ich habe es aufbewahrt, um mich daran zu erinnern, dass ich das Rechte getan habe. Eliza hat ihre Strafe erhalten. Ich habe sie erwürgt mit meinen eigenen Händen. So, seht ihr? Genau so.«
Esthers Finger griffen jetzt ineinander, begannen zu drücken, der Ring bohrte sich in Noas Haut, genau an der Stelle, wo Esther sie mit dem Messer geschnitten hatte. Jetzt tropfte es wieder, das Blut.
Noa röchelte, ihre Arme fielen herab und die Knie drohten ihr wegzusacken. Nicht bewegen, das war das Einzige, was sie denken konnte. Nicht bewegen, nicht bewegen. Ihr Herz raste immer wilder, immer verzweifelter und Noa fing an zu wimmern, wimmerte den Namen ihrer Mutter, wimmerte nach David. Wenn sie ihn doch nur hören könnte, wenn er doch nur etwas sagen würde, irgendetwas, wenn sie doch nur wüsste, dass er bei ihr wäre.
Aber sie hörte ihn nicht, nur Gustaf und Robert sprachen, abwechselnd, aber ihre Worte machten keinen Sinn mehr, es waren leere Beschwörungen, verzweifelte Versuche, irgendetwas zu bewegen, doch Esther reagierte nicht mehr darauf und Noa nahm nur noch vage Geräusche wahr. Da war nichts Gegenständliches mehr außer Esthers eisernem Griff um ihre Kehle. Wenn ich jetzt springe, dachte Noa, wenn ich mich losreiße

und springe, dann geht es vielleicht ganz schnell. Sie hatte einmal gehört, dass es nicht wehtat, wenn man sich das Genick brach. Ein grausamer Moment, aber nur ein Moment, dann wäre es vorbei.

Es war so still, dass Noa Esthers Atem hören konnte. Ein leiser Wind, ruhig und regelmäßig. Aber da war noch etwas.

Da war ein Geräusch, unter Noa, tief unten, in der Scheune.

Ein Rascheln, Schritte, etwas, das abgesetzt wurde, ein Klacken.

Esther schien es auch zu hören, der Druck ihrer Finger wurde wie im Reflex so fest, dass er Noa die Luft abschnürte.

Sie wollte den Kopf senken, aber es gelang ihr nicht, sie konnte nur die Augen bewegen und nach oben schauen, durch die Dachluke. Der Himmel war wieder klar, und da war ein Stern, ein ziemlich großer, strahlender Stern, dessen Licht durch den Staub des Dachlukenfensters brach. Dann verschwamm er vor ihren Augen.

Ein seltsam süßer Geschmack legte sich auf Noas Zunge und in ihren Ohren fing es an, zu rauschen. War das der Anfang? Der Anfang vom Tod? Aber was ... was war dieses Zischen, dieses laute, zischende Geräusch? Es kam nicht aus ihren Ohren, es kam von unten. Es klang, als würde etwas aufgeblasen – und dann ertönte eine Stimme.

»NOA SPRING! REISS DICH LOS UND SPRING, DU BIST SICHER!«

David, dachte Noa. Oh, mein Gott. Das war Davids Stimme! Er hatte sich weggeschlichen, deshalb war kein Wort von ihm gekommen. Esther stand so dicht hinter Noa, dass sie beim Drehen ihres Kopfes höchstens Gustaf und Robert hätte sehen können, nicht aber David hinter dem Fensterbalken, geschützt von der Dunkelheit. Aber was hatte er vor? Wie konnte sie springen? Wie konnte sie sicher sein? Hatte er Hilfe geholt,

noch jemanden? Aber wen? Wer würde so schnell hierher kommen? Die Nachbarn?
Noas Herz raste jetzt anders, ihre Sinne schärften sich, aber in ihren Lungen würde bald keine Kraft mehr sein.
Unten ging ein Licht an, eine Taschenlampe, ein Scheinwerfer, irgendwas in der Art, und hinter Noa wurden Schritte laut, herbeistürzende Schritte, Gustaf und Robert. Noa fühlte, wie Esther nach hinten gerissen wurde, jemand zerrte an ihren Händen und Esther schrie, es klang wie ein Krächzen, hoch und heiser. Ihre Hände lösten sich von Noas Hals, aber Esthers Knie schnellte vor. Es war ein hartes, spitzes Knie, das sich Noa in den Oberschenkel bohrte und sie nach vorne stieß.
Wie im Reflex breitete Noa die Arme aus. Ihre Augen waren weit aufgerissen, sodass sie tief unter sich das Sprungpolster sehen konnte.
Ja, David hatte Hilfe geholt, blitzschnelle Hilfe. Er stand neben dem Sprungpolster – zusammen mit Dennis.
Das Fallen, es war wie Fliegen.
Und das Landen, es war so weich. Fast hätte Noa gelacht.

DREISSIG

Ein Ende. Ich habe mir gar kein Ende ausgedacht.
Gleich beginnt meine Geschichte, aber ich habe noch kein Ende. Geht das überhaupt? Kann man sich eine Geschichte ausdenken und das Ende offen lassen?
Eliza, 21. August 1975, 23:55 Uhr

Der Sommer hatte sich verändert. Es war nur eine Woche vergangen, seit Elizas Körper geborgen und Esther verhaftet worden war. Eine Woche, seit die Möbel auf dem Dachboden verbrannt worden waren und Elizas Duft aus dem Haus verschwunden war. Er verschwand noch in derselben Nacht, noch bevor Robert die Polizei und dann Marie anrief, mit der Bitte, Kat aus dem Krankenhaus zu holen. Eine aufgelöste, hysterische Marie und eine Kraft spendende, ruhige Kat waren im Haus erschienen und zum ersten Mal hatte Noa im Gesicht ihrer Mutter winzige Fältchen wahrgenommen.

Kat und Robert waren die Einzigen, denen Noa von dem Geisterspiel erzählte. Und sie glaubten ihr, sogar Kat. Gilbert würden sie nichts sagen. Er lag noch im Krankenhaus. Kat hatte ihm aus der Buchhandlung in der Stadt Bücher besorgt. Biografien, Romane, etwas anderes wollte er nicht.

Elizas Juwel hatten sie im Ofen verbrannt. Die Flammen hatten das Buch mit ihren heißen Zungen umschlossen und Seite für Seite verschlungen. Nur der rote Stein war übrig geblieben.

Noa hatte ihn am nächsten Morgen bei den Rosen am Gartentor vergraben.
An diesem Morgen hatte Noa dem Haus den Namen *Whisper* gegeben.
Ja, der Sommer hatte sich verändert. Er schien Abschied zu nehmen, obwohl die Sonne noch immer heiß war und die Nächte noch immer warm waren. Wie diese, wie die heutige Nacht.
Gestern hatten Robert und David den Bus aus der Werkstatt geholt. Jetzt stand er auf der Lichtung, wo David Noa die Sterne gezeigt hatte, damals.
Damals? Ja, damals, in einer anderen Zeit.
Die Türen von Davids Bus standen offen und sie ließen die Nacht hinein, die Nacht, die Stille und die Sterne. Noa und David lagen auf der Matratze, David auf dem Rücken, Noa auf der Seite. Draußen war es still, im Bus war es still, David war still und Noa war still. Eine kleine Ewigkeit lang.
»Sag mir noch einmal, wie Berlin ist.« Davids Stimme war ein Flüstern, ein warmer Wind an Noas Ohr, und Noa musste lächeln.
»Berlin ist ein großes, stinkendes Monster«, flüsterte sie zurück. »Aber es kann auch sehr schön sein.«
David gab ihr einen Kuss, direkt neben ihren Mund. Seine Lippen berührten ihre Haut und waren schon wieder verschwunden.
»Gute Nacht, Noa. Schlaf gut.«
Eine lautlose Stimme in Noa fragte: *Hast du Angst?*
Noa atmete ein. *Nein. Nein, ich habe keine Angst.*
Bist du bereit?
Noa atmete aus. *Ja, ich bin bereit.*
Ihre Hand wanderte auf Davids Körper zu. Sie glitt unter sein T-Shirt und über seinen Bauch, seine so unglaublich weiche

Haut. Da war ein Beben unter seinen Bauchmuskeln, ein feines, hauchzartes Beben.
Ganz langsam begegneten sie sich.
David streichelte ihr Gesicht, seine Finger tasteten, nein, flossen über Noas Augen, ihre Nase, ihre Lippen. Sie öffnete ganz leicht ihren Mund. Ihre Hand wollte auch zu seinem Gesicht, seinen Lippen. Ihre Fingerspitze wurde umschlossen von etwas Weichem, Heißem, etwas unheimlich Angenehmen. Diesmal war kein Splitter in ihrem Finger, keine Angst in ihrem Herzen. Kein Gedanke an das, was vergangen war. Das hier war jetzt.
Und jetzt wird mein erstes Mal sein, dachte Noa. Das hier mit David, das wird mein erstes Mal sein.
Es dauert lange, bis ihre Lippen sich trafen.
Alles vermischte sich. David beugte sich jetzt ganz über sie, er nahm sie fest in den Arm und Noa dachte nichts mehr, gar nichts mehr, sie war nur noch Gefühl.
Sie sahen sich an, die ganze Zeit. Lächeln in ihren Augen, Lächeln überall. Es war so warm.

Morgen würden sie fahren. Zurück nach Berlin. Kat und Noa mit dem Zug, Gilbert per Krankentransport.
Alles Weitere war offen. Es war, wie Eliza es in ihrem letzten Eintrag geschrieben hatte. Ihre letzte Frage, die Noa jetzt für sich mit Ja beantwortete.
Ja, man konnte sich eine Geschichte ausdenken und das Ende offen lassen.

Danke

*Mama und Lena für das Ingelbachalbum, für das wie immer rasende Lies-Lies und den Rückenwind;
Inaié und Eduardo, für lange Gespräche, offene Ohren und kostbare Ratschläge;
Sylvia Englert für die täglichen E-Mails (sogar von München nach Sao Paulo ☺), für die großartigen Anregungen zu den Figuren und natürlich fürs Gegenlesen;
Susanne Krebs, meiner wunderbaren Lektorin, für die wertvolle Arbeit am Manuskript und ihre ermutigende Begeisterung ☺;
Steffi und Jorge Schürer für Nachhilfe in Sachen Krankenhaus und Bremsfunktionen;
Boris Rostami für die Infos zur Dunkelkammer und die Idee mit der Leica;
Nina Petri für die Geschichte mit dem Achseltoupet;
dem Café Mathilde für meinen Platz zwischen Kaffee und Literatur;
Sofia für ihre auch diesmal magischen Glücksbringer
und Barbara, Grete, Klaus und Dieter für die unvergessliche Zeit in Ingelbach.*